KB013759

에디션 **F**
03

Feminist
Utopia
Trilogy 3

내가 살고 싶은 나라

에디션 **F 03**
페미니스트 유토피아 3부작 3

내가 살고 싶은 나라

1판 1쇄 찍음 2021년 7월 13일
1판 1쇄 펴냄 2021년 7월 20일

지은이 샬럿 퍼킨스 길먼
옮긴이 임현정

주간 김현숙 | **편집** 김주희, 이나연
디자인 이현정, 전미혜
영업 백국현, 정강석 | **관리** 오유나

펴낸곳 궁리출판 | **펴낸이** 이갑수

등록 1999년 3월 29일 제300-2004-162호
주소 10881 경기도 파주시 회동길 325-12
전화 031-955-9818 | **팩스** 031-955-9848
홈페이지 www.kungree.com
전자우편 kungree@kungree.com
페이스북 /kungreepress | **트위터** @kungreepress
인스타그램 /kungree_press

ISBN 978-89-5820-727-6 04840

책값은 뒤표지에 있습니다.
파본은 구입하신 서점에서 바꾸어 드립니다.

에디션 **F**
03

Feminist Utopia Trilogy 3

내가 살고 싶은 나라

With Her In Ourland

샬럿 퍼킨스 길먼 | 임현정 옮김

궁리 KungRee

With Her In Ourland

차례

『허랜드』 줄거리

세 명의 미국 젊은이들은 2천 년 동안 처녀생식을 통해 태어난 여자들만 사는 나라인 허랜드를 발견한 후 그 나라의 세 여자와 결혼한다. 그리고 세 남자 중 두 명과 여자 한 명이 미국으로 돌아가기 위해 허랜드를 떠난다. 제프 마그레이브는 기꺼이 허랜드의 시민이 되기 위해 아내인 셀리스와 허랜드에 남는다. 테리 O. 니컬슨은 나쁜 행실로 인해 추방된다. 엘라도어는 남편인 밴딕 제닝스와 함께 가기로 결심한다.

일러두기

영어판 원문에는 9장부터 12장까지 제목이 없으나 한국어판에는 제목을 붙였다.
본문의 각주는 모두 옮긴이 주이다.

1

·

귀환

우리 셋은 허랜드에 작별 인사를 한 후 커다란 복엽기가 윙 소리와 함께 깎아지른 듯한 절벽의 평평한 바위 위를 날아오르는 동안 결연한 의지가 드러나는 단호한 표정으로 비행기 안에 바투 앉아 있었다. 일단 상공으로 올라간 비행기가 크게 원을 그리자 내 아내인 엘라도어는 마음에 담아두려는 듯 사랑하는 땅을 응시했다. 우리 밑에 펼쳐진 풍경은 티끌 하나 없는 초록색이었고 만발한 꽃들로 환하게 빛났다! 경악한 남자 셋이 여자들만 사는 이 땅을 수컷의 시선으로 응시하던 그때와 마찬가지로 작은 도시들과 굵은 점처럼 박힌 마을들, 여기저기 흩뿌려져 있는 조그마한 마을들과 드넓은 주택단지들이 우리 눈 아래에 펼쳐졌다.

오랜 방문 기간 동안 친절한 보살핌을 받았고, 제약이 있긴 했지만 사려 깊은 교육을 받았으며, 몇 달 동안 자유를 누리며 함께 여행을 다녔기 때문인지 나는 제2의 고향을 떠나는 느낌이 들었다. 허랜드를 내려다보자 이 땅의 아름다움이 새삼스럽게 자각되었다. 허랜드는 일종의 정원, 그러니까 울창한 숲으로 덮인 경계까지 잘 가꿔진 거대한 공원이었으며 도시들 덕분에 이러한 풍경의 아름다움이 배가되었다. 도시의 풍광은 마치 옅어져가는 섬세한 레이스 장식처럼 점차 듬성듬성한 건물로 이어지더니 곧이어 탁 트인 들판으로 변했다.

테리는 이를 앙다문 채 허랜드 풍경을 바라보았다. 내내 적의를 품고 있는 테리가 엘라도어만 없었다면 무슨 말을 내뱉었을지 나는 충분히 상상이 갔다. 그가 이렇게 원을 그리며 비행하는 것도 오로지 엘라도어의 청 때문이었다. "뭐 한두 시간쯤이야. 어쨌든 이제 다 끝났어!" 이렇게 말하는 것 같았다.

그러고는 길게 미끄러지듯 강하한 우리는 아래 호수에 밀봉해둔 모터보트를 향해 내려갔다. 모터보트는 무탈했다. 원주민들은 이 모든 게 아마 마녀가 한 짓이라 여기며 내내 피해 다닌 모양이었다. 아무튼 금속으로 된 겉싸개는 움푹 파이거나 긁힌 자국들만 빼고 모든 게 멀쩡했다.

흥분과 기쁨으로 가득 찬 테리가 열심히, 신중하게 작업한 끝에 우리는 복엽기를 해체해서 배에 실었고, 닻을 올린 후 오랫동안 사용하지 않았던 모터에 꼼꼼하게 기름칠을 한 다음 거대한 강을 향해 움직이기 시작했다.

엘라도어의 시선은 우리 뒤에 보이는 높이 솟은 절벽으로 향해 있었다. 나는 엘라도어에게 망원경을 건넸다. 우리가 공해로 향하는 내내 그녀의 다정한 눈길은 하늘을 찌를 듯한 바위로 이루어진 국경에서 떨어질 줄 몰랐다. 하지만 우리가 활 모양으로 휜 어두컴컴한 숲 아래를 지날 즈음 엘라도어는 작게 한숨을 내쉬더니 변함없이 밝은 미소와 함께 내게 몸을 돌렸다.

엘라도어가 말했다. "진짜 작별이군요. 이젠 거대한 신세계, 진짜 세상으로 향하는 일만 남았어요. 당신과 함께 말이지요!"

테리는 거의 말이 없었다. 무거운 턱은 단호하게 닫혀 있었고 열망과 결연함에 찬 눈은 앞을 향했다. 테리는 엘라도어에게 정중하게 대했고 내게도 무례하지 않았지만 좀처럼 대화에 끼지 않았다.

우리는 안전하게, 줄곧 최대한 빠른 속도로 나아갔다. 종종 속도를 더 내기도 했다. 우리는 신선한 육류를 섭취하기 위해 여정을 늦추는 일 없이 통조림과 병에 든 생수로 연명하면서 점점 넓어지는 강을 지나 해안으로 향했다.

엘라도어는 이 모든 과정을 어린아이처럼 흥미로운 눈으로 열심히 지켜보았다. 허랜드 여인들의 지적 능력이 생기 넘치는 정신에 가려져 있어서 그런지 나는 그 지적 능력에 좀처럼 익숙해지지 않았다. 좀 배웠다는 남자들이 냉정하고 엄숙한 태도로 열정 넘치는 젊은이들을 하룻강아지 취급하는 모습을 누누이 봐온 우리였기에, 눈앞의 상황에 대한 그들의 강렬한 흥미를 높은 수준의 지혜나 지적 능력과 결부시키지 못하는 건 어쩌면 당연했다.

내 아내는 저 놀라운 땅에서 태어나고 자랐지만 이제 자신이 아는 모든 것과 평생 누려온 평화와 행복, 사랑하는 일, 친구처럼 지낸 모든 국민을 뒤로하고 나와 함께 여정을 떠난다. 내가 고백한 대로 온갖 고통과

악으로 가득 찬 세계를 향해. 엘라도어는 두려워하지 않았다. 물론 위험을 아예 모르는 건 아니었다. 나는 엘라도어가 직면하게 될 골칫거리들을 이해시키기 위해 무던히 노력했다. 그녀가 내게 완전히 빠졌기 때문도 아니었다. 오히려 그 이유와는 거리가 멀었다. 우리가 읽는 소설에서는 언제나 젊은 아내가 '남편을 위해' 자신에게 소중한 모든 것을 포기하지만 엘라도어의 입장은 결코 그렇지 않았다. 엘라도어는 나를 사랑했고, 나 역시 그 사실을 잘 알고 있지만 그 애정의 양태는 우리나라 소설가들이나 독자들이 익히 아는, 남편에게 완전히 몰입하는 식이 결코 아니었다. 엘라도어의 태도는 중요하고도 위태로운 임무를 가지고 파견된 고위급 대사 같았다. 그녀는 조국을 대표했으며, 우리의 이해를 뛰어넘을 만큼 대단한 활기와 열의로 무장한 채 그 임무에 임했다. 엘라도어는 모든 게 새로운 세상을 경험하고 배울 것이며 어쩌면 신세계와 사랑하는 조국 사이에 유대관계를 구축할 수도 있을 것이다.

테리가 뜨거운 열망이 담긴 눈빛으로, 평상시 능변인 그 입을 앙다문 채 단호한 태도로 잠자코 조타기를 잡고 있는 동안 뱃머리에 앉은 엘라도어는 손으로 턱을 괸 채 몸을 앞으로 쑥 내밀고는 콜럼버스의 얼굴에서 볼 법한 표정으로 저 멀리 굽이치는 긴 강줄기를 응시하고 있었다. 그녀는 내가 곁에 있어서 기쁜 듯했다. 나는 엘라도어가 실감하지 못할 만큼 완벽하게 그녀의 것이었으며, 그녀와 내 조국을 잇는 끈이기도 했다. 우리는 가까이 앉아서 그동안 함께 본 것들에 대해 많은 대화를 했고 앞으로 보게 될 것들에 대하여 더 많은 얘기를 나눴다. 습한 공기 탓에 동그랗게 말린 엘라도어의 짧고 부드러운 머리카락이 배가 속도를 내자 반짝이는 얼굴 뒤로 흩날렸다. 그녀의 넓은 이마와 맑은 눈이 어느 때보다 용감해 보였다. 정교한 조각품 같은 그녀의 입은 굳게 닫혀 있었지만 나를 향해 언제라도 부드러운 미소를 지으며 녹아내릴 듯했다.

"내 사랑, 밴." 우리가 기선을 탈 수 있기를 바라며 한 해안 도시로 접근하던 어느 날 엘라도어가 말했다. "이 모든 일이 내게 어떤 영향을 미치게 될지 염려하지 말아요. 당신의 조국과 남자들의 악행에 대해 당신이 정말 냉철한 그림을 그려준 덕분에 난 크게 실망하지도, 크게 충격을 받지도 않을 거예요. 절대 그런 일은 없어요, 여보. 난 남자와 여자가 다르다는 걸 잘 알아요. 다를 수밖에 없어요. 그럼에도 세상에 우리처럼 하나의 성만 존재하는 것보다는 남녀 두 성이 같이 존재하는 게 더 나을 거라는 확신이 있어요. 우리는 여자들끼리 할 수 있는 최선을 다했지요. 정원처럼 작지만 아름답고 안전하며 깨끗한 곳을 건설했고, 그 안에서 행복하게 살았어요. 하지만 다른 세상을 위해 우리가 한 일은 하나도 없어요. 좋은 일을 많이 했음에도 이 세상에 존재하지 않은 나라나 다름없었던 거예요. 우리 문명이 엄연히 존재하는데도 저 밑의 원주민들이 그저 원주민에 머물러 있는 것처럼 말이지요. 하지만 미국인들은, 당신 말대로 탐욕이나 모험, 전쟁에 대한 순수한 욕망 때문이라 해도, 어쨌든 전 세계로 진출해서 발전을 이뤄냈어요."

"전 세계는 아니에요, 여보," 내가 급하게 끼어들었다. "그건 사실과 달라요. 야만인들이 아직 수없이 남아 있다오."

"맞아요, 알고 있어요. 난 당신이 가르쳐준 지도와 역사, 지리학을 전부 기억하고 있답니다."

허랜드 여자들이 이해하고 기억하는 방식은 내게는 마르지 않는 놀라움의 샘이었다. 그들의 뛰어난 이해력과 기억력은 우리와는 전혀 다른 교육 시스템 덕인 게 분명했다. 허랜드 사람들은 어린 시절에 배우는 지식의 양이 현저히 적은데, 성장하면서 그 지식은 어린아이의 몸집이 커지듯 자연스럽게 늘어났고, 늘어난 지식은 성인이 된 후에도 별 노력 없이 뇌에 그대로 저장되어 있는 듯했다. 그들은 설계가 잘되고 공간이 넉넉한 벽장에 물건을 차곡차곡 보관하듯 우리에게서 배운 새로운 사실을 모두 적절한 곳에 신속하게 저장했으므로 필요할 때마다 원하는 지식을 단번에 기억해낼 수 있었다.

엘라도어가 말을 이었다. "우리나라의 멋진 공동경제는 벌이나 개미들의 경제라는 걸 전 잘 알고 있어요. 우리 어머니들이 만든 경제지요. 아버지들의 세상은 우리만큼 매끄럽게 돌아가지 않을 거예요. 동물들을 관찰해보면 수컷들의 본능은 당연히 암컷들의 그것과 달라요. 수컷은 싸우길 좋아해요. 그래도 당신들이 이뤄낸 것들을 생각해봐요!"

엘라도어를 들뜨게 한 건 바로 이것이었다. 그녀는 발명과 발견 이야기, 우리가 찾아낸 새로운 땅, 대륙을 횡단하는 산맥, 교통로로 변한 대양들, 예술과 과학의 경이로움에 관한 내 이야기에 결코 싫증 내는 법이 없었다. 엘라도어는 데스데모나*가 자신의 연인이 들려주는 무용담을 좋아한 것처럼 내 이야기를 듣는 걸 좋아했는데, 다른 점은 데스데모나보다 이해력이 훨씬 뛰어나다는 것이었다.

“두 가지 성이 존재하는 곳이 더 우수할 수밖에 없어요.” 엘라도어는 두 눈을 빛내며 말하곤 했다. “우리는 반쪽짜리 인간일 뿐이에요. 물론 우리는 서로를 사랑하면서 작은 우리 조국을 발전시켰지만 허랜드는 정말 소국이잖아요. 반면에 당신들은 세계를 가졌어요!”

우리는 곧 해안가의 어느 소도시에 다다랐다. 그곳은 별 볼 일 없는 도시로 남루하고 지저분했으며 주민 대부분은 게으른 혼혈인들이었다. 하지만 나의 조심스러운 설명 덕분인지 엘라도어는 개의치 않았으며, 성장이 더딘 아이들의 숙제를 검사하는 교사처럼 다정하고 공정한 시선으로 모든 것을 살폈다.

테리는 그곳을 좋아했다. 그는 너저분하고 부실한 건물투성이에 일 없이 노는 사람들 천지인 이 도시를 두 팔 벌려 환영했으며 도착하자마자 대부분의 시간을 우리와 따로 보냈다.

증기선은 없었다. 사람들은 몇 달 동안이나 증기선이 입항하지 않았다고 말했다. 그래도 충분한 보수를 지불하면 우리와 우리 짐이 실린 모터보트를 더 큰 항구로 옮겨줄 범선이 한 척 있었다.

테리와 나는 허리띠에 금과 지폐를 차고 있었다. 테리는 신용장도 가지고 있었다. 한편 엘라도어는 금 말고도 루비 상당량을 작은 가방에 담

* 셰익스피어의 희곡 〈오셀로〉에 등장하는 인물. 오셀로는 자신의 무용담을 잘 들어주는 데스데모나에게 반해 결혼한다.

아 왔는데 그 루비를 본 나는 엘라도어에게 그 정도면 세계일주를 몇 번은 할 수 있다고 장담했다. 허랜드의 화폐 제도는 주로 지폐를 사용했으며 보석은 장식용으로서 가치가 있을 뿐 우리나라와는 달리 귀중품으로 대접받지 못했다. 그들에게는 인도의 보물상자와 비견될 만큼 역사적인 보물상자들이 어느 정도 있었으므로 엘라도어는 보석을 넉넉하게 가져올 수 있었다.

날짜가 조금 지연된 끝에 우리는 출항했다.

테리는 날짜가 지날수록 점점 견디기 힘든지 갑판을 돌아다녔다. 엘라도어는, 사실 예견된 일이긴 했지만, 안타깝게도 항해에 서툴렀다. 하지만 호들갑 떠는 일은 없었다. 뱃멀미는 피할 길이 없고 불쾌하긴 하지만 위험하지 않다는 내 말을 들은 엘라도어는 침상에 머무르거나 어머니들처럼 담요 같은 걸 두르고 갑판에 앉아서 시간을 보내는 등 인내심을 가지고 멀미를 견뎠다.

엘라도어가 우리 말이 들리지 않는 곳에 있을 때 테리는 조금 더 자주 말을 붙였다. "유럽에서 전쟁이 일어났다고 하던데 알고 있어?" 테리가 내게 말했다. "전쟁이라고? 진짜 전쟁? 아니면 그냥 발칸 지역 전쟁이야?"

"진짜 전쟁이라고 하더군. 독일하고 오스트리아가 나머지 유럽 국가들과 싸우는 것 같아. 몇 달 전에 발발했는데 그 후 오랫동안 소식이 없었다네."

"흐음, 우리가 고향에 닿기 전에 끝나겠군. 미국인이라서 다행이야."

하지만 난 엘라도어가 걱정스러웠다. 나는 세계가, 우리 세계가 엘라도어의 눈에 최고의 모습으로 보이기를 원했다. 저 여자들이 자매애와 우정으로 똘똘 뭉쳐서 자신들만의 힘으로, 아무런 도움 없이 허랜드 전역에 안락하고 평화로우며 쾌적한 문명을 일궈냈다면 나는 남자들이, 아니 우리 남자들과 여자들이 적어도 허랜드만큼 대단한, 어떤 면에서는 더 나은 세상을 만들었다는 걸 엘라도어에게 보여주고 싶어서 견딜 수 없었다. 그런데 외부세계에서 온 손님 입장에서 가장 달갑지 않은 상황인 전쟁이 터진 것이다.

선상에는 마르다 못해 수척해 보이는 장로교 목사가 한 명 있었다. 그는 굉장히 진지했으며 천성적으로 말이 많은 사람이었다.

목사는 이렇게 말하곤 했다. "이 복음을 전하지 아니하면 내게 화가 미칠 것이로다!"* 그러고는 시도 때도 없이 설교를 하곤 했다.

엘라도어는 목사의 말에 깊은 흥미를 보였다. 내가 저 목사는 융통성 없는 광신도에 불과하다고, 저 모습만으로 기독교를 너무 가혹하게 평가하면 안 된다고 말하자 그녀가 오히려 나를 안심시켰다.

"여보, 겁먹지 말아요. 당신이 내게 알려준 여러 종교의 개요는 물론 기독교의 발흥과 전파 과정, 어떻게 오랫동안 하나의 교회로 유지되다가 자연스럽게 여러 종파로 나뉘게 됐는지까지 모두 다 기억하고 있으니까요. 또 서양사 초기에 있었던 종교전쟁과 박해도 기억해요. 우리 역

* 고린도전서 9장 16절 중 일부.

시 초창기에 종교와 관련해 큰 곤경을 겪었어요. 우리 선조들도 이곳 사람들과 마찬가지로 오랜 기간 동안 자신들에게 '계시된' 새로운 종교를 받아들였지요. 하지만 우리에게 필요한 건 결국 수준 높은 사고력과 실제 법칙에 대한 명확한 이해라는 사실을 깨달은 후 우리는 그 목표를 향해 꾸준히 노력했어요. 그리고 당신도 알다시피 종교에 관해서는 몇 세기 동안 평화를 유지해왔어요. 종교는 그저 우리 삶의 일부예요."

이것이야말로 지금까지 엘라도어의 생각을 가장 명쾌하게 표현한 말이었다. 허랜드의 종교는 말하자면 진정한 귀족의 몸에 밴 태도처럼 허랜드인들이 주변 환경을 통해 자연스럽게 배우는 삶의 방식 같은 것이었다.

종교는 그들이 사는 방식이었다. 그들에게 확신과 행동은 명확하고 즉각적으로 연결되어 있으므로 알고도 행하지 않는 건 거의 불가능했다. 우리가 허랜드 여자들에게 기독교의 고귀한 가르침에 대해 말했을 때 그 설명에 매료된 여자들이 우리의 행동이 우리의 믿음과 같을 거라고 여긴 건 그 때문이라고 생각한다.

알렉산더 머독 목사는 여느 남자들이 그렇듯 엘라도어와의 대화를 굉장히 즐겼다. 그는 또한 엘라도어에게 큰 호기심을 보였다. 하지만 엘라도어는 그의 무례한 질문에 상냥하면서도 단호하게 대처했다.

"어느 나라 출신인가요, 제닝스 부인?" 어느 날 목사가 엘라도어에게 묻는 질문이 내 귀에 들렸다. 그는 내가 말이 들리는 거리에 있다는 사실을 모르는 듯했다.

엘라도어는 질문에 짜증을 내지도, 화를 내거나 당황하지도 않았다. 많은 사람들은 질문을 받으면 정직하게 대답을 하거나 거짓말하는 것 말고 다른 대안이 없다고 생각할지 모르지만 그녀는 다양한 것들을 언급하거나 때로는 삼가면서 대화를 주도할 줄 알았다. 그녀는 종종 깊고 상냥한 눈길로 질문자를 유쾌하게 바라보면서 이렇게 묻곤 했다. "무슨 연유로 그걸 알고 싶은 건가요?" 빈정거림이나 공격성이 배제된 그녀의 말투는 그저 질문의 의도를 진심으로 궁금해하는 듯했다. 사람들은 보통 자신들이 호기심을 갖는 까닭을 설명하기 힘들어하지만, 만약 그저 관심 때문이라고, 그녀에 대한 인간적인 관심 때문이라고 대꾸한다면 엘라도어는 일단 관심에 고마움을 표한 후 모든 사람에게 인간적인 관심을 갖는지 되묻곤 했다. 사람들이 그렇다고 대답하면 여전히 온화한 태도로 이렇게 말하곤 했다. "낯선 이에게 관심이 생겼을 때 그렇게 묻는 게 관례인가요? 그러니까 그게 여러분이 말하는 찬사인가요? 만약 그렇다면 칭찬해주셔서 정말 감사해요."

그녀를 몰아붙이는 사람도 있었지만—말을 알아듣지 못하는 사람들도 있기 마련이니—엘라도어는 정중하고 상냥한 태도를 잃지 않고 상대방의 인내심에 찬사를 보내면서도 원치 않은 말은 단 한 마디도 하지 않았다. 그리고 조국의 결정이 있기 전에는 그 누구에게도 사랑하는 조국에 대해 입도 벙긋하지 않았다.

목사는 다루기 힘든 사람이 아니었다.

"목사님은 모든 나라에, 혹은 모든 사람에게 복음을 전파할 거라고 말씀하셨지요? 혹시 특별히 복음을 전하기 쉬운 나라들이 있나요? 아니면 모두들 비슷한가요?"

목사는 다들 비슷하지만, 자신은 원래 대화 상대방에게 흥미를 느낀다면서 선조들의 정보를 아는 게 중요한 경우도 있다고 강조했다. 그럴 수도 있겠다며 목사의 말에 동의한 엘라도어는 질문은 그 정도로 해두고 그가 읽는 성경을 보여줄 수 있느냐고 물었다. 목사가 성경에 대해 이야기하기 시작하자 엘라도어는 귀를 기울이면서 독백이나 다름없는 그 대화의 방향을 이끌기만 하면 되었다.

내가 엘라도어에게 그 대화의 일부를 우연히 엿들었다며 용서를 구하자 엘라도어는 오히려 목사가 이야기하는 동안 내가 함께 있으면 좋겠다고 말했다. 내가 셋이 함께 있으면 목사가 거리낌 없이 이야기할지 모르겠다고 말하자 엘라도어는 그런 경우라면 괘념치 말라며 관심이 있거든 언제든지 대화를 듣는 걸 환영한다고 말했다. 물론 나는 설사 목사가 내 아내를 개종시키려 할지라도 대화를 엿듣는 짓을 할 생각은 없었지만 이리저리 거닐다가 그들의 대화를 상당 부분 듣기도 하고 가끔은 그들과 함께 자리하기도 했다.

목사는 이따금 자신의 소중한 문고판 옥스퍼드 성경의 일부 페이지에 표시를 한 후 엘라도어에게 읽어보라고 건넸다. 성경을 빌린 엘라도어는 목사의 예상보다 백 배쯤 많은 분량을 읽어냈다. 성경에 큰 흥미를 느낀 엘라도어는 목사에게 적극적으로 질문을 했다.

"목사님은 이 책을 '하느님의 말씀'이라고 부르나요?"

목사가 진지하게 대답했다. "그렇소. 성경은 하느님의 계시된 말씀이지요."

"그리고 성경에 쓰인 모든 게 사실이구요?"

"모든 말씀은 그 자체로 사실이오. 거룩한 사실이지요." 그가 대답했다.

"하느님이 성경을 직접 썼다는 의미는 아니겠지요."

"그렇지는 않소. 하느님은 당신의 백성에게 말씀을 계시하셨소. 성경은 영감으로 기록된 책이오."

"성경은 여러 사람에 의해 쓰였어요. 그렇지 않나요?"

"그렇소. 많은 사람들이 썼지. 하지만 같은 말씀이에요."

"그리고 다른 시기에 쓰였지요?"

"그 역시 맞소. 계시는 오랜 시차를 두고 이루어졌으니까. 구약은 유대인에게, 신약은 우리 모두에게 계시된 것이오."

엘라도어는 경건하게 페이지를 넘겼다. 그녀는 종교에 큰 경의를 표했으며 진실한 사람이라면 누구든지 존중했다.

"가장 오래된 부분은 얼마나 오래된 건가요?" 엘라도어가 목사에게 물었다.

목사는 아는 대로 대답하긴 했지만 사실 그는 최근 학문의 경향에 정통하지 않았으며 '고등 비평'을 끔찍하게 두려워하는 사람이었다.

나는 우리끼리 있을 때 엘라도어에게 고등비평에 관해 조금 설명해 주었다. 성경의 첫 부분은 여러 고대 전설들의 짜깁기에 불과하며 고대 텍스트들 가운데 성경에 포함시킬 내용을 결정한 건 몇몇 사람으로 구성된 협의회였다는 사실과 가장 오래된 시가서인 욥기가 간신히 성경에 포함되었다는 이야기, 외설스럽다고까지 말하기는 그렇지만 어쨌든 관능을 자극하는 고대 연가인 아가서가 성경에 포함되어 그 외설스러운 내용이 종교적 헌신의 고귀하고 신비로운 발현으로, '검지만 아름다운 사랑의 빛'이 교회의 비유적 표현으로 읽히는 건, 죄책감이 들긴 하지만, 역사상 가장 거대한 농담이라는 말도 덧붙였다.

엘라도어는 경악을 금치 못했다.

"밴! 그는 이 내용을 알아야 해요. 당신이 그 사람에게 말해야 해요. 대중들도 이 내용을 다 알고 있나요?"

"학자들은 알고 있지만 전체적으로 보면 일반인들은 잘 몰라요."

"하지만 아가서는 여전히 성경 안에 포함되어 있어요. 그리고 사람들은 신성하지 않은데도 신성하다고 받아들이고 있구요."

"맞아요. 농담은 여전히 진행형이지요."

"학자들은 지금까지 뭘 한 건가요?" 엘라도어가 물었다.

"아, 증거를 찾아서 주장이 사실임을 밝히고 있어요. 그런데 문제는 그걸로 끝이라는 점이에요."

"그걸 아는 사람들이 성경에서 그 내용을 빼라는 요구를 하지 않았나요?"

"각 장별로 나뉘어 출간된 성서도 있어요. 두꺼운 한 권이 아니라 얇지만 책장 한 켠을 가득 채울 만큼 여러 권이에요."

"그 성경이 훨씬 나은 것 같군요. 하지만 예전 성경도 여전히 인쇄되어 팔리고 있잖아요?"

"여전히 인쇄되어 수십만 명에게 팔릴 뿐 아니라 거저 배포되기도 하니 농담은 지금도 진행 중이지요."

엘라도어는 혼란스러워했다. 그녀는 우리가 건설한 외부세계보다도 그들과 다른 방식으로 사고하는 우리의 정신세계를 이해하기 힘들어하는 것 같았다. 허랜드에서 이런 일이 밝혀졌다면 지혜로운 학생들이 가장 먼저 사실 관계를 확인했을 것이다. 그리고 오류가 확실하다면 그 즉시 그 수치스러운 내용을 '신성한' 경전의 자랑스러운 위치에서 삭제했을 것이다. 그들은 공개적으로 실수를 인정하고 바로잡았을 것이다.

"여보, 밴, 당신은 내게 인내심을 가져야 해요. 당신들의 심리를 이해하기까지는 오랜 시간이 걸릴 테니까요. 그래도 최선을 다할게요."

그녀의 최선은 놀라웠다. 그리고 우리가 아마 훨씬 숭고한 사람들일 거라는 확고한 선입견이 없었더라면 더 일찍 최종 결론에 도달했을 것이다.

머독 목사는 꾸준히 엘라도어와 이야기를 나눴다. 그는 일단 엘라도어에게 창세기에 등장하는 시험과 타락, 저주에 관해 꼼꼼하게 상황 설명을 하는 것으로 시작했다.

엘라도어는 자신의 생각을 전혀 드러내지 않고 침착한 얼굴로 조용히 귀를 기울였다. 목사의 이야기가 뱀에게 내려진 형벌에 이르렀을 때였다. "네가 이렇게 하였으니 모든 육축과 들의 모든 짐승보다 더욱 저주를 받아 배로 다니고 종신토록 흙을 먹을지니라." 엘라도어가 물었다.

"그전에는 뱀이 어떻게 이동했는지 말씀해주시겠어요?"

머독 목사가 엘라도어를 쳐다보았다. 그는 커다란 비극이 가진 신성한 의미를 새기면서 깊은 슬픔이 드리운 목소리로 성경을 읽고 있던 참이었다.

"저주를 받기 전에 뱀은 어떻게 움직였나요?" 엘라도어가 물었다.

목사는 약간 성가셔하며 성경을 내려놓더니 대답했다. "뱀은 그 자신이 사탄이었기에 사람과 마찬가지로 직립보행을 한 걸로 추정되오."

"하지만 성경은 '뱀은 육지에 있는 어느 짐승보다도 교활했다'라고 말하고 있어요. 그렇지 않은가요? 그리고 목사님께서 제게 보여준 삽화는 나무에 있는 뱀이었어요."

목사가 대답했다. "삽화는 말하자면 우화적이오. 그리고 이런 신성한 기록에 의문을 제기하다니 경건하지 못한 태도로군요."

엘라도어는 목사의 질책에도 아랑곳하지 않고 한발 더 나아갔다. "실제로 뱀이 흙을 먹나요? 아니면 이것 역시 우화적인 건가요? 어떤 게 우화적인 표현이고 어떤 게 사실인지 어떻게 아시지요? 그건 누가 결정하는 건가요?"

그들은 대격론을 벌였다. 적어도 목사는 격렬했다. 그는 한편으로는 상냥하고 예의 바르면서 다른 한편으로는 진리를 존중하지 않는 엘라도어의 태도를 이해하지 못했다.

신학 토론은 곧 중단되었다. 엘라도어는 거센 폭풍 때문에 침상에 매달려 있어야 했다. 허리케인의 위력이 대단한 건 아니었다. 하지만 끊임없이 몰아치는 강풍에 배가 경로에서 이탈했으며 피해도 상당했다. 우리는 바람을 타고 흘러가는 배 안에서 달리 뾰족한 수가 없었다.

"증기선이다!" 악천후가 시작된 지 셋째 날, 테리가 외쳤다. 우리는 수평선 위로 피어오르는 연기를 보고 배가 이쪽으로 오고 있다는 걸 알았다. 딱 필요한 시점이었다! 증기선이 어느 정도 가까이 접근했을 즈음 우리는 이미 심각하게 물이 새고 있던 작은 배에 조난신호기를 게양했다. 증기선은 아메리카 대륙이 아닌 유럽으로 향하는 스웨덴 국적 선박이었으며 어쨌든 고맙게도 우리를 구조해주었다.

그들은 우리에게 전보다 한결 나은 숙박시설을 제공했으며 자진해서 우리의 큰 모터보트와 복엽기를 배에 실어주었는데, 나는 그들이 지나치게 적극적이라는 생각이 들었다.

엘라도어는 규모가 훨씬 큰 선박과 체구가 거대한 금발 머리 남자들, 그리고 그들이 나누는 대화에 지대한 관심을 보였다. 나는 엘라도어가 마음의 준비를 할 수 있도록 최선을 다했다. 그들에게는 훌륭한 유럽 지도가 있었다. 나는 엘라도어에게 내 능력껏 역사 개요에 대해 설명해주었고 전쟁에 대해서도 들려주었다. 전쟁에 대한 그녀의 공포는 당연한 것이었다.

테리가 설명했다. "우리는 항상 전쟁을 치러왔소. 세계가 시작된 후, 적어도 역사가 계속되는 동안 우리는 전쟁을 했어요. 그건 인간의 본성이오."

"인간이라고요?" 엘라도어가 물었다.

테리가 말했다. "그렇소, 인간. 나쁘지만 전쟁을 벌이는 건 분명히 인간의 본성이오. 국가와 민족은 전쟁을 통해 발전했소. 그건 자연법칙이지."

허랜드를 떠나자 테리는 마치 고무공이 튀어오르듯 허랜드의 모든 영향에서 벗어났다. 테리는 알리마를 향한 자신의 사랑마저 잊기 위해 몸부림쳤으며, 어느 정도는 성공을 거뒀다. 사실 테리는 허랜드에 대해 아예 공부하지 않았다. 나와 달리 그 나라의 역사를 공부하지도 않았고, 제프와 달리 그 나라를 받아들이지도 않았다. 그리고 이제는, 종종 내게 그랬듯, 그곳에서 겪은 모든 경험을 악몽으로 간주하고 있었다. 테리는 허랜드의 존재를 입 밖에 내지 않겠다는 약속은 지킬 것이다. 어쨌든 그 정도의 미덕은 지니고 있었다. 하지만 '남자들의 세계로 돌아온 남자'가 된 사실이 더없이 기뻤던 테리는 예의 그 거만한 태도로, 엘라도어를 마치 완전히 무지한 이방인 대하듯 했다. 심지어 테리는 전쟁이 터졌다는 사실이 기쁜 듯했다.

테리가 반복해서 말했다. "그렇소. 당신은 인생이 그렇다는 걸 받아들여야 할 거요. 인간의 행위가 전쟁을 일으키지."

"군인 중에 여자들도 있나요?" 엘라도어가 물었다.

"여자라고! 물론 없소! 군인은 다 남자들이오. 강인하고 용감한 남자들. 어쩌다 예외적으로 여자가 군인이 되기도 하겠지. 아프리카의 다호메이 왕국에 있는 흑인 부족 중에 여군이 있긴 했으니까. 하지만 일반적으로 병사는 남자들이오."

"그렇다면 왜 당신은 전쟁을 '인간의 본성'이라고 하는 건가요? 인간이라고 말하려면 남자와 여자 둘 다 참여해야 하지 않을까요?"

그러자 테리는 전쟁이 인간에게 필연적인 것임에도 남자들만 수행하는 이유는, 남자들은 할 수 있지만 여자들은 할 수 없기 때문이라고 설명하고 넘어가려 했다. "여자들 역시 그 나름대로 없어서는 안 될 존재이긴 하지. 우리에게 아이를 낳아주니 말이오. 남자들은 할 수 없는 일이지."

테리가 말하는 걸 들으면 미국에서 한 발자국도 나간 적이 없다는 생각이 들 정도였다.

엘라도어는 진지하고 상냥한 미소를 띤 채 테리의 말에 귀를 기울였다. 그녀는 언제나 화자가 말하는 내용뿐 아니라 화자의 성격과 그가 가진 감정의 배경까지 이해하는 듯했다.

"당신은 출산을 '인간의 본질'이라고 말하나요?" 엘라도어가 테리에게 물었다.

"그건 여자의 특성이오. 출산은 여자가 하는 일이니까."

"그렇다면 당신은 왜 싸움을 인간의 본성 대신 '남자의 본성'이라고 말하지 않는 건가요?"

토론은 테리가 자리를 뜨는 것으로 간단하게 끝나고 말았다. 그는 건장한 스칸디나비아인들과 어울리기 위해 떠났고, 우리 둘은 앉아서 전쟁에 대한 대화를 이어갔다.

2

·

전쟁

저 놀라운 땅에서 온 내 아내—나는 그녀를 이렇게 부르는 걸 좋아했다—는 자신이 믿는 종교와 교육, 삶의 습관을 통해 배운 자제력을 최대한 발휘했다. 엘라도어는 자신이 괴로워하는 모습이 내게 슬픔을 안겨주리라는 걸 알고 있었다. 새로운 경험 때문에 고통스러울 거라는 사실을 내가 예상하고 있다는 것도 알고 있었다. 그리고 능력이 닿는 한 도움과 위로를 주기 위해 내가 자신을 지켜보고 있다는 사실도 잘 알고 있었다. 뿐만 아니라 나의 인종적 세심함과 자부심을 과대평가할 정도로 나를 신뢰했다.

정교할 정도로 체계적인 허랜드인들과 우리 사이에는 또 다른 차이가 존재했다. 허랜드 사람들의 인생에서 가장 큰 관심사는 공동체였다. 그들의 사랑과 자부심, 야망은 대부분 공동체를 향했다. 모성애마저 그 자체로 사회적 봉사로 간주되었으며 그렇게 행해졌다. 아름답고 쉽게 짜인 교육과정을 이수한 허랜드 사람들은 조국의 역사를 잘 알고 있었고, 허랜드의 지리와 국가 산업에 대해서도 숙지하고 있었다.

허랜드 아이들은 전국 각지에 흩어져 있는 예술 작품을 둘러보면서 선조의 업적을 존중하고 조국에 필요한 것과 조국이 처한 어려움을 인식하는 법을 배웠다. 그들의 성장과정은 미국 아이들 천 명 중 한 명도 감히 다가갈 수 없을 만큼 깊고 활기 넘치는 사회의식을 함양하는 과정이었다.

이런 특성은 겉으로 드러나지 않았다. 숙련된 주부가 집안 구석구석을 얼마나 속속들이 아는지, 그런 자신의 능력에 얼마나 큰 자부심을 느끼는지 알 수 없듯이 우리는 허랜드 아이들이 가진 활기 넘치는 사회의식을 눈으로 볼 수 없었다. 게다가 허랜드에 관한 우리의 언급은 칭찬 일색이었으므로(그들은 테리의 말은 듣지 못했다!) 그들의 민족적 자부심에 흠집 하나 날 일이 없었다. 우리가 행여나 그들의 자존심에 작은 상처라도 냈다면 그들이 허랜드를 보여주는 일은 없었을 것이다.

나의 세계로 가기 위해 자신의 세계를 떠나온 대담한 여행가 엘라도어가 처한 상황은 우리와 달랐다. 깨어 있는 여자들의 세심한 보살핌 덕분에 항상 평화롭고 아름다우며 현명하게 정돈되어 있는 곳으로 유배된 우리 셋과는 달리 그녀는 처음 접한 소식이 무시무시한 전쟁인 세계에 홀로 남겨진 것이다. 인생에서 오해나 사고보다 더 끔찍한 상황은 경험해본 적 없고, 그마저도 몇 번 겪어보지 않은 사람에게, 전반적인 평안과 아름다움이 천 년 동안 이어져오면서 민족적 기질로 굳어진 사람에게 유럽의 현 상황은 충격 그 이상일 것이다.

엘라도어는 지금 내 느낌이 자신과 다르지 않을 거라고 생각했다. 물론 나 역시 기분이 나쁘기도 하고 수치스럽기도 했지만 허랜드에서 어떤 단점이 드러났을 때 그녀가 느꼈을 감정과 비교하면 내 감정의 진폭은 상당히 좁았다. 사실 그녀의 예상만큼 나쁘지도 않았다.

나는 엘라도어 덕분에 과거에는 무심코 지나쳤던 일들을 새로운 시각으로 주목하는 법을 꾸준히 새롭게 배울 수 있었다. 그렇게 주목하게 된 세상사에서 가장 인상 깊었던 건 우리가 거의 사회화되지 못했다는 깨달음이었다. 가정주부가 자기 옷에 얼룩이 묻기 전까지는 의자에 묻은 기름때에 무심하듯, 우리는 우리에게 직접적인 피해를 주지 않는 공공 악폐에 무심했다. 심지어 '개혁가들'도 기름때가 묻은 의자에 흥분하면서 정작 바닥에 수북한 먼지나 더러운 창문, 품질이 좋지 않은 버터와 다 떨어져가는 비누는 나 몰라라 하는 주부와 별반 다르지 않았다. 특정 악폐는 일부 대중의 관심을 환기시키기도 하지만 누구에게나 중요한 집안의 청결, 위생 상태에는 모두가 무관심으로 일관했다.

사랑스럽고 사려 깊은 영혼의 소유자인 엘라도어는 새로운 경험에 연신 휘청거리면서도 행여 내가 속상할까봐 충격받은 자신의 속내를 드러내지 않으려고 최선을 다했다. 그녀는 차마 내 성(性)과 내 조국을, 적어도 내가 속한 이 세계와 이 세계의 문명을 비난하지 못했다. 그녀는 나를 탓하고 싶어하지 않았다.

정말 부끄러웠다. 앞서 말한 대로 모든 게 완벽하고 쾌적한 환경에서 살던 사람이 돌연 시끄럽고 혼란스러우며 더럽고 무질서하고 적의가 가득한 세상으로 곤두박질쳤을 때 받는 충격은 애당초 그런 환경에서 나고 자란 사람의 그것과 비교하기 힘들 것이다.

가장 중요한 건 적의였다. 허랜드 여자들과 우리 사이의 심적 차이가 여기서 다시 한번 드러난다. 속어나 욕설, 외설스러운 말, 거친 반박과 싸움이 난무하는 환경에서 성장한 사람이라면 타인의 적의가 특별할 것 없겠지만, 섬세한 이해와 품위 있는 정중함, 언어를 예술처럼 아름답게 사용하는 분위기에서 자란 사람이라면 누군가가 "아가리 닥쳐, 이 새끼야!"라고 말하는 걸 듣는 것만으로도, 말없이 증오에 찬 표정으로 모여 있는 사람들을 보는 것만으로도 큰 충격을 받을 것이다.

엘라도어를 항상 무겁게 짓누르는 것은 이렇게 의심과 불신, 잔인한 자기강화와 모진 경멸의 말이 난무하는 사회 분위기였다.

배에는 독일 장교 한 명이 타고 있었다. 그는 처음부터 엘라도어에게 말을 붙이려고 했는데 그 이유는 오직 한 가지, 엘라도어가 아름다운 여성이기 때문이었다. 엘라도어 역시 그와 대화를 나누고 싶어했는데 그 까닭은 단지 그가 위대한 국가의 국민이기 때문이었다.

하지만 그들을 지켜보던 나는 밝은 빛 같은 정신으로 독일 장교의 인성을 꿰뚫어 본 엘라도어가 자신의 고귀한 철학에도 불구하고 그로부터 등을 돌리면서 몸서리치는 모습을 볼 수 있었다.

우리가 탄 배는 스웨덴 목적지에 도착하기 전에 잉글랜드 배 한 척에게 추월당했는데 반갑게도 우리 셋 모두 그 배로 환승하게 되었다. 그러면 고향에 더 빨리 닿을 수 있기 때문이었다. 적어도 우리 생각은 그랬다. 덧붙이자면, 독일 장교는 이 상황을 반기지 않았다.

엘라도어는 바뀐 상황을 기쁨으로 환영했다. 그녀는 스칸디나비아 반도국들보다 잉글랜드가 좀 더 친숙했고, 영어도 구사할 줄 알았다. 엘라도어는 잉글랜드에서라면 모든 게 좀 더 쉬울 거라고 생각한 것 같았다.

우리는 생각처럼 빨리 출발하지 못했다. 테리는 정말 입대를 하거나 어떤 식으로든 군 복무를 하기로 결심했고, 사람들이 그런 테리와 테리의 비행기를 이용했기 때문이다. 이 사실은 전혀 놀랄 일이 아니었다. 테리의 성품에 결함이 있긴 하지만 그 결함이 장점이 되기도 했다. 테리는 연합군을 위해 열심히 일했다.

뜻밖에도 엘라도어가 조금 더 머무를 수 있는지 물었다. "힘들지만 아마 다시 오지 않을 테니 가능한 한 모든 걸 배우고 싶어요."

그리하여 우리는 좀 더 머물렀고, 엘라도어는 열심히 배웠다. 배움은 오래 걸리지 않았다. 속독가였던 그녀는 곧 꼭 맞는 책들을 찾아냈다. 경이로운 청자였던 그녀에게 많은 이들이 대화를 청했고, 그녀에게 많은 것들을 보여주었다.

우리는 런던과 맨체스터, 버밍엄을 탐구했고 아름다운 시골을 즐겼다. 자동차로 스코틀랜드와 아일랜드에 갔고 웨일스를 방문했다. 그러고는 정말 놀랍게도 엘라도어가 내게 프랑스에 가자고 재촉했다.

"난 보고 싶기도 하고, 알고 싶기도 해요. 정말로 알고 싶어요." 엘라도어가 말했다.

나는 엘라도어가 염려스러웠다. 그녀의 표정은 단호했다. 엘라도어의 한결같은 상냥함 위로 굳은 표정이 드리워졌다. 그녀는 점점 나와 사회적 조건에 대해 대화하기를 삼갔다.

우리는 프랑스로 향했다.

병원을 방문한 엘라도어는 여기저기가 부러진 사람들, 불구가 되거나 시력을 잃은 소년들을 보면서 하루하루 안색이 창백해져갔고 정신적으로 고통스러워했다. 그녀는 날마다 새로운 언어를 조금씩 익힌 끝에 사람들과 이야기를 할 수 있게 되었다.

그곳에서 우리는 자신의 비행기로 정찰 임무를 수행 중이던 테리와 우연히 만났다. 엘라도어는 테리에게 비행기를 태워달라고 부탁했다. 그녀는 전장을 보고 싶어했다. 걱정스러웠던 나는 만류했다. 그녀가 목격한 모든 상황은 눈부시게 건강했던 그녀의 육체마저 흔드는 듯했다. 그런데도 엘라도어는 이렇게 말했다. "가능한 한 모든 걸 보고 아는 게 제 임무예요. 사람들은 제게 이 전쟁이 이례적인 게 아니라고 하더군요."

테리가 말했다. "전혀 이례적인 상황이 아니오. 지금 모든 건 평상시와 다를 바 없소. 상황이 좀 더 확대되었을 뿐. 인류의 역사에서 전쟁이 없었던 기간은 300년 정도뿐이지."

테리를 쳐다보는 엘라도어의 눈빛이 어두워지면서 눈동자가 커졌다. "그게 언제인가요? 예수가 이 세상에 나타난 후인가요?" 엘라도어가 말했다.

테리가 웃으며 말했다. "아니, 어떤 특정 시기가 아니고 역사의 전 시기에 흩어져 있소. 이제 당신도 인류의 삶에서 전쟁이 정상적인 상황이 라는 사실을 알겠지."

엘라도어가 말했다. "그렇다면 난 더더욱 전쟁을 봐야 해요. 제발 좀 태워주세요."

그러고 싶지 않았던 테리는 위험하다고 말했다. 하지만 엘라도어의 청은 거절하기가 힘들었고, 그녀는 자신의 뜻을 굽히지 않았다. 엘라도어는 두 눈으로 전선의 참호와 주검들을 목격했다. 최근 전쟁이 벌어진 곳에서 가까스로 죽음을 피한 사람들을 보았고, 그들로부터 전쟁 이야기를 들었다. 모든 곳에서 폐허를 목격했다.

그날 밤 엘라도어는 창가에서 대리석으로 만든 여인처럼 냉랭한 표정으로 말없이 저 멀리 떨어진 별을 응시한 채 가만히 앉아 있었다. 그리고 마치 온 가족이 나병에 걸린 친구라도 대하듯 슬픔을 가득 머금은 다정함으로 나를 대했다.

우리는 잉글랜드로 되돌아갔고, 엘라도어는 벨기에에 관해 최대한 많은 정보를 조사하면서 그곳에서 마지막 시간을 보냈다.

그때가 그녀의 한계점이었다. 엘라도어가 잠근 방문 사이로 가슴 터지도록 울부짖는 소리가 새어 나왔다. 눈부셨던 젊은 시절 내내 고통이라는 단어조차 모르고 살아온 엘라도어는 항상 마음에 공동체를 담고 있었다. 이런 참상을 보아도 타인의 경험으로 치부하고 마는 우리와 달리 그녀는 이 모든 상황을 자기 일처럼 여겼다.

나는 자물쇠를 부셨다. 아내에게 가야 했다. 엘라도어는 내게 말도 하지 않고 나를 쳐다보려 하지도 않았다. 그저 베개에 얼굴을 묻고 내가 독일인이라도 되는 듯 몸서리를 쳤다. 엄청난 흐느낌이 엘라도어를 갈기갈기 찢어놓았다. 문득 그 울음은 보통 여자가 쉽게 흘리는 눈물이 아니라 강인한 남자의 철저한 좌절처럼 느껴졌다. 그리고 엘라도어는 강인한 남자가 그렇듯 자신의 눈물을 부끄러워하고 있었다.

이윽고 엘라도어의 감정을 어느 정도 이해할 수 있게 된 나는 새로운 세계에 대한 지식의 부담보다도 그녀가 가진 자제력이 오히려 고통을 배가시킨다는 사실을 깨달음으로써 엘라도어가 느끼는 고통을 조금이나마 덜어줄 수 있었다.

옆에 무릎을 꿇은 나는 아내를 품에 안고 그녀의 머리를 내 어깨에 묻었다.

내가 말했다. "여보, 내 사랑, 내가 저 참상은 어떻게 할 수 없지만 적어도 당신이 그 참상을 견디는 걸 도울 수는 있어요. 내가 해볼게요. 여기서 당신은 혼자예요. 당신에게는 나밖에 없어요. 마음속에 있는 걸 어떻게든 밖으로 내보내야 해요. 그냥 내게 모두 다 얘기해요."

긴장한 엘라도어가 두렵다는 듯 나를 꽉 붙잡았다. "전, 전, 어머니가 보고 싶어요!" 그녀가 흐느꼈다.

엘라도어의 어머니는 사원을 지키는 지혜로운 여인 중 한 명으로 도움이 필요한 사람들에게 위로와 조언을 건넸다. 모녀가 함께 있는 모습은 보지 못했지만 그들은 내가 아는 것보다 훨씬 더 서로를 사랑했다. 그럼에도 그녀의 어머니는 엘라도어에게 떠나라고, 조국과 조국의 미래를 위해 그렇게 하라고 충고했다.

"어머니! 어머니! 어머니!" 엘라도어가 소리를 죽인 채 흐느꼈다. "아아, 어머니! 제가 이 고통을 감당할 수 있게 도와주세요!" 어머니와 사원 대신 자신을 사랑하는 한 남자만 존재하는 상황 속에서 엘라도어의 울음은 서서히 잦아들었고, 그녀는 조금씩 안정을 되찾았다.

내가 말했다. "당신보다 우리가 더 잘 아는 게 한 가지 있어요. 바로 고통을 다스리는 방법이에요. 고통을 가슴에 담아두면 안 돼요. 말해야 해요. 다른 사람들이 그 고통을 견디도록 해야 해요. 그게 훌륭한 심리학이에요, 여보."

"그건 너무 잔인한 것 같아요." 엘라도어가 속삭였다.

"아니, 잔인한 게 아니에요. 그저 불가피한 것일 뿐이에요. '서로의 짐을 나눠 져라'라는 말이 있잖아요. '결혼을 하면 기쁨은 두 배가 되고 걱정은 반이 된다'라는 결혼과 관련된 훌륭한 격언도 있어요. 여보, 그 짐을 내게 넘겨요. 남편은 그러라고 있는 거예요."

"하지만 내가 느끼는 것들을 어떻게 당신에게 말할 수 있겠어요? 당신 나라 사람들을, 당신이 속한 문명을 비난하는 건 너무 무례해요."

내가 말했다. "당신은 두 가지를 과소평가하고 있어요. 하나는 내가 남자이자 인간이라는 점이고 다른 하나는 내가 허랜드에 머물렀다는 사실이에요. 당신과 함께 보낸 시간은 내게 깊은 영향을 남겼어요. 전에는 몰랐던 전쟁의 참혹함을 깨달았지요. 그 무시무시한 전쟁이 당신에게 어떤 영향을 미칠지 조금이나마 알게 되었지요. 나는 당신이 지금 당신을 괴롭히는 것들을 말로 표현해 그 감정의 압박에서 벗어나면 좋겠어요. 죄다 말해요. 최악이라고 생각하는 것들을 다 입 밖으로 뱉어버려요. '이 세계는 문명화되지 않았다, 사람이 아니다, 우리 산 밑에 있는 야만인들보다 더 나쁘다'라고 말해요, 여보. 나는 다 참을 수 있으니까. 그러면 한결 나을 거예요."

엘라도어가 고개를 들더니 떨리는 긴 숨을 내쉬었다.

"당신 말이 맞는 것 같아요. 조금은 안도감이 들 거예요. 무엇보다도 당신이 있잖아요!" 그녀가 갑자기 팔로 나를 감싼 후 꼭 껴안았다.

"당신은 나를 정말 사랑해요. 그 사랑이 느껴져요. 조금은, 아주 조금은 모성애와 닮았어요! 정말 고마워요!"

엘라도어는 폭풍처럼 격렬한 고통이 어느 정도 지나갈 때까지 내 품에서 쉬었다. 이윽고 우리는 함께 가까이 앉았고, 그녀는 내 충고에 따라 자신을 덮친 고통을 시각화한 다음 하나도 빼놓지 않고 말로 표현하려고 애썼다.

엘라도어가 더디게 말문을 열었다. "내겐 쉽지 않은 일이에요. 당신에게 상처 주고 싶지 않으니까요. 당신은 몹시 신경이 쓰일 게 분명해요."

내가 엘라도어에게 말했다. "여보, 그만해요. 당신은 내 예민함을 과대평가하고 있어요. 당신이 느끼는 것과 비교하면 내가 느끼는 건 정말이지 아무것도 아니에요. 난 알아요. 기억하겠지만 우리 민족의 전통에서 전쟁은 멋지고 훌륭한 것이었다오. 우리는 모든 역사 기간 내내 전쟁과 전사들을 이상화했지요. 당신, 지금까지 우리 역사에 대해 상당히 읽었잖아요."

엘라도어가 그랬다는 걸 나는 알고 있었다. 그리고 그녀가 슬픈 듯 고개를 끄덕였다. "그래요. 사실상 모든 역사가 곧 전쟁이더군요. 하지만 난 상상하지 않았어요. 그 모습을 떠올릴 수가 없었어요."

엘라도어가 눈을 감고 몸을 다시 움츠렸지만 나는 멈추지 않고 말을 이었다. "당신은 이제 우리에게는 이 상황이 그렇게 큰 공포가 아니라는 걸 알겠지요. 이번 전쟁이 여타 전쟁보다 더 끔찍한 이유는 일부 군인들이 보인 파렴치한 행동 때문이에요. 또 우리가 진짜로 문명화되기 시작했기 때문일 거예요. 지금 당신이 보는 그 고통은 우리가 역사 기간 내내 경험한 고통과 별반 다르지 않아요. 당신, 우리 과거 때문에 불행하지는 않잖아요?"

엘라도어는 그렇다고 시인했다.

"좋아요." 내가 말을 이었다. "허랜드의 바깥세상 사람들은 모든 시대에 걸쳐 서로 싸웠고, 우리는 이제 여기까지 왔어요. 몇몇 전쟁광들은 전쟁 때문에 이렇게 발전했다고 말하고, 평화주의자들은 전쟁에도 불구하고 발전해온 거라고 말해요. 이제 난 평화주의자들의 의견에 공감이 가요. 엘라도어 당신과 함께하면서, 당신을 통해서, 또 당신 덕분에, 그 축복받은 나라에서 바람직한 인간의 삶을 보고 나서야 나는 몰랐던 사실들을 깨닫게 됐어요. 나는 성장한 거예요."

엘라도어가 내 말에 슬며시 미소를 짓더니 다시 내 손을 잡았다.

나는 계속했다. "당신은 정말 중요한 사절이에요. 당신의 조국인 고지대 섬, 작고 신비한 낙원으로부터 맹목적으로 피를 흘리는 비참한 이 세계를 눈으로 직접 보고, 그 소식을 조국 국민에게 전하라는 임무를 띠고 파견되었지요. 모성애의 거대한 보고인 당신의 조국이 아마 우리의 잘못을 바로잡도록 도움을 줄 수 있을 거예요. 그리고 당신은 이 슬픔을 감당할 여력이 없어요. 슬픔에 못 이겨 죽고 말 거예요. 당신은 생각해야 해요. 그리고 모두 다 가차 없이 내게 말하도록 해요."

엘라도어가 깊은 숨을 내쉬더니 마침내 대답했다. "정말 놀라워요, 여보! 당신 말이 맞아요, 맞고말고요. 미안한 말이지만 당신의 지혜를 조금은 과소평가했어요. 용서해줘요!"

엘라도어의 말은 내게 일말의 불쾌감도 주지 않았지만 어쨌든 난 얼른 그녀를 용서했다. 그제야 그녀는 압박에서 자유로워지기 시작했다.

엘라도어가 말했다. "일단 기독교에 대해 말할게요. 처음에 기독교는 내게 커다란 희망을 안겨주었어요. 물론 신화가 아닌 기독교의 정신 말이에요. 기독교의 전파 과정과 기독교가 가진 수많은 이점에 대한 목사의 설명을 들으면서 나는 기독교야말로 우리가 알면 좋고 아름다운 것, 뭔가 모성과 굉장히 가까운 것이라고 생각하게 되었어요."

언급할 때마다 경건해지는 '모성'은 허랜드 사람들이 아는 가장 고귀하고 성스러운 단어였다.

"그런데 책을 읽고 사람들과 이야기하고 연구한 지난 몇 주 동안 난 전쟁을 멈추기 위해 기독교가 한 일을 하나도 찾지 못했어요. 이교도 국가에 비해 기독교 국가들은 전쟁을 더 했으면 더 했지 결코 덜 한 게 아니에요. 게다가 서로 싸우기까지 했더군요. 기독교는 이 땅에 평화를 가져다주지 않았어요. 전혀."

내가 시인했다. "그래요. 맞아요. 하지만 기독교는 상황을 호전시키기 위해, 사람들을 치유하고 구원하기 위해 노력했어요."

엘라도어가 대답했다. "내게는 그 말이 바보같이 들리는군요. 집에 화재가 발생했다면 불을 끈 후에야 피해 상황을 확인할 수 있어요. 집이 불타는 마당에 그저 앉아서 화상 입은 피부를 치료하고 불탄 가구를 수리하는 건 어리석은 짓이에요."

"수리한 가구가 더 큰 화재를 부르는 불쏘시개가 된다면 더욱 그렇겠지요." 내가 덧붙였다.

"그렇고말고요!" 엘라도어가 기뻐하며 외쳤다. "그렇다면 당신이… 아, 당신은 혼자지요. 당신 혼자서는 이 상황을 바꿀 수 없겠지요."

"아니에요. 그 부분에 관해서라면 난 혼자가 아니에요. 많은 사람들이 이 상황을 인식하고 있어요."

"그렇다면 왜…" 말을 시작하려던 엘라도어가 감정을 억누르기 위해 잠깐 멈췄다가 다시 천천히 말문을 열었다. "내 마음에서 지우고 싶은 건 인류가 일부러 서로에게 헤아릴 수 없을 만큼 큰 고통을 주는 이런 광경이에요. 고통을 피할 수 없다면 정말 견디기 힘들 거예요. 피할 수 없는 고통은 온전한 공포니까요. 도움을 주고 싶은 마음이 간절해질 거예요. 문제는 공포뿐만 아니에요. 사람들은 서로를 지독하게 경멸하기까지 해요. 그럴 필요가 전혀 없는데 말이죠."

내가 동의했다. "당신 말이 다 맞아요, 여보. 하지만 그 사람들을 어떻게 막겠어요?"

엘라도어가 진지하게 대답했다. "내가 할 일이 그 방법을 찾는 거예요. 어머니와 다른 모든 '높으신 어머니'들이 여기 계시면 정말 좋을 텐데요. 어머니들이라면 방법을 찾아낼 거예요. 분명히 방법이 있을 거예요. 그리고 당신 말이 맞아요, 난 이 고통에 압도당해서는 안 돼요."

내가 제안했다. "이렇게 생각해봐요. 세상 사람들의 4분의 3이 죽는다 해도 인구는 다시 빠른 속도로 회복될 거예요. 당신의 조국이 얼마나 빨리 인구를 회복했는지 기억나죠?"

"그래요. 그리고 단순히 살아남는 게 중요한 게 아니라 사람들의 삶이 나아지는 게 중요하다는 것도 기억해요." 엘라도어가 말했다.

엘라도어는 느닷없이 자신의 두 손을 맞잡더니 쥐어짜듯 비틀면서 덧붙였다. "하지만 전쟁이 모든 발전을 가로막고 있어요. 사람들은 전쟁으로만 죽는 게 아니에요. 세상 사람들의 절반이 지진으로 죽을 수도 있어요. 하지만 지진은 사람들에게 이런 피해를 주지 않아요! 내가 우려하는 건 살인보다도 증오예요. 인간의 능력이 왜곡되는 게 두려워요. 이건 인간성이 죽어가는 게 아니라 미쳐가는 거예요."

다시 몸서리치는 엘라도어의 눈에서 검은 공포가 자라났다.

나는 아내에게 말했다. "진정해요, 여보. 인간성은 커다란 명제라오. 여행하는 게 안전한 상황이 되는 대로 당신과 나는 온 세계를 돌아볼 거예요. 그동안은 하루라도 빨리 당신을 우리나라로 데려가고 싶어요. 거기엔 전쟁이 없으니까요. 미국인들은 온화하고 친절하죠. 당신도 좋아할 거예요."

전쟁에 휩싸인 유럽에서 미국인이 자신의 조국에 따뜻한 호의를 품는 건 이상하지 않았으며 남편이라면 아내가 자신의 나라와 그 나라 국민을 존중해주기를 바라는 것 역시 당연했다.

엘라도어가 간절하게 말했다. "전쟁에 대해 좀 더 얘기해줘요. 나도 더 읽고, 더 공부해야겠어요. 난 차이점을 제대로 평가하지 못했어요. 게다가 지금은 유럽만 보고 이 세계를 평가하고 있지요. 여보, 먼저 다른 세계를 돌아보는 게 어때요? 하루라도 빨리, 가능하면 온 세상을 알고 싶어요. 잉글랜드가 이 세계와 굉장히 유사한 것 같으니 일단 당분간 그곳에서 공부를 한 다음 미국에 닿기 전에 서쪽 대신 동쪽으로 여행하면서 나머지 세계를 봐야겠어요. 가장 좋은 곳은 마지막까지 남겨둬야지요."

여행에 위험이 따른다는 사실만 빼면 이 계획에 크게 문제는 없는 듯했다. 나는 엘라도어가 그곳에서 불안한 상태로 뭔가를 하기 위해 계획을 짜기보다는 짧게 여행을 한 후 나와 함께 미국으로 돌아가는 게 나을 것 같았다.

우리는 잉글랜드의 조용한 곳으로 다시 돌아갔다. 그곳에서 잠시나마 전쟁의 공포로부터 해방되었다. 한 치의 오차도 없는 판단력의 소유자였던 엘라도어는 교육에 재능 있는 젊고 해박한 역사가를 만나서 잠시 가르침을 받았다.

그들에게는 고대 시대 미지의 땅이었던 '테라 인코그니타'와 그 미지의 땅과 접한 대양이 표시된 지도부터 정확한 조사에 의해 현재 지구의 모든 지형 정보가 표시된 지도에 이르기까지 다양한 지도가 있었다. 엘라도어는 역사가의 눈을 피해 자신의 작은 조국이 숨겨진 곳에 입을 맞췄다.

허랜드인들의 지능과 교육 방식에 익숙하지 않은 사람이라면 누구라도 엘라도어가 우리 역사의 전체 윤곽을 이해하는 속도에 경악을 금치 못했다. 젊은 역사가 역시 깜짝 놀랐다. 엘라도어는 그가 가르치고 싶어하는 것 모두를 머릿속에 집어넣겠다는 자세로 덤비지 않았다. 오히려 선생이 제공하는 지식의 흐름을 지속적으로 파악한 후 자신이 원하는 지식만 받아들였다.

엘라도어는 지질과 식물, 동물, 민족 등의 진화와 관련된 몇몇 훌륭한 책을 통해 필요한 배경지식을 얻었고, 윈우드 리드가 쓴 『인간의 순교』처럼 놀랄 만큼 요약이 잘된 책을 통해 역사의 개요를 이해했다.

명석하고 강인하며 논리적이고 잘 정돈되어 있으며 아이 같은 생생한 기억력을 지닌 엘라도어의 두뇌는 별다른 노력 없이도 배운 사실들을 터득하고 기억하고 서로 결부시켰다. 곧 그녀는 인류가 지구에 등장한 후 여러 시대에 걸쳐 어떻게 살아왔는지에 관해 명확한 시각을 갖게 되었다. 그리고 진화에 걸린 시간과 진화 속도의 증가 추이를 추정했다. 사실 나는 '역사가 발전하기 전' 세월이 얼마나 길었는지, 그 시간이 얼마나 길고 느리게 흘렀는지 전혀 몰랐고 역사 발전의 거대한 추동력이 된 새로운 발명의 가치 역시 깨닫지 못하고 있었다. 하지만 엘라도어는 진화 시간표를 명쾌하게 정리했으며, 끊임없는 전쟁에 다시는 괴로워하지 않겠다고 굳게 마음먹은 후 사회 진화의 단계를 추적하는 데에서 커다란 환희를 느꼈다.

시대가 현재에 가까워질수록 즐거움은 커졌다. 엘라도어는 발명과 발견의 이야기는 물론, 양자 간 상호작용의 효과를 기록한 텍스트에 푹 빠졌다. 그녀는 각각의 종교를 적은 다음 이 종교들이 가진 특별한 강점과 약점을 규정하고, 종교가 미친 영향을 주시했다. 그녀는 특정 영향을 표시한 지도를 직접 만들었는데, 이를테면 종교가 다른 지역을 다양한 색깔로 표시한 다음 '동방의 침략' 이후 '마냐나'* 풍습이 생겨난 스페인 지역이나 불교를 받아들인 인도, 중국, 일본 중에서도 불교의 영향권에 속한 지역처럼 역사적으로 종교가 겹치는 지역에 색깔을 겹쳐 칠했다.

엘라도어가 열의에 넘쳐서 다시 설명했다. "이런 연구에 평생을 바칠 수도 있겠는걸요. 이제 겨우 시작이에요. 지도에 제대로 표시해야 해요. 그래야 각 국가가 어떤 종교를 받아들였는지, 각 종교가 다른 종교에, 혹은 이 세계에 어떤 영향을 미쳤는지 파악할 수 있어요. 어느 종교가 얼마나 빠른 속도로 전파되었는지, 어느 종교가 성장을 멈췄는지, 아

* mañana. 스페인어로 '내일'이라는 뜻. 무엇이든 뒤로 미루는 스페인 사람들의 문화를 대표하는 말.

니면 몰락했는지, 그렇다면 그 이유는 무엇인지도 이해할 수 있을 것 같아요. 정말 흥미로워요."

엘라도어 덕분에 이젠 달라졌지만 예전 내 입장에서 본다면 그녀의 태도가 좀 짜증스러운 것도 사실이었다. 그녀는 쉴 새 없이 빈민굴을 찾아다니는 어린 천사 같았다. 그리고 가난한 사람들이 자신을 '환자' 취급하는 것에 분개하듯 나는 그녀가 생글거리면서도 가차 없이 분류하는 것이 약간 못마땅했다.

하지만 난 결국 엘라도어가 옳다는 사실을 알고 있었다. 그리고 그녀가 전쟁이 주는 끔찍한 고통에서 빨리 벗어나게 되어 정말 기뻤다. 물론 엘라도어가 아픔과 고통을 완전히 극복하거나 까맣게 잊은 건 아니었다. 누가 그럴 수 있을까? 어쨌든 엘라도어는 다른 일에 몰두함으로써 마음의 평정을 되찾아갔다.

엘라도어가 내게 말했다. "여기 있는 역사책에 담긴 정보는 죄다 누가 누구와 싸웠는지, 언제 싸웠는지, 누가 통치했는지, 특히 언제 통치했는지에 관한 것이더군요. 정말 우스워요. 왜 이 세계의 역사가들은 정확한 시점에 그렇게 병적으로 집착하는 건가요?"

"중요한 요소니까요. 그렇다고 생각하지 않아요?" 내가 물었다.

"어떤 관점에서 보면 그럴 수 있어요. 하지만 적어도 보통 학생의 입장에서는 그렇지 않아요. 예를 들어 의사는 환자의 열이 오른 시점이나 떨어진 시점을 알길 원하죠. 자신의 '차트'를 검토해야 하니까요. 하지만 대중은 발열의 원인과 발열을 예방하는 방법을 알아야 해요. 마찬가지로 대중은 전반적인 세계 역사에 대해, 가장 중요한 사건이 무엇인지 알아야 해요. 그런데 여기서는 딱하게도 왕이 이 날짜에 '즉위'했고, 저 날짜에 세상을 떠났다는 사실에만 주목하고 있어요. 역사적인 중요성이 전혀 없는 사실인데도 그런 사실을 기억해야 한다고 말해요. 전쟁도, 역사에서 결정적이었던 전투들도 마찬가지예요." 이제 모든 이야기를 마음속에 또렷하게 그릴 수 있게 된 엘라도어는 전쟁에 대해 얘기할 때도 전혀 움츠러들지 않았다. "그건 결코 역사가 아니에요!"

"당연히 날짜는 역사의 한 부분이에요." 내가 주장했다.

"아뇨, 그렇지 않아요. 의사가 작성한 '차트', 그러니까 '환자의 병력'으로 돌아가볼까요. 병력에는 환자가 치료를 받고 있는 질병의 시작과 확산 상황, 완치되었는지 아니면 치료에 실패했는지가 기록되어 있어요. '오후 네 시에 한 환자가 다른 환자의 침대에 올라가 환자를 때렸다'고 말하는 건 결핵 환자나 암 환자의 기록의 일부가 아니라는 뜻이에요."

"그게 환자가 정신착란을 앓고 있다는 증거일 수도 있잖아요?" 내가 얘기했다.

도표를 채우던 엘라도어가 고개를 들더니 매혹적인 미소를 지었다. "밴, 대단하군요. 멋진 생각이에요!"

엘라도어가 자신의 종이들을 흘낏 보면서 말을 이었다. "그렇다면 환자가 초기에 간헐열이 있었겠군요. 실제로 정신이상을 일으켰을 때 화와 분노로 인한 격렬한 발작도 있었을 테고, 오한도 느꼈을 거예요. 무력하게 누워 있는 동안에는 몸이 춥고 힘이 없었을 테고 아무것도 할 수 없었겠지요."

우리는 비유임에도 이 예시가 이해하기도 쉽고 설득력이 있다는 데 의견을 같이했다. 그리고 우리의 논의는 질병의 원인과 치료 방법을 연구하되, 더 중요한 건 질병을 예방할 수 있는 방법을 찾아야 한다는 것이라는 당연한 제안으로 이어졌다.

엘라도어가 내게 말했다. "이 모든 것 뒤에 아주 인상적인 기록이 있어요. 이곳의 역사가들이 그 부분을 분명하고 일관되게 이해하고 있는지 모르겠네요. 역사가들은 모든 역사가 교육을 위해 의식적으로 개정되어야 한다는 입장을 받아들이지 않더군요."

"우리 세계의 역사는 허랜드의 역사보다 훨씬 복잡하잖아요? 알겠지만 나라도 훨씬 많고 민족도 훨씬 다양해요." 내가 답했다.

하지만 엘라도어는 현명한 미소와 함께 고개를 저으면서 자신의 선생의 말을 인용했다. "역사라는 책은, 그 두께에도 불구하고 한 페이지로 되어 있을 뿐이지요."*

엘라도어가 말을 이어갔다. "역사가들은 모두 같은 사건에 대해 말해요. 똑같은 말을 할 뿐 아무도 가장 중요한 걸 보지 못해요. 정확한 '병력'을 말하는 사람이 한 명도 없다구요. 여보, 난 우리가 이곳의 역사에 대해 도움을 줄 수 있을 거라고 생각해요."

* 조지 고든 바이런(1788~1824). 영국의 대표적인 낭만파 시인.

그날 공포가 자신을 덮쳤을 때 내가 한 제안을 완벽하게 소화해낸 엘라도어는 이제는 내가 자기 여동생이라도 되는 것처럼 아무 거리낌 없이 내게 말했다. 여자에게 말하듯 내게 남자들에 대해 말했고, 나와 상관없는 세계인 양 이 세계에 대해 말했다.

우리 대화에는 낯선 행복감과 경이로운 동지애가 존재했다. 나는 점차 엘라도어와 같은 방식으로 삶을 이해하기 시작했다. 그건 마치 얽히고설킨 가시덤불에서 날아올라 도시와 농지, 대륙과 대양을 한눈에 내려다보는 것 같았다. 인생 자체가 대단히, 더욱 흥미롭게 느껴지기 시작했다. 이제는 보편적인 생각으로 널리 인식되는 어느 무지몽매한 고수(鼓手)가 던졌다는 농담, "인생은 지긋지긋한 일의 반복일 뿐"이라는 말이 떠올랐다. 나는 있어서는 안 될 문제와 직면했을 때 아무 의미 없이 소모되어버리는 용기와 쾌활함, 인내 같은 우리의 딱한 미덕들을 생각했다.

엘라도어는 인류가 창조자로서 스스로 만들어가는 것이 인생이라고 생각했다. 반면에 우리는 인생을 항상 외부의 힘에 의해 주어지는 고통 혹은 축복이라고 여긴 것 같다. 엘라도어와 함께 연구하고 보고 이해하면서 나는 서서히 그녀의 시각과 판정의 기준을 받아들였고 그녀의 열정과 한없는 관심을 배워갔다. 그리고 내 고향을 향한 세계일주 여행을 시작할 즈음 우리 둘은 계획한 대로 빠른 조사를 위한 모든 준비를 끝낸 상태였다.

3

탐사의 여정

엘라도어가 가져온 작고 불룩한 보석가방은 그 재산 가치가 처음 내 예상보다 훨씬 컸다. 그 사실은 그녀의 원대한 목표를 감안하면 보석에 굶주린 백만장자들이 세상에 남아 있다는 사실과 함께 대단한 행운이었다. 우리는 인도에서 원주민 왕자들을 만났는데 루비와 에메랄드에 대한 그들의 욕심은 거부를 축적한 자신들의 선조들 못지않았다. 이들은 보석 값을 치르고도 남을 만큼 많은 고대 금화를 보유하고 있었다. 우리는 별 노력 없이 어디서나 통용되는 금화로 비밀 허리 주머니를 꽉 채웠고, 은행이 있는 곳은 어디든 갈 수 있을 정도로 신용을 쌓을 수 있었다.

엘라도어는 끊임없이 돈의 가치에 대해 골똘히 생각했다. 그녀가 물었다. "사람들은 왜 이걸 그렇게 갖고 싶어할까요? 왜 사람들은 보석에 그렇게 많은 돈을 쓰는 걸까요?"

엘라도어는 돈의 속성을 잘 이해하고 있었다. 허랜드 초기에는 그들에게도 통화수단이 있었다. 하지만 그 통화수단은 마치 티켓처럼 단순한 기록용으로 쓰이다가 결국 유통이 중단되었다. 곧 사업을 국유화한 허랜드인의 실용적인 사고방식으로 볼 때 이 변함없는 토큰 경제에서 교환상품의 가치를 매기는 데 드는 시간과 불편함은 아무 쓸모가 없었던 것이다. '사업의 장려책'으로 화폐는 필연적이지 않았다. 모성이 그들의 장려책이었다. 모든 게 풍족할 때는 원하는 만큼 취해도 모든 게 무료였고 부족할 때는 나누어 썼다. 인생에서 그들의 관심은 직접 하는 일이었다. 무엇을 가질 것인지가 아니라 무엇을 할 것인가. 우리의 시각은 엘라도어를 혼란에 빠뜨렸다.

우리가 위태로운 지중해 지역에서 남의 눈을 피해 머무르는 동안 엘라도어와 경제학자인 한 근엄한 대학교수가 이 문제에 대해 대화를 나눈 게 기억난다. 엘라도어는 허랜드에 대해서는 일언반구 없이 경제학자에게 질문을 하고 그의 대답을 들었는데, 우리는 이게 가장 안전한 방법이라는 걸 오래전에 깨달았기 때문이었다. 대번에 "거기가 어딘가요?"라는 질문을 받으면 우리는 대답할 말이 없었다.

엘라도어는 대화하는 이들에게서 배우고, 사람들에게서 받은 책들을 면밀하게 훑어보면서 시간을 보내는 가운데 나와 이야기를 나누고 글을 쓰는 두 가지 방식을 통해 마음의 긴장을 풀었다.

엘라도어가 내게 말했다. "책을 써야겠어요. 사실 지금 두 권을 쓰고 있어요. 한 권에는 메모와 인용, 사실과 수많은 사진들이 담겨 있어요. 사진은 정말 놀라운 예술이에요!"

사진이라는 예술의 신봉자가 된 엘라도어는 허랜드 사람들에게 보여주기 위해 사방에서 온갖 사진을 수집하고 있었다.

엘라도어가 설명했다. "돌아가면 사람들에게 들려줘야 해요. 사람들이 큰 관심을 가질 거예요. 당신들이 그랬듯 나도 강연을 해야겠어요."

나는 그녀에게 말했다. "난 당신이 우리에게 강연을 해주면 좋겠어요. 삶에서 정말 중요한 것들에 대해 당신보다도 우리가 배울 게 훨씬 많다오."

"그렇지만 당신도 알잖아요. 강연을 하려면 내 고향을 언급해야 해요. 사람들은 알고 싶어하겠지요. 사실 알 권리가 있어요. 끝끝내 말하지 않는다면 사람들은 내 말을 믿지 않을 거예요. 결국 내가 할 수 있는 건 질문뿐이에요. 간혹 제안을 할 수도 있겠지요. 좀 더 배우면, 그리고 내 말을 듣는 사람에 대한 확신이 생긴다면 어느 정도 비판도 할 수 있을 거예요. 그동안은 당신이 딱하긴 하지만, 당신에게 얘기할 수밖에 없어요. 그리고 그저 글로 쓸 수밖에요. 물론 원한다면 당신은 내 글을 읽어도 돼요."

엘라도어의 노트는 그 자체로 연구 논문이었다.

엘라도어는 자신에게 완전히 새로운 분야인 선박과 해상운송에 이내 큰 관심을 가졌으며 처음 접한 백과사전을 통해 다른 사람들에게서 배운 정보에 대한 배경지식을 얻었다. 엘라도어는 두 주제에 관해 그저 느슨한 정보를 나열하는 게 아니라 선박과 항해의 역사 개요를 마치 가계도를 배치하듯 최대한 간략하게 서술했다.

통나무, 뗏목, 바구니 배, 카누처럼 선박의 시작은 소박했다. 이후 여러 노도선에서 거대한 나무를 깎고 현외 장치를 단 전투용 카누, 로마와 고대 스칸디나비아인들의 갤리선, 아메리카 원주민들이 탄 우아한 자작나무 껍질 카누로 이어졌고, 세련되게 제작되어 시장에서 팔리는 배들도 있었다. 선박의 초기 역사가 단 한 문장에 담겼다. 다음 문장은 범선의 발전 현황에 관한 것이었으며 이어서 증기선을 다뤘다.

엘라도어는 이렇게 적었다. "항해는 오로지 남성적인 과정이다. 항상, 오직 남자만 있다. 대형 노도선은 노예 노동이 요구된다. 엄격한 훈련과 형편없는 잠자리, 폭언과 직접적인 폭력까지 선원의 지위 역시 노예와 흡사." 그녀는 괄호 안에 이 말을 덧붙였다. "이 설명은 군대에도 유효. 언제나, 오직 남자들뿐. 비슷한 신분이지만 공급되는 식량은 다소 나음. 장교들은 큰 위험이 따르다보니 승진 기회가 더 많음."

엘라도어가 선박에 이어 적은 내용은 이러했다. "심리 상태: 높은 수준의 동지애와 복종하는 습관이 강요됨. 이는 필수적인 대규모 조직의 일원으로서 비참한 처우를 견디는 남자들에 대한 설명이 분명. 복종은 사고를 둔화시키고 약화시키는 듯. 군인도 마찬가지. 추가 연구 필요. 일부 장교는 부하를 잔인하고 부당하게 다루는 한편 대단한 용맹과 고귀한 사명감을 띠기도 함. 특히 사명감이 투철한 선장은 배를 포기하고 구조되기보다는 배와 함께 침몰하는 걸 택하기도 함. 왜? 익사가 무슨 사회봉사라도 되나? 이런 고귀한 헌신은 기술자와 조종사들에게서도 볼 수 있음. 극단적인 책임감의 산물인 듯. 기회가 확대되면서 책임감 역시 사회 전반으로 확산되는 분위기."

엘라도어는 이걸 듣고 내게 오더니 우리의 정치제도인 '공직 순환제'에 대해 좀 더 알려달라고 말했다.

그녀가 간절하게 물었다. "공직 순환제를 실시하는 이유가 저것 때문인가요? 더 나은 결과를 얻진 못하지만 모든 사람들, 아니 적어도 사람들 대부분이 더 큰 책임감과 사명감을 갖기 때문인가요?"

나는 그렇게 생각해본 적이 한 번도 없었지만 이제는 엘라도어의 말이 맞을 뿐 아니라 분명히 그럴 거라는 생각이 들었다. 엘라도어는 강한 흥미를 느꼈다. 그녀는 자신이 미국을 사랑하게 되리라는 걸 안다고 말했다. 나 역시 그럴 거라는 확신이 들었다.

배에는 고대 민족에 정통한 뛰어난 이집트 학자 한 명이 있었는데 엘라도어가 영어 공부 중에 잘 정리한 역사 개요를 보고는 세계에서 가장 먼저 발흥한 문명에 관한 풍부하고 명확한 지식으로 그녀의 정신을 채워주었다.

"이집트에는 큰 강이 하나 있고 소아시아에는 두 강 사이에 계곡이 있으며 중국에도 큰 강들이 있지요." 엘라도어는 자신의 지도를 유심히 보면서 신중하고 진지한 태도로 질문을 던졌다. 덩치 크고 까만 턱수염을 기른 교수는 그녀의 관심에 기뻐하면서 그녀와 유익한 이야기를 나눴다.

엘라도어가 말했다. "그렇군요. 알겠어요! 사람들은 토양이 비옥하고 물이 풍부한 곳에 정착했군요. 농사가 가능하고, 농사에 유리한 환경이 조성되니까요. 잉여생산물이 생기고, 놀라운 성장이 가능해졌어요, 그렇고말고요!"

스웨덴 선박에서 우리에게 강하고 불쾌한 인상을 남겼던 독일 장교는 무례한 태도로 역경의 장점과 '규율'에 대해 고집스럽게 우기곤 했었다. 그는 위대한 민족, 지배적인 민족은 줄곧 북쪽 출신이었다고 주장했다. 이 주장을 유념하고 있던 엘라도어는 지도를 펼치고 역사적 시점 관련 자료를 준비한 다음 자신을 도와주는 개인교사에게 물었다.

"수천 년 동안 이 지중해 사람들과 동양 사람들이 세상을 지배했어요. 그들이 곧 세상이었겠군요?"

"그래요, 물론이지요."

"그렇다면 이곳은 어땠나요?" 엘라도어가 북쪽 해안에 위치한 광활한 빈 공간을 짚었다.

"미개인들이었어요. 야만인들, 그러니까 동물 가죽을 걸친 거칠고 포악한 사람들이었지요, 부인."

엘라도어는 작은 도표를 그린 다음 세로선에 여러 시점을 표시했다.

"여기가 바로 시작점, 거슬러 올라갈 수 있는 가장 먼 옛날이에요." 엘라도어가 가장 아래에 표시한 시점을 가리키며 말했다. "그리고 우리는 거의 맨 위에 있어요. 여기가 현재예요. 무대를 장악한 동양인들은 이 시기까지 세계를 지배했어요. 맞나요?"

"맞습니다, 부인."

"이 북쪽 땅 사람들은 항상 그곳에 있었나요? 아니면 동양인들이 세계를 지배한 후에 나타났나요?"

"내내 그곳에 살고 있었어요. 그 사실을 증명하는 유골이 있어요."

"그들이 거기에 살고 있었다면, 그리고 모두가 같은 계통이었다면 서양 세계의 이 모든 다양한 무리들은 같은 뿌리에서 갈라져 나와서 훗날 켈트족과 슬라브족, 튜턴족은 물론이고 페르시아인, 힌두인, 펠라스기인, 에트루리아인들이 된 것이겠군요?"

"얼추 말하자면 그렇다고 할 수 있지요." 그는 엘라도어의 거친 요약과 지나친 일반화를 조금 못마땅해했다. 하지만 엘라도어가 그러는 데에는 이유가 있었다.

"그렇다면 이 북쪽에 거주한 종족들은 이 기간 동안 사회 발전에 무슨 기여를 했나요?"

그가 대답했다. "실질적으로 아무것도 한 게 없어요. 당연한 말이지만 지역의 가혹한 기후 조건 때문에 기술 발전이 제한적이었거든요. 생존의 어려움이 발전을 가로막았지요."

그녀가 진지하게 고개를 끄덕였다. "그렇군요. 알겠어요. 그렇다면 이런 사실에도 불구하고 몇몇 이들이 사회 발전의 동력으로 여전히 역경과 추운 기후를 꼽는 까닭이 무엇일까요?"

이탈리아 출신인 이 교수가 엘라도어의 말에 이의를 제기했다.

"당신이 말한 그 이론은 추운 기후에서 사는 사람들에게 국한됐다는 사실을 알게 될 겁니다."

내게 이 이야기를 하면서 엘라도어는 한 걸음 더 나아갔다. "그 말대로라면 사람들이 말하는 '세계'란 자신이 속한 종족을 의미하는 것 같아요. 난 지금까지 북유럽인들이 쓴 역사를 읽었어요. 페르시아, 인도, 중국, 일본에 가면 아마 역사가 다를 것 같군요."

물론 달랐다. 나는 현대 국가들 중에서도 가장 외떨어진 곳, 외국에 대해 전혀 모르고, 아예 무심한 곳, 이민자 계급의 이미지가 외국인에 대한 대중적인 시각으로 굳어진 곳, 여행을 즐기는 부유층이 유럽을 놀이터나 화랑, 박물관, 혹은 배움을 마무리하는 곳으로 여기는 나라에서 내 젊은 시절을 보냈다. 그렇게 자랐고, 비슷한 사고방식을 가진 사람들끼리 어울린 까닭에 젊은 시절 나의 역사관에서 다른 세계는 무질서와 혼돈 그 자체이며 미국의 짧은 역사 속에 새겨진 걸출하고 강력하며 영광스러운 사건의 배경으로 존재할 뿐이었다. 내게 지리학이란 크고 생생하며 친숙한 국가인 미국과 희미한 지도가 그려진 지구본에 대한 학문이며 내가 생각하는 정치 발전은 곧 우리나라 '제도'의 불가항력적 발전을 의미했다.

이 모든 건 물론 치기 어렸던 시절 내가 지녔던 태도이다. 물론 나는 그 후 연구를 통해 일반 역사와 사회학 등 여러 학문에 대한 상당한 지식을 쌓았다. 하지만 그 모든 지식이 내 마음속에 이미 단단하게 뿌리내린 사회적 가치들과 얼마나 동떨어져 있는지 지금에서야 깨달았던 것이다.

엘라도어는 이 세상을 방문한 천사마냥 냉철하고 공정한 태도를 지녔으며 유전적 혈통, 살아온 사회의 발전 양태, 성별 이 세 가지 면에서 나와 전혀 다른 새로운 관점으로 이 세상을 이해했다. 그런 엘라도어와 함께 생활하면서 나는 세계를 바라보는 새로운 시각을 갖게 되었다. 엘라도어에게 이 세계는 전반적인 발전을 이룬 하나의 분야였다. 당연히 자신의 조국이 가장 중요했지만 그녀는 마치 화성에서 온 외계인처럼 마음속에서 조국을 지우고 이 세계에 대해 전체적으로 익혀나갔다. 색다른 시각과 기존 지식의 부재, 새로운 지식을 빠른 속도로 축적하는 데 안성맞춤인 강력하고 질서 정연한 두뇌는 그녀가 이 나라 최고 학자들 못지않게 훌륭한 관찰자의 역할을 수행하는 데 큰 도움을 주었다.

엘라도어 특유의 여성성 덕분에 그녀의 연구가 획득한 특별하고 지배적인 탁월함은 내게 실로 엄청난, 이렇게 말해도 될지 모르겠지만 불쾌한 놀라움을 안겨주었다. 세계를 연구할 때 나는 언제나 행위의 주체를 인류라고 가정했지만 엘라도어는 뒤엉킨 사실들 속에서 그 예리한 통찰력을 바탕으로 남성성에 기인한 이러저러한 현상을 재단해냈다.

내가 항의했다. "그런데 여보, 당신은 어째서 '스칸디나비아 남자들이 지속적으로 해적질을 일삼았다'거나 '스페인 남자들이 끔찍한 잔학 행위를 행했다'는 식으로 말하죠? 귀에 상당히 거슬린단 말이오. 마치 남성 반대론자라도 되려는 사람 같아요."

"아니, 남성 반대론을 펼칠 아무런 이유가 없는걸요. 나는 단지 사실을 이해하려고 노력할 뿐이에요. 당신은 '페니키아 남자들 덕분에 항해술이 눈부시게 발전했다'거나 '그리스 남자들 덕분에 지성이 크게 발전했다'는 말은 전혀 개의치 않잖아요?"

내가 대답했다. “그건 달라요. 남자들이 한 일이니까요.”

“아까 말한 일은 남자들이 한 게 아니고요?”

“물론 남자들이 그런 건 맞아요. 하지만 기분 나쁘게 그렇게 다 남자들이라고 콕 집어 말하는 이유가 뭐란 말이오?”

“남자들이 한 일이 아닌가요? 정말 아니에요? 그렇다면 노르웨이 여자들이 잉글랜드와 프랑스 해안을 침략했나요? 바다를 건너가서 불쌍한 아즈텍 사람들을 고문한 건 스페인 여자들이었나요?”

“여자들도 할 수만 있었다면 분명히 그랬을 거예요.” 내가 이의를 제기했다.

“그렇다면 페니키아 여자들과 그리스 여자들도 남자들처럼 그랬겠군요. 그렇지 않은가요?”

나는 망설였다.

엘라도어가 내 손을 잡고는 내 눈을 찬찬히 살피며 말했다. “사랑하는 여보, 개의치 말아요. 모두가 명백한 사실들이고 그 사실들은 너무나 중요해요. 생각해봐요, 우리 허랜드는 지금까지 남자들을 몰랐어요. 우리끼리 그 작은 땅에서 행복하고 건강한 삶을 일궜지요. 그런데 당신들이 왔어요. ‘멋진 세 명’ 말이에요. 아! 그 사건이 우리에게 얼마나 큰 감동과 흥분, 희망을 주었는지 당신이 알아야 해요! 우리는 다른 세상의 존재는 알고 있었지만 그 세상에 대해 아는 게 하나도 없었지요. 당신들은 우리에게 거대하고 새로운 삶을 의미했어요. 그리고 지금 난 내 조국을 위해 새로운 세상을 보고 배우려고 온 거예요.

왜냐하면 우리는 당신을 통해 알게 된 몇몇 사실들이 약간 두려웠거든요. 우리 아이들이 걱정됐지요. 어쩌면 그곳에서 바깥세상에 대해 모르는 채 그냥 행복하게 살아가는 것이 차라리 낫다고 생각했어요. 난 우리 국민들에게 알리기 위해, 할 수만 있다면 이 세상을 보고 배워서 완전히 이해하려고 온 거예요.

내가 남자를 싫어한다고 생각하지 말아줘요. 당신을 위해서라도 난 남자들을 좋아할 거예요. 그리고 허랜드 사람들 모두, 적어도 우리 대부분은 두 성(性)이 함께 협력하며 살아가는 세상이 한 가지 성만 존재하는 세상보다 더 좋을 거라고 확신하고 있어요.

실제로 이 세계에는 두 성이 존재해요. 그리고 우리보다 훨씬 복잡한 문제를 안고 있지요. 게다가 온갖 다양한 국가가 존재하구요. 이런 이유로 이 세계가 우리는 모르는 여러 어려움을 겪었다는 걸 나는 알게 됐어요.

나는 모든 걸 감안하고 있어요. 난 두 성이 함께 살아가는 방식이 우월하다는 걸 굳게 확신하고 있어요. 그게 가장 바람직한 방식인 건 분명해요. 그렇지 않다면 모든 고등동물이 그렇게 진화하지 않았을 거예요. 그렇지만… 그렇지만 당신은 내가 사실을 회피하리라 기대해선 안 돼요."

물론 난 그럴 수 없었다. 나를 가장 괴롭힌 건 과거에는 보이지 않던 너무나 명백한 사실들이 이제 내게도 보이기 시작했다는 사실이었다.

남자가 여자보다 우월한 모습을 보일 때마다 우리는 당당하게 두 성의 차이 때문이라고 목소리를 높였다. 그리고 남자들이 여자들에게는 없는 악랄한 성격적 특징을 드러낸 경우에는 담담하게 그걸 종족의 특성으로 간주했던 것이다.

나는 썩 유쾌하지 않았지만 엘라도어가 수집한 사실에 대해 더 이상 논박하지 않았다. 그렇게 하지 않는 편이 나았다. 사실은 확고한 것이니까.

우리는 튀니스와 알제, 카이로를 잠시 방문했고, 증기선에 대해 잘 아는 지인과 함께 이집트를 여행했는데, 그의 지식은 우리에게 정말 유용했다. 그는 비문을 번역해주었고 매우 중요한 발견물을 보여주었으며 사라진 문명에 대해서도 간략하게 설명해주었다.

엘라도어는 깊은 인상을 받았다.

"이 아비도스라는 도시 밑에 각기 다른 다섯 종류의 문화 유적이 묻혀 있다고 생각해보십시오. 다섯 가지라니까요! 이보다 더 다양할 수는 없습니다. 그 사이에 오랜 세월이 흐르면서 옛 유적들은 잊히고 새로운 사람들이 옛 도시의 터에 새로운 도시를 건설한 겁니다. 놀랍지요."

엘라도어가 불쑥 아르미니 씨를 향해 몸을 돌리면서 물었다. "그들이 죽은 이유가 무엇인가요?"

"죽다니요? 누구 말씀인가요, 부인?"

"그 도시들 말이에요. 그 문명들이요."

"당연히 전쟁을 통해 정복되었지요. 주민들은 살육되었어요. 일부는 아마 노예로 끌려갔을 겁니다. 도시 전체가 쑥대밭이 되었겠지요?"

"누구에 의해서요? 누가 그랬지요?"

"물론 다른 도시에서 온 다른 문명이니까 다른 민족들이겠지요?"

"당신 말은 다른 민족들이라는 건가요, 아니면 다른 남자들을 뜻하는 건가요?" 그녀가 물었다.

아르미니 씨는 어리둥절해했다. "물론 병사들은 남자들이었어요. 하지만 전쟁이란 한 나라가 다른 나라와 벌이는 싸움이에요."

"그 말은 다른 나라에서는 권력을 장악한 여자가 남자들을 전쟁터에 보냈다는 뜻인가요?"

물론 아르미니 씨의 말뜻은 그게 아니었다.

"남자들을 보낸 게 아이들은 아니겠지요?"

물론 그건 아니다.

"사람들이라고 하면 남자와 여자, 아이들을 말해요. 그렇지 않은가요? 그리고 인구의 5분의 1을 차지하는 성인 남자들만이 전쟁을 벌이지요?"

아르미니 씨는 이 사실을 인정할 수밖에 없었다. 엘라도어는 더 이상 밀어붙이지 않았다.

"이들 도시에는 남자들은 물론이고 여자들과 아이들까지 모든 사람들이 살고 있었겠지요?"

그 사실 역시 명백했다. 엘라도어는 조금 다른 질문을 했다. "무엇 때문에 사람들은 도시를 정복하길 원하지요?"

"두려움이나 보복, 또는 약탈의 욕망 때문입니다. 대부분이 이런 이유 때문이에요. 고대 도시들은 물론 생산의 중심지였어요." 아르미니 씨는 과거에 제작된 아름다운 수공예품, 비싼 직물과 보석, 깎아 만든 예술품과 다양한 보물에 대해 이야기해주었다.

"그런 걸 만든 건 누구인가요?" 엘라도어가 물었다.

"대부분은 노예들이지요." 아르미니 씨가 대답했다.

"그 노예들은 남자들과 여자들인가요?"

"맞습니다. 남자들과 여자들이에요."

"그렇군요." 엘라도어는 내게도 말을 아낀 채 많은 것들을 보는 데 집중했다. 고대 이집트 유적을 통해 그녀는 많은 사실을 배웠는데, 특히 고대 이집트 여성들이 힘과 지위를 누린 사실은 그녀에게 만족감을 주었다. 하지만 그 만족감은 우리가 동쪽으로 향하면서 금방 사그라지고 말았다.

허랜드에서 온 내 아내에게는 예상치 못한 사람들에게서 귀중하고도 적절한 정보를 이끌어내는, 내 눈에는 초자연적으로 보이는 능력이 있었다. 그녀는 몇 권의 책을 통해, 전문가들에게 열심히 질문을 던짐으로써, 그리고 앞서 언급한 능력을 써서 수집한 정보로 자신의 정신과 공책을 채워나갔다.

함께 여행할수록 엘라도어를 향한 나의 존경과 숭배, 부드러운 사랑의 감정은 점점 커져갔다. 그런데 그녀의 정신에서 어떤 변화의 조짐이 엿보였다. 엘라도어는 유럽 전쟁 때보다 더 큰 충격을 받은 것 같았다. 유럽 전쟁 때 엘라도어가 느낀 감정이 사자 떼에 둘러싸였을 때 생기는 공포라면, 이번 감정은 흉측한 파충류를 봤을 때 느껴지는 혐오였다. 이 감정은 사람이 아닌 개탄스러운 사회조건에 기인했다.

우리 세계를 방문한 엘라도어가 맨 먼저 직면한 건 불행하게도 전쟁의 강렬한 공포였다. 나는 흥미로운 고대 역사에 풍성하게 드리워진 폐허 더미 사이에 가만히 존재하는 정적인 국가들과 옛 민족들의 이야기로 그녀를 진정시켜야겠다고 생각했다. 그런데 전혀 예기치 못한 효과가 생겼다. 엘라도어가 읽는 자료에 역사적 사건의 발생 순서는 잘 정리되어 있었지만 정작 엘라도어가 정말 중요하다고 생각한 사건이나 그 사건의 결과에 대한 정보는 전혀 없었던 것이다.

엘라도어가 차분한 미소를 띤 채 내게 말했다. "난 간단한 세계사 책을 쓰고 있어요. 그저 간단한 거예요. 사람들에게 보여주려면 뭔가 확실한 게 있어야 하니까요."

"하지만 여보, 지금 당신이 무슨 자료를 가지고 어떻게 쓰겠다는 거예요? 물론 당신이 대단한 줄은 알지만… 세계사라구요!"

엘라도어가 대답했다. "간단한 개요일 뿐이에요. 당신도 알겠지만 우리는 아이들을 위해 요약하고 단순화하는 데 익숙하지요. 그렇게 하면 당신이 그렇게 자주 언급했던 '핵심적인 내용을 이해'하는 게 가능할 거예요. 내가 읽은 이 역사가들은 확실히 핵심을 말하지 않아요."

엘라도어는 줄곧 내게 상냥했다. 어떤 면에서는 더욱 다정했다. 우리는 두 주제로 즐거운 대화를 이어갔다. 허랜드와 나의 조국, 그리고 항상 자연의 아름다움에 대하여 대화했다. 자연의 아름다움이야말로 엘라도어에게 끊임없는 힘과 평안을 주는 원천인 듯했다.

"허랜드나 이곳이나 똑같은 세상이에요." 보름달 아래 존재하는 모든 게 은빛으로 반짝이는 가운데 나와 함께 뱃고물 난간에 기대어 멀어져 가는 항적(航跡)을 바라보던 엘라도어가 말했다. "같은 하늘에 떠 있는 같은 별들이에요. 별들 중에서 적어도 일부는. 신성한 태양과 달 역시 다를 바 없어요. 그리고 소중한 풀과 나무들, 저 귀한 나무들도 다 똑같아요."

삼림감독관이었던 엘라도어가 나무에 주목한 건 당연했다. 그녀는 유럽의 많은 것에 찬사를 보내면서도 열매나무가 다양하지 못한 점에는 아쉬움을 드러냈다. 북아프리카 사람들은 종려나무와 올리브나무의 가치에 주목했으며 관개 시설과 그 시설이 지닌 거대한 이점을 잘 이해했다. 하지만 관개 시설을 폐기하거나 농민을 전혀 쓸모없는 존재로 여기고 긴 세월이 지난 지금도 방아두레박을 사용하는 점은 선뜻 이해하지 못했다.

엘라도어가 시인했다. "난 아직도 도대체 왜 사람들 머리가 그렇게 아둔한 건지 모르겠어요. 남자라는 사실이 이유는 아닐 거예요. 남자들이 여자들보다 두뇌 회전이 느린 건 아니잖아요, 여보?"

"물론 그렇지 않아요!" 나는 엘라도어의 이 새로운 견해에 다소 기분이 상해서 버럭 소리를 질렀다. "남자들은 진보적이에요. 사상가이고 혁신가라고요. 보수적이고 느린 건 여자들이에요. 당신도 그 점은 받아들여야 할 거예요."

엘라도어가 쾌활하게 대답했다. "그런 예를 알게 된다면 나도 그럴 거예요. 이곳 여자들도 꽤 무딘 것 같아요. 그런데 다른 여자들과 다르게 행동하는 여자들에게는 처벌이 따르지 않나요?"

"처벌이라고요?"

"그래요. 남자들은 뭔가 바꾸려 들거나 저항하는 여자들과는 적어도 결혼하려 하지 않을 테니까요. 그렇지 않은가요?"

"당신은 그걸 처벌이라고 생각하는군요." 내가 대답했다.

"그렇고말고요. 그건 멸종을 의미하니까요. 여자의 다양성의 종말이지요. 당신들은 여자들의 돌연변이를 꽤 성공적으로 억제한 것 같아요. 여자들에게는 교육도, 기회도 없었고, 다른 방향으로 성장하도록 격려해주는 사람도 없었어요."

내가 주장했다. "'당신들'이라고 말하지 말아요. 지금 당신이 말하는 이 사람들은 동양 여자들이지 전 세계의 여자들이 아니잖아요. 이 여자들의 처지가 측은하다는 것도 알고, 발전의 큰 걸림돌이라는 사실도 모두가 알아요. 우리나라를 볼 때까지는 좀 기다려요!"

엘라도어가 내게 말했다. "미국에 가게 되어 기뻐요, 여보. 그렇고말고요. 그런데 이집트인들 중에서도 좀 더 진보적인 남자들 말이에요. 방아두레박을 개선한다고 해서 처벌을 받지 않았겠지요? 아니면 소의 발을 이용해서 탈곡하는 방법이 있었나요?"

나는 짜증 난 티를 내지 않으려고 애쓰면서 여러 국가나 다양한 민족마다 발전 정도에는 차이가 있지만 다른 모든 조건이 동일하다면 일반적으로 남자들이 여자들보다 훨씬 더 진보적이라고 말했다.

"다른 모든 조건이 동일한 곳이 대체 어딘가요, 밴?"

나는 그 말에 웃지 않을 수 없었다. 엘라도어는 논쟁을 벌이기가 정말 힘든 인물이었다. 어쨌든 나는 미국 사회에서 여자들은 거의 동등하게 대우받으며 미국 남자들은 미국 여자들이 남자들만큼 뛰어나다고, 심지어 조금 더 낫다고 생각한다고 말했다. 한동안 엘라도어는 마음이 편안한 듯했다. 하지만 여정이 이어져 우리가 아시아에 도착했을 때 그녀의 정신은 가라앉았고 우울해졌다. 내가 앞서 말한 정신의 변화가 눈에 띄게 확연해졌다.

버마는 그녀에게 위안을 주었고, 그 섬의 언덕에 생존한 모계사회 역시 그랬다. 하지만 엘라도어는 인도를 방문한 후 영국 친구와 현지 친구들의 안내에 따라 이곳저곳을 여행하고 더 많은 문헌을 접하게 되자 마음 깊이 고통스러워하기 시작했다.

우리는 신비로운 히말라야와 티베트를 거쳐 중국에 입국하는 과학탐험대와 동행할 수 있는 아주 드문 행운을 얻었다. 이곳에서 고결하고 사랑스러운 엘라도어의 영혼은 생기를 잃고 움츠러들었다. 그녀의 맑은 눈에서는 내가 한 번도 본 적 없는 공포와 혐오가 자랐다. 그녀는 죽은 나라에 펼쳐진 광활한 땅을 보고 형언할 수 없는 충격을 받았다. 그곳은 나무도, 관목도, 풀 한 포기도 자라지 않는, 완전히 버려진 죽은 땅이었다. 땡볕에 타들어가고 비가 오면 물에 잠기는, 쌀 한 톨 나지 않는 땅이었다.

엘라도어가 말했다. “밴, 밴, 여인들에 대한 건 잠시 잊고 저 땅에 대해 말해야겠어요! 난 사람들 정신에 존재하는 구멍들을 이해하고 싶어요. 이곳 사람들은 지성과 지능을 두루 갖추었고 높은 수준의 문화적 발전도 이루었잖아요. 아름다운 예술적 성취를 이룬 분야들도 있고 방대한 문학 작품들을 보유하고 있기도 해요. 다른 어떤 민족보다도 많은 걸 배운, 역사가 유구한 민족이에요. 하지만 이 땅이야말로 자신들의 생활 터전을 가꾸는 방법조차 제대로 모른다는 증거예요. 간단하고 뻔한 일인데도 말이지요."

"그렇지만 그들은 여전히 이 땅에서 먹고살고 있잖아요?"

"그렇긴 해요. 하지만 그들은 잘 가꿔진 땅에 사는 세심한 농부가 아닌 뼈만 남은 새끼 고양이에 기생하는 벼룩 떼처럼 살아가고 있어요. 그렇지만…" 엘라도어의 안색이 조금 밝아졌다. "이런 건 있어요. 땅을 오용하고 황폐화시킨 이 끔찍한 사례가 크게 유용했던 게 분명해요. 다른 나라들에게 중국은 좋은 본보기가 되었을 거예요. 유구한 역사와 지혜를 가진 국가가 오랫동안 저질러온 실수 덕분에 적어도 다른 나라들은 교훈을 얻게 된 셈이지요."

내가 힘 빠진 대답을 하자, 내 반응이 기대에 미치지 못한 엘라도어는 좀 더 설명을 이어나갔다.

"이 세상은 나무와 토양을 살리는 방법을 알아요. 땅의 아름다움과 비옥함을 유지하는 법을 알고 있어요. 물론 우리가 본 게 전부는 아닐 거예요. 다른 곳들은 상황이 더 낫겠지요?"

"여보, 우리는 독일에 가지 않았잖아요. 독일은 임업 수준이 상당히 높아요. 지금은 많은 국가들이 독일의 임업 기술을 아주 높게 평가하고 있어요. 미국에서도 숲을 보존하기 위한 조치를 취하고 있다오. 숲이 너무 광범위하다보니 끝이 있긴 한 건지 모르겠지만 말이오."

엘라도어가 내 손을 꽉 잡았다. "독일에 가보면 좋을 것 같아요, 밴. 난 전부 다 봐야 해요. '최악의 상태를 알아야' 하거든요. 분명히 지금 보고 있는 모습이 가장 나쁜 모습일 거예요! 여보, 미국인들은 무상교육을 받잖아요. 기후의 모든 장점을 누리고 있고, 이 땅에서 가장 훌륭한 혈통을 이어받았고, 최고 전통을 물려받았어요. 미국인들은 용감하고 자유롭고 배움에 열려 있어요. 오, 밴! 허랜드를 발견한 게 미국인이라는 사실이 정말 기뻐요!"

나는 엘라도어를 끌어안고 키스했다. 나 역시 기뻤다. 내 아내가 우리에 대해 그렇게 말하는 게 정말 뿌듯했다. 하지만 그 느낌은 처음과 달리 완벽하게 편안하지는 않았다.

엘라도어는 중국 대부분 지역에서 여전히 보편적으로 행해지고 있는 전족(纏足)에 대해 읽은 적이 있는데 어찌 된 일인지 과거의 관행으로 여길 뿐, 보편적인 풍습이라고 생각하지 않았다. 내 눈에 엘라도어는 그 풍습을 마치 상상 불가능한 것으로 여기며 일부러 머릿속에서 지운 것처럼 보였다. 하지만 결국 엘라도어는 전족을 한 여자들을 보고 말았다. 대국의 잘 알려지지 않은 지역을 여행하는 며칠 동안 다리를 절뚝이는 여자들을 목격한 것이다. 심부름을 해줄 발이 큰 노예를 대동한 채 풍요로운 정원이나 아름다운 방에 머무르는 여자들이나, 힘센 막노동꾼이 드는 흔들리는 가마를 탄 여자들만 전족을 하는 게 아니었다. 가난한 여자들도, 일하는 여자들도 전족을 했다. 발을 칭칭 동여맨 여인들은 참을 수 없을 정도로 고통이 심한 탓에 깔개를 가지고 다니면서 무릎을 꿇은 채 일을 했다.

어느 마을에서 안내인 한 명과 사업 관계를 맺고 있는 현지 큰손의 대접을 받는 동안 여인들의 방에 머물던 엘라도어에게 발을 묶인 아이가 고통에 내뱉는 소리가 들렸다. 아이는 이내 매를 맞고 혼나면서 울음을 그쳤다. 하지만 엘라도어의 귀에는 숨죽인 아이의 신음 소리가 들렸다. 한 여자 선교사는 엘라도어에게 전족의 자세한 과정을 들려주면서 전족 때문에 쪼그라든 불쌍한 발도 보여주었다.

그날 밤 엘라도어는 내 손이 자신의 몸에 닿는 것은 물론 내가 다가가는 것조차 허락하지 않았다. 그녀는 시선을 한 곳에 고정한 채 말없이 누워 있었는데 때때로 긴 전율이 그녀의 온몸을 훑고 지나갔다.

엘라도어가 말문을 연 건 며칠 후였는데 말투에는 여전히 힘이 없었다.

엘라도어가 천천히 말했다. "이 세상에 여자들에게, 작고 힘없는 아이들에게 그런 짓을 할 수 있는 남자들이 있다고 생각해봐요!"

"남자들이 한 게 아니에요, 여보. 여자들이에요. 아이들의 발을 묶는 건 그 아이들의 엄마들이라고요. 엄마들은 아이들이 발이 큰 여자로 자랄까봐 두려운 거예요."

"대체 뭐가 두려운 거죠?" 엘라도어가 물었다. 전율이 다시 그녀의 온몸을 감쌌다.

4

·

고향으로

우리는 중국에 얼마간 머물면서 선교사와 교사, 외교관, 상인 등과 흥미롭고 귀중한 만남을 가졌는데 이들 중 몇몇 중국인은 학식을 갖췄으며 영어를 구사할 줄 알았다.

엘라도어의 지칠 줄 모르는 관심과 흠잡을 데 없는 공손함, 귀를 기울이는 재능은 누구든지 그녀와 기꺼이 대화를 하도록 만들었다. 엘라도어는 배움이 빨랐고, 광야를 비추는 밝은 햇살 같은 지성으로 각각의 사실들을 적절하게 관련지었다.

엘라도어가 사랑스럽게 내게 말했다. "난 우리나라를 판단하듯 이 복잡한 세계를 판단하면 안 된다는 사실을 깨달았어요. 우리는 우리일 뿐이에요. 외딴 곳에 사는 균일한 사람들이지요. 허랜드에서는 우리가 움직이면 모두가 한 몸처럼 움직여요. 반면에 이곳은 물과 기름처럼 전혀 다른 사람들이 온갖 다양한 곳에서 섞여서 살아가는 세상이에요. 손잡고 앞으로 나가는 나라는 하나도 없어요. 그러니 정확히 동일 선상에 서 있는 국가가 있을 리 없지요. 모든 국가는 처한 위치가 달라요. 한참 앞서 있거나 발전 속도가 굉장히 빠른 국가가 있는 반면 물론 제자리걸음 중인 나라도 있어요."

내가 엘라도어에게 말했다. "맞아요. 게다가 이제 막 걸음마를 뗐거나 오히려 뒷걸음치는 야만인들도 수없이 많아요. 전진하는 인류와 달리 후퇴하는 암담한 사람들이지요."

엘라도어가 생각에 잠긴 채 말했다. "그렇군요. '문명화된 세계'라는 당신의 말은 그저 비유적 표현에 불과한 거군요. 세상은 아직 문명화되지 않았어요. 일부 세계만 문명화되었을 뿐 전체적으로는 아니에요."

"그런 것 같아요." 나는 엘라도어의 말에 동의했다. "물론 문명국들은 자신들을 세계와 동일시해요. 지극히 자연스러운 얘기이긴 해요."

"숫자를 비교하면 어떻게 되나요? 우리 한번 살펴봐요."

우리는 세계 인구 통계를 찾아보았다. 일일이 살피기 힘든 분류 페이지들을 추적하던 우리는 우연히 작은 표를 발견했다. '세계 인종별 인구'였다. "대략 이 표를 보면 될 것 같구려." 내가 그녀에게 말했다. "일단 백인종은 문명화되었다고 합시다. 그리고 다른 인종들을 한데 묶으면 어떤 결과가 나오나 봅시다. 유럽과 아메리카, 페르시아, 인도와 오스트레일리아에 사는 인도유럽어족 또는 아리아인이라고 불리는 백인이 총 7억 7천 5백만 명이고 나머지 흑인과 홍인, 갈색인, 황인이 7억 8천 8백만 명이에요."

"그렇다면 인류의 대다수는 아직 문명화되지 않았다는 말인가요?"

엘라도어가 물었다.

엘라도어의 질문에 불쾌한 느낌은 없었다. 비꼬거나 빈정대는 말투도 아니었다. 엘라도어에게 세상은 배움의 보고였고 그녀는 불편부당했다.

하지만 이런 냉정한 추정이 힐난하는 것처럼 느껴졌던 나는 이렇게 말했다. "아니요, 사실 중국을 문명화가 덜 진행된 국가라고 말할 수는 없어요. 가장 오래된 문명국들 중 하나거든요. 당신이 본 자료는 피부색으로 구분한 인종의 인구일 뿐이오."

"아, 알겠어요. 문명을 얘기할 때 인종이나 피부색은 고려하지 않는군요? 물론 그렇게 하는 게 옳아요. 내가 정말 바보 같았어요."

난 인구를 합산하기 위해 썼던 연필을 내려놓고는 전에 없는 심각한 의구심을 가지고 엘라도어를 쳐다보았다. 엘라도어는 세상을 천진난만한 시선으로 바라보고 있었다. 말뜻을 모르는 어린아이가 통속소설을 읽어도 아무런 느낌이 없는 것처럼 그녀는 우리 역사를 그렇게 빠른 속도로 흡수하면서도 눈곱만큼도 변한 게 없었다.

우리에게는 너무나 익숙한 '삶'이지만 엘라도어는 이 삶에 대해 아는 게 거의 없었다. 나는 이 점을 고려하여 삶의 과정을 완전히 새로운 시선으로 바라보기 시작했다. 그녀의 조국은 오직 하나였다. 문명 역시 갈라지지 않는 단일한 문명이었다. 엘라도어의 나라에서 여자들과 아이들은 모두 어머니, 딸, 자매로서 서로가 서로를 관용과 사랑으로 보듬고, 모두가 교육을 받고 봉사를 하며 살아갔다. 보육원이면서 학교이자 정원이며 상점이고 거실 같았던 허랜드라는 공간을 떠나 거대한 쟁탈전이 펼쳐지는 우리 세계에 발을 들여놓은 엘라도어는 지형과 정치, 인종적 차이뿐 아니라 다양한 생각과 감정으로 분열된 서로 다른 민족들로 인해 이 세상이 오염되었다는 사실을 깨닫게 되었다. 이들은 서로에 대해 무지했으며, 서로를 두려워하고 경멸하며 증오했다. 각 민족과 각 인종은 자신들이 다른 민족 혹은 인종을 평가하는 '기준'이라고 생각했다. 엘라도어는 일단 이 사실을 인식한 후 이런 결과를 초래한 역사적 진화의 긴 실타래를 풀어야 했다. 그랬는데도 엘라도어가 다른 두 인종 간 차이를 이해하기란 정말 힘들었다.

그리고 이제 나는 마지막으로 인종과 피부색이 문제가 아니라는 이 기분 좋은 가정을 바로잡아야 하는 유쾌하지 못한 과제를 떠안았다.

나는 천천히 입을 열었다. "여보, 여기저기에서 들어서 어느 정도는 알고 있겠지만 그래도 또 다른 충격을 받을 준비를 해야 할 것 같아요. 인종과 피부색은 이 세계에 어마어마한 영향을 주고 있어요. 사람들은 정확히 그 이유, 피부색이 다르다는 이유로 서로를 증오하고 경멸해요. '아리아인 또는 백인'이라고 표시된 수백만 명 중에는 페르시아인과 힌두인들도 포함되는데, 다른 백인들은 이들과 결혼하는 걸 꺼린다오. 페르시아인과 힌두인은 같은 백인이라고 하지만 사실 우리보다 피부색이 훨씬 어두워요."

"혐오감은 상호적인가요?" 엘라도어는 우리가 마치 곤충에 대해 논의하기라도 하듯 차분하게 물었다.

나는 일반적으로 말하면 그렇다고 확언했다. 얼굴이 납작한 몽골 사람들은 매부리코가 특징인 우리 얼굴이 매 같다고 생각하고, 백인들의 흰 얼굴을 처음 본 아프리카의 어린아이들은 이상한 공포에 휩싸여 비명을 지르며 도망간다고 덧붙였다.

나는 엘라도어가 미국에 도착했을 때 우리나라에 존재하는 인종적 편견을 그녀에게 어떻게 설명하면 좋을지 고심했다. 손님을 집으로 데려가는데 그 손님의 눈이 너무나 높고 까다롭다보니 손님이 보기 전에 먼저 가서 집을 정돈하고 싶은 주부라도 된 기분이었다.

우리는 일본에도 얼마간 머물렀다. 엘라도어는 섬세하면서 아름다운 일본을 좋아했다. 사람들은 명랑하고 꽃을 흠모했으며 곳곳에 포동포동하고 행복한 아이들이 눈에 띄었다.

하지만 엘라도어는 일본의 예술적 아름다움이나 사람들의 인생에 덧칠해진 질 좋은 광택제 같은 미소 어린 호의에 만족하는 대신 평소처럼 이면을 파고드는 탐구의 길을 따라갔다. 이 탐구에는 수년에 걸친 연구나 숫자로 꽉 채워진 지루한 도표 따윈 필요 없었다. 이미 상당한 지식을 지니고 있었던 엘라도어는 몇 가지 함축적인 질문만으로도 이내 일본 문명의 핵심을 포착했다. 일본인들이 가진 독특한 미덕은 잠깐이나마 그녀에게 기쁨을 선사했다. 사무라이의 고결한 명예, 보통 시민들의 무한한 애국심. 흠잡을 데 없는 공손함, 자연과 예술에 대한 진정한 사랑 등 모든 것이 엘라도어에게는 위안이었으며 중국의 '금련(金蓮)'*을 목격한 후 이곳에서 본 발이 자유로운 여자들 역시 마찬가지였다.

하지만 이 모든 것의 이면을 꿰뚫어 본 엘라도어는 곧 국민 대다수는 가난하고 새롭게 도입된 가혹한 상업주의 때문에 모두가 절망에 사로잡혀 있을 뿐 아니라 여자들은 치욕을 견디며 살아가고 있다는 사실을 알아냈다.

엘라도어가 내게 물었다. "이렇게 삶의 경험이 제한된 여자들은 우수한 자손을 생산하지 못한다는 사실을 이 명민하고 총명한 사람들이 왜 모를까요?"

나는 그건 모든 인종에게 공통된 보편적인 결함이라고—물론 미국인들만 빼고—말할 수밖에 없었다. 미국에 대해 이야기할 때마다 엘라도어의 표정이 환해졌다.

엘라도어가 말했다. "내가 얼마나 미국에 가기를 고대하고 있는지 당신은 모를 거예요. 사전지식이 거의 없는 상태에서 이렇게 고통스럽게 세상을 알아가다보니 가장 좋은 걸 마지막을 위해 남겨둔 게 정말 다행이라는 생각이 들어요."

미국에 가까워질수록, 그리고 엘라도어가 미국에 대해 간절하게 이야기할수록 어렴풋한 내 불안감은 점점 커져갔다. 그리고 전에는 한 번도 예민하게 굴지 않았던 것들에 대해 생각하고 그것들을 정당화할 구실을 찾기 시작했다.

한편 육아와 남자 뒷바라지, 이 두 가지 일로 평생을 보내는 일본 여

* 금으로 만든 연꽃이라는 뜻으로 전족의 다른 이름.

자들을 향한 엘라도어의 심적 고통은 나날이 커져갔다.

"밴, 나로서는 이해하기가 너무 힘들어요. 저들은 사람이 아니에요. 그저 아내일 뿐, 아니 어쩌면 그 이하예요."

"여자들은 당연히 모두 어머니잖아요." 내가 주장했다.

"아니요, 우리 생각에는 그렇지 않아요. 너무나 많은 이 사람들 좀 봐요! 일본은 전체적으로 파악하기도 쉽고 운영하기 쉬운 소국(小國)이에요. 사람들을 먹여 살릴 능력도 있어요. 인구가 지나치게 많지만 않다면. 그런데 이들은 자기 나라를 '포화 용액'으로 만들고 있어요." 엘라도어는 한 의사 친구가 이 용어를 사용하는 걸 어깨너머로 들은 적이 있었다. 그 친구는 엘라도어가 궁금해하는 일본인들의 건강 및 신체 발달에 대한 많은 정보를 건네주었다. "이 사람들은 인구가 너무 많다는 사실을 모르는 걸까요?" 엘라도어가 말을 이었다. "부양할 수 있는 한계 이상으로 인구가 증가하면 사람들은 비참한 가난을 감내해야만 해요. 아니면… 저 독일인들이 필요로 한 게 뭐였지요? 확장이에요! 사람들은 결국 다른 사람들의 나라를 정복해야 해요. 사람들은 정말 이상하리만큼 멍청해요!"

"하지만 여보, 이게 바로 삶이라는 걸 명심해야 해요." 나는 엘라도어에게 말했다. "이게 바로 세상이에요. 사람들이 살아가는 방식이지요. 당신은 사람들에게 너무 많은 걸 기대하고 있어요. 증식과 번성은 자연의 법칙이에요. 물론 맬서스는 세상이 과밀화된다며 겁에 질린 비명을 질러댔지만 그 시기는 아직 도래하지 않았어요. 아직 멀었지요. 과학 발전과 함께 우리의 생계 수단 역시 늘어났으니까요."

"세상 전반에 그 말이 적용된다는 건 나도 알아요. 하지만 특정 국가, 특히 이처럼 작은 국가라면 어떻게 될까요?" 문득 엘라도어가 물었다.

여기까지 의문이 미친 엘라도어는 재빨리 이민에 대한 연구에 착수했다. 다행히도 내 지식이 어느 정도 쓸모가 있었다. 엘라도어는 열심히 정보를 모으면서 머릿속으로 민족들의 이주, 이민과 밀접한 연관이 있는 우리 역사의 특성을 조목조목 정리했다. 그리고 세상 땅 대부분이 비어 있는 동안 사람들은 최고 사냥감을 쫓아, 목초지를 찾아 자유롭게 이동하며 생활했고, 농경사회에 진입하면서 여기저기에 정착해서 생활하기 시작했다는 사실을 알아냈다. 또한 인구가 증가하면서 사람들이 점령한 땅이 계속 확대되었다는 사실, 국가의 영토가 늘어나고 각국의 국경이 맞닿게 되면서 자연스러운 영토 확장이 이웃나라에 의해 제동이 걸리자 국내 과밀화 현상이 심화되었고 결국 '확장'을 위해 전쟁이 벌어지는 이중적 결론에 이르게 됐다는 점 역시 금세 파악했다.

엘라도어가 진지하게 말했다. "미국인들이 얼마나 대단한 이점을 가지고 있는지 이제 알겠어요. 인류는 '신세계'를 발견함으로써 '새로운 활력'을 얻었어요. 그렇죠?"

나는 엘라도어가 숙어와 몇몇 속어들을 얼마나 빨리 습득하고 정확하게 사용하는지 항상 즐겁게 주시하곤 했다. 숙어와 속어는 그녀에게 색달랐고, 끊임없는 기쁨을 주었다.

"새로 건설된 거대한 국가인 미국에서 사람들의 이동은 곧 땅의 소유를 의미했어요. 경쟁자는 없었죠. 그곳은 아무도 살지 않는 땅이었군요?"

"사람이라곤 아메리카 원주민들뿐이었어요." 내가 말했다.

"아메리카 원주민들이라고요?"

"그래요. 어떤 면에서는 좀 더 앞서 있었을지 모르지만 여하튼 허랜드가 있는 산 밑 숲에 거주하는 사람들 같은 야만인들이었지요."

"그 사람들과는 어떤 식으로 타협했나요?" 엘라도어가 물었다.

"엘라도어, 당신에게 밝히고 싶진 않은데… 당신은 미국을 약간 이상화하고 있어요. 우리는 그 야만인들과 타협하지 않았어요. 그들을 죽였지요."

"전부 말인가요? 몇 명을요?" 엘라도어는 상당히 침착했다. 불안해하거나 무서워하는 기색은 없었다. 하지만 표정에 드러났던 풍부한 색채는 자취를 감췄고 그녀는 감정을 자제하려는 듯 사랑스럽고 온화한 입술을 굳게 닫았다.

"미안하지만 긴 이야기이고 아름답지 않은 이야기예요. 우리는 남은 원주민들을 '보호구역'이라는 곳에 몰아넣었어요. 그리고 그들을 대상으로 교육과 선교사업이 이루어졌어요. 그 결과 일부 원주민들은 여느 훌륭한 시민처럼 완벽하게 문명화되었고, 백인과 결혼한 원주민들도 생겨났지요. 지금 미국인 중에는 아메리카 원주민 혈통을 이어받은 사람들이 적지 않아요. 하지만 일반적으로 말하자면 이건 우리의 국가적 수치예요. 헬렌 헌트 잭슨이 『불명예의 한 세기』라는 책에서 그 내용을 다뤘다오."

엘라도어는 말이 없었다. 고향에 대한 아득한 그리움이 그녀의 눈 속에 드리워졌다.

"여보, 난 당신이 가진 환상을 깨뜨리고 싶지 않아요. 미국은 완벽하지 않아요. 우리가 다른 나라들보다 장점이 많은 건 분명한 사실이지만 허물이 전혀 없는 것도 아니라오."

엘라도어가 이내 대답했다. "미국에 닿을 때까지는 판단을 유보하겠어요. 얘기하던 인구의 압력 문제로 돌아가도록 해요."

다소 기운이 빠진 상태로 논의를 계속하던 우리는 전쟁이 인구 증가 압박의 해소책이었던 시절, 국가들이 어떤 식으로 끊임없이 갈등을 겪었는지 알게 되었다.

우리가 알게 된 사실은 이것이다. 땅의 전 주인을 죽이는 간단한 과정을 통해 새 주인이 더 큰 땅을 차지하지만 인구가 다시 한계치에 이르는 순간 그 과정은 무한히 반복될 수밖에 없다. 일례로 거대한 중국이 오랑캐족의 약탈을 막기 위해 장벽을 세우면서 전쟁이 끝났지만 국경이 확립되자 내부적으로 인구 증가라는 압력이 생겼고 그 결과 국민들의 생활 수준은 비참한 수준까지 떨어졌다. 이후 평화로운 이주 과정이 이어졌고, 태평양 해변과 인근 섬은 황인종의 이주 인파로 물들게 되었다.

엘라도어는 이 모든 과정을 거대한 파노라마로, 끝없는 행렬로 인지했다. 세상을 알록달록한 지도 속에 갇힌 정적인 곳으로 받아들이지 않았으며 언제나 다양한 민족의 이동을 주시했다.

이윽고 엘라도어가 말했다. "지금 유럽을 병들게 하는 건 바로 이 문제 아닌가요? 인구 증가로 인해 과밀화가 심화되자 끊임없이 이웃국가와 충돌하고, 전쟁을 통해 사람들을 죽임으로써 일시적으로나마 영토를 확보하고 있잖아요?"

내가 동의했다. "분명히 그런 이유가 크다고 할 수 있어요. 모든 국가는 늘어나는 인구를 수용하려면 더 큰 땅이 필요하니까요."

"모든 국가는 더 큰 땅을 차지하기 위해 인구 증가가 필요하기도 했겠군요?"

그 사실 역시 분명했다.

"제한된 땅에 경계선을 긋고 그 안에서 제 살 깎아 먹기 식으로 다닥다닥 붙어 살거나 '전쟁의 행운'에 기대는 것 말고 다른 방법은 없는 건가요?"

그 말 역시 불행하게도 분명한 사실이었다.

"그렇다면 우리가 그랬듯 여자들이 산아 제한을 하는 건 어때요?"

"오, 엘라도어, 당신은 이 세계가 당신의 작은 조국 같은 여자들의 세계가 아니라는 사실을 인식하지 못하는 것 같아요. 여기는 남자들의 세계라오. 그리고 남자들은 산아 제한을 원치 않았어요."

그녀가 말했다. "왜요? 남자들은 아이를 낳지 않기 때문인가요? 아니면 평화롭게 살기보다는 싸우고 싶기 때문인가요? 도대체 이유가 뭐죠?"

내가 천천히 말했다. "둘 다 아니에요. 진짜 이유는 남자들이나 여자들 모두 넓게 보거나 깊게 생각하지 못하고, 인종과 관련된 이 거대한 질문들을 충분히 시각화하지 못했기 때문이에요. 그들은 그저 본능에 충실하고 오래된 종교에 순응했어요. 사람들의 이런 행동은 무의식중에 이루어졌지요."

엘라도어가 이의를 제기했다. "하지만 여자들은요! 여자들은 그렇게 단순한 사실을 깨달을 만한 능력이 있어요. 그건 땅 크기 문제에 불과해요. 1평방킬로미터에서 건강하고 행복하게 살 수 있는 사람 수가 얼마나 되는지 파악하면 되니까요. 그런데 이 여자들은 행복한 삶이 불가능할 정도로 인구 밀도가 높은 곳에서 자신의 아이들이 자라길 바라는 건가요? 아니면 살 곳을 확보하려면 여자들도 나가서 싸워야 하는 건가요? 정말 이해할 수 없어요."

엘라도어는 결심한 듯 친구 한 명이 소개해준 일본 관리를 찾아가서 일본 내 여자들의 위상에 대해 물었다. 그녀는 공손하고 온화하게 행동했고, 들으면서 놀라는 일이 없도록 미리 마음을 단단히 먹었다. 관리 역시 상당히 정중한 태도로 일본 내 여자들을 바라보는 시선에 대해 실제 사례와 인용을 곁들여가며 간략히 설명해주었다.

엘라도어는 인도나 중국에 있을 때보다 여성 문제에 대해 훨씬 철저하게 이해하게 되었다.

우리는 하와이를 거쳐 미국으로 향하기 위해 일본을 떠났다. 엘라도어는 며칠 동안 그 주제에 대해 침묵했다. 그런데 넓고 푸른 바다와 스쳐 지나가는 눈부신 나날, 잔잔하고 아름다운 우리 여정을 통해 마음의 위안을 얻게 되자 또다시 그 얘기를 꺼냈다.

"나는 특히 끔찍한 문제에 대해서는 더 많은 사실을 알게 될 때까지 생각과 판단을 멈추기 위해 애쓰고 있어요. 이 일들이 그래요. 내가 뭔가 더 알게 된다고 해서 문제가 더 악화되지는 않을 테죠."

내가 단언했다. "당신은 용감한 여자예요. 강인하기도 하고. 지금 당신이 말한 게 유일한 방법이에요. 당신이 처음부터 그런 일을 겪게 돼서 이루 말할 수 없이 미안해요. 당신을 더 잘 대비시켰어야 했는데."

"여보, 당신은 할 만큼 했어요. 더 하는 건 불가능했을 거예요. 상상도 할 수 없는 것들을 말만 듣고 머릿속에 그릴 수는 없어요. 그리고 깨달음이 빠르든 늦든 내가 느끼는 공포는 별반 다르지 않았을 거예요. 당신이 알려준다 한들 내가 경험하기 전에는 느낄 수 없었던 것과 마찬가지로 지금 내 느낌을 당신에게 알려주는 것 역시 불가능하답니다."

항해는 아내에게 큰 도움이 되었다. 엘라도어는 바다를 사랑했고, 배들을 자랑스럽게 여겼으며, 이 자랑스러운 배를 움직이는 사람들의 노동 조건을 못 본 척하기 위해 최선을 다했다. 그녀는 만나는 사람이면 누구든, 여행객이든 선교사든 사업가든 여자들이든 친구로 삼았다. 그런데 이상하게도 남자보다는 여자를 대할 때 쩔쩔매는 듯했다. 엘라도어는 여자들에게 어떻게 다가가야 할지 잘 모르는 것 같았다. 애정이나 연민이 부족한 건 아니었다. 오히려 그것과는 거리가 멀었다. 엘라도어는 진심으로 여자들과 친구로 지내고 싶어했다. 결국 나는 이렇게 설명할 수밖에 없을 것 같다. 엘라도어는 여성스러움으로 남자를 유혹하기보다는 남자들과 인간적인 교류를 했다. 같은 사람의 입장에서 생각을 교환하며 함께 사이좋게 지냈다. 반면에 여자들은 그렇게 인간적이지 않았다. 전반적으로 세계관의 폭이 좁았고 경험도 일천했다. 엘라도어는 여자 한 명에게 말을 붙이기 위해 어색하게 다가갔지만 마주한 건 지극히 여성스러운 시각과 자신과 다른 사회적, 도덕적 가치, 자신들의 사회적 위상을 기이하게 제한하는 모습들이었다.

나는 전에는 알지 못했던 이 사실을 엘라도어를 통해 알게 되었다. 처음에 내가 이해하지 못한 건 남자들과 대화할 때보다 여자들과 대화할 때 엘라도어의 흥미와 인내심이 더 빨리 시든다는 점이었다. 여자들을 비난하지는 않았지만 엘라도어의 친절한 얼굴에는 곤혹스러우면서 슬픈 표정이 깃들었으며 얼마 지나지 않아 대화를 중단하고는 했다.

예외적으로 인상 깊은 사람들도 있었다. 한 명은 수년 동안 중국에서 일한 여자 의사로 긴 휴가가 필요한 상황이라 고향으로 돌아가는 중이었다. 엘라도어는 매일같이 이 의사와 시간을 보내면서 그녀로부터 배운 내용을 내게 들려주었다. 다른 한 명은 한때는 선교사였다가 지금은 생물학 분야의 연구원으로 일하는 여자로 엘라도어는 그녀를 진심으로 존경했다.

아름다운 하와이 섬에 도착한 후 휴식을 취하면서 원기를 회복한 우리는 당분간 그곳에 머물며 바다로 둘러싸인 웅장한 산을 즐기기로 했다. 하와이는 사회에 대한 엘라도어의 관심을 다시 한번 자극했고, 그녀는 빠른 속도로 이 작은 땅의 '사회적 진보'의 역사를 익혀나갔다. 이곳에는 탁월한 몇몇 서적과 선조 선교사들의 숭고한 업적을 뽐내면서 자기만족감에 도취된 수많은 후예들처럼 그녀에게 가르침을 줄 만한 것들이 풍부했다.

엘라도어가 내게 말했다. "정말 기가 막히군요. 화이팅 교수님이 사용한 그 멋진 단어가 뭐였지요? 소우주였나요?"

이 무렵 내 친애하는 탐구자는 인류 역사와 관련하여 아마추어가 상상도 할 수 없을 정도로 확고한 신념을 가지게 됐으며, 자신의 생각을 작은 공책에 정리해두었다. 잉글랜드에 머무르는 동안 엘라도어는 역사 연구의 초석이 되는 윈우드 리드의 경이로운 저서인 『인간의 순교』를 받은 적이 있는데, 이 책을 통해 비로소 그동안 수집해온 모든 사실과 의견을 자신의 보편적 시각과 적절하게 관련지을 수 있게 되었다.

"당신들은 정말 빠른 속도로 모든 걸 이뤘군요. 백 년도 걸리지 않았으니. 1820년부터 시작했다면 말이죠. 이 황금빛 피부를 가진 친절하고 온화한 사람들은 여기서 스스로의 힘으로 살아왔어요."

"그들이 항상 온화했던 건 아니오. 너무 이상화하지 말아요!" 내가 끼어들었다. "그들은 걸핏하면 싸워댔고 전쟁을 벌였어요. 그뿐만 아니라 금기시되는 아주 끔찍한 종교를 믿었다오. 특히 여자들에게 가혹했지요."

"네, 나도 알아요. 보인턴 교수 말을 인용하자면 그들 역시 '우리처럼 완벽'하지 않았던 거예요. 하지만 이 사람들은 아름답고 건강하고 행복했어요. 정중하고 친절했지요. 오, 또 얼마나 대단한 수영 선수들인지!

아기들까지 말이죠. 사람들이 그러더군요."

"걷기 전에 먼저 헤엄치는 아기가 있다는 사실은 나도 알아요. 그 얘기를 하던가요?"

"그럼요. 물론이죠. 여보, 내 말 좀 들어봐요. 그런데 이 땅에 선교사들이 들이닥쳤어요. 침입한 거예요. 현재 이곳 원주민 중 토지 소유주는 전체 인구의 15퍼센트예요. 그런데 사망률은 20퍼센트에 달하죠. 그들은 땅을 몰수당한 것도 모자라 이 땅에서 점차 사라져가고 있어요."

내가 말했다. "맞아요. 그래서요?"

엘라도어가 나를 바라보았다. 마치 구름 그림자와 햇살이 번갈아 풍경을 감싸듯 상반된 표정이 연이어 그녀의 얼굴을 스쳐 갔다. 엘라도어는 혼란스러워 하는 것 같았다. 내가 그렇게 반응한 이유를 알게 된 게 분명한 듯 표정이 굳어졌다. 그런데 또 다른 이유를 깨달았는지 그녀의 얼굴에 거룩한 어머니의 표정, 내가 참으로 소중하게 여기는 표정이 드러났다.

하지만 엘라도어의 말은 "당신을 사랑해요, 밴"이 끝이었다.

"오! 하느님, 감사합니다. 땅을 모조리 빼앗긴 하와이인들 때문에 당신이 나를 내쫓으려는 줄 알았어요. 내가 그런 건 아니잖소. 당신, 나를 힐난하는 건 아니겠지요?"

"미국이 그런 게 아닌가요?" 엘라도어가 조용히 물었다. "그리고 당신, 신경이 쓰이긴 하나요?"

난 양을 잡아먹은 다음 비록 정당하지는 않지만 어쩔 수 없었다는 걸 보여주려고 애쓰는 늑대마냥 거북하고 모순된 설명을 하기 시작했다.

"당신은 미국이 보어인들의 나라를 점령한 영국과 비슷하다고 생각하나요?" 엘라도어가 상냥하게 물었다.

그렇지 않았다. 나는 항상 영국이 트란스발 공화국을 점령한 사건은 용서할 수 없는 '팽창'이라고 생각해왔다.

"당신의 조국은 아직 인구 밀도가 높은 편이 아니잖아요? 미국의 국토는 광활해요. 도대체 미국은 왜 하와이가 필요했던 거죠?"

"우리는 하와이에 기독교를 전파하고자 했어요. 이곳을 개화하려고 했던 거요." 나는 다소 볼멘소리로 말했다.

"당신은 예수가 원주민들에게도 똑같은 영향을 미쳤을 거라고 생각하나요? 개화가 죽은 사람들에게도 도움이 될까요?"

내가 마음이 상했다는 사실을 깨달은 엘라도어가 말을 멈추고 내게 키스했다. "여보, 우리 그만해요. 이 얘기를 또 꺼내다니 내 잘못이에요. 사실 이제 난 당신에게 말하는 게 내 자매에게 말하는 것처럼 너무나 편해요. 그렇다보니 누군가의 조국과 관련된 얘기라면 달리 바라봐야 한다는 사실을 잊었어요."

엘라도어는 사라져가는 하와이 원주민에 대해 더 이상 언급하지 않았지만 나는 과거와는 사뭇 다른 감정으로 그들을 바라보기 시작했다. 우리는 하와이에 매독과 폐결핵을 퍼뜨렸고 중국인들은 나병을 옮겼다. 그 무시무시한 질병 때문에 이제 이 아름다운 하와이 섬은 공포의 대명사가 되었다. 숭고한 기독교인들이 병폐를 최소화하기 위해 고군분투하고 있지만 이미 기차는 떠난 후였다.

처음에는 숭고한 목적으로 하와이에 발을 들여놓았을 게 분명한 선교사들은 토지 소유권의 개념조차 모르는 아이처럼 순진한 저 원주민들로부터 땅을 빼앗아 거대한 부를 축적했다. 그 선교사들의 자손들은 선조들이 이룩한 '대업'을 자랑스러워했고 대대손손 권력을 누리며 부자로 살면서도 슬픈 결과 속에 내재된 병폐는 인식하지 못한 듯했다. 그들은 원주민들이 기독교인으로 죽는 게 중요할 뿐 그들이 제 명대로 살지 못하고 일찍 목숨을 잃는다는 사실은 전혀 개의치 않았던 것 같다.

우리가 전한 문명은 원주민들에게 깨끗하고 안락하며 자유로웠던 과거의 삶 대신 끝없는 노동의 나날과 다른 사람들의 이익을 위한 긴 노역의 삶을 사는 걸 의미했다. 중노동과 질병과 죽음. 소외, 사회의 해체, 산업개발에 따른 착취, 사라져가는 문명. 원주민들은 죽어가면서 비로소 이 모든 걸 깨달았다. 그들의 음악이 애절한 건 너무나 당연했다.

나는 아름다운 땅을 떠나게 되어 기뻤다. 증기선을 타고 동트는 쪽으로, 고향으로 향하는 동안 황금빛 낮과 벨벳 같은 밤이 우리 앞에 드리워지자 나는 미국인으로서 가져야 할 죄책감을 내려놓고, 다시 생기가 도는 엘라도어의 모습을 보게 되어서 기뻤다.

갑판에는 캘리포니아 출신이 많았다. 개중에는 현명한 사람들도 있었지만 그렇지 않은 사람들도 있었다. 나는 아내가 대화 상대방으로부터 점점 더 편안하고 노련하게 정보를 추출하는 모습을 지켜보았다. 캘리포니아 출신에게서 캘리포니아 정보를 얻는 건 어려운 일이 아니다.

나 역시 캘리포니아 출신이었다. 게다가 우리가 여행한 다른 곳에 비하면 고향에 대해서는 훨씬 정확히 알고 있었으므로 고향을 '추어올리는' 의기양양한 발언과 냉정한 사실을 대조해볼 수 있었다.

엘라도어는 사람들의 고향 자랑이 마음에 들었다. "지구에 그런 나라가 있다는 것과 사람들이 그곳을 저렇게 좋아한다는 사실을 알게 돼서 정말 기뻐요."

엘라도어는 특히 부드러운 긍지와 강렬한 찬사로 가득한 이나 쿨브리스*의 아름다운 시 「캘리포니아」에 탐닉했다. 쿨브리스의 시집을 가지고 있던 한 열성 팬은 자신이 보유한 '캘리포니아 출신 작가들' 명단에 대해 폭풍 같은 찬사를 쏟아냈다.

나는 캘리포니아의 땅이나 기후, 과일, 꽃보다도 이 캘리포니아 작가들에 대한 자부심이 더 짜증스러웠다. 하와이에 머무는 내내 주눅 든 상태였던 나는 누군가에게 화풀이를 하고 싶었다. 나는 엘라도어만큼 선량하지 않았고 그런 척하지도 않는다. 그리고 이 순간에는 선량하게 굴고 싶은 마음도 없었다. 나는 잔뜩 흥분한 이 열혈 팬에게 말했다. "당신은 이 사람들을 왜 '캘리포니아 출신 작가'라고 하는 겁니까?"

그녀가 진심으로 놀라서 나를 쳐다보았다.

내가 물었다. "그 사람들이 거기서 태어났습니까? 그곳 토착민들의 자손인가요?"

* Ina Coolbrith(1841~1928). 미국 시인이자 작가. 캘리포니아 시인상의 첫 수상자.

그녀는 명단에 있는 작가들 중 몇 사람을 제외하고는 그렇지 않다는 사실을 인정해야 했다. 캘리포니아에서 태어난 사람들을 추려내자 명단이 사뭇 단출해졌다. "하지만 그들도 캘리포니아에서 살았어요." 그녀가 항변했다.

"얼마나 오랫동안이요? '캘리포니아 출신' 작가가 되려면 그곳을 방문해서 얼마나 오랫동안 머물거나 거주해야 하는 겁니까? 마크 트웨인 같은 작가로 예를 들어볼까요? 마크 트웨인은 코네티컷에서 훨씬 오랜 세월을 살았으니 '코네티컷 출신 작가'인가요? 아니면 뉴욕에서 꽤 오래 살았으니 '뉴욕 출신 작가'가 되는 건가요?"

그녀는 굉장히 약이 오른 듯 보였고 나는 일말의 미안함도 없이 무자비하게 말을 이어갔다. "제 생각에 그 땅에 속한 것에 만족하지 못하고 눈에 보이는 모든 걸 손에 쥐려고 하는 건 미국에 있는 여러 주들 가운데 캘리포니아가 유일한 것 같군요."

5

나의 조국

눈부시게 아름다운 어느 아침, 우리가 탄 기선이 마침내 금문해협에 들어섰다. 북쪽에 있는 고요한 타말파이어스 산 위로 태양이 비쳤고 남쪽에서 시끌벅적한 도시가 연기처럼 피어올랐으며 해협 가장자리에서 만국박람회장이 화려한 아름다움을 뽐냈다.

예전에 이곳을 지나친 적 있었던 나는 엘라도어에게 유리창으로 보이는 실 록스와 거대한 수트로 배스, 그 옆에 있는 클리프 하우스를 보여주었다. 이어서 박람회장의 중앙 건물인 보석 성이 보였고 박람회 장소와 기간을 알리는 현수막이 바람에 나부끼고 있었다.

2월이었다. 비가 내리더니 불쑥 도래한 빛나는 봄을 알리듯 풍부하고 선명한 초록색이 비탈진 해안 전체를 덮고 있었다. 양쪽에 기다란 만이 넓게 펼쳐졌다. 맞은편에는 아름다운 도시들이 수 킬로미터나 되는 서쪽 해변을 수놓고 있었다. 샌프란시스코가 우리 앞에 모습을 드러냈다.

긴장 섞인 흥분에 휩싸인 엘라도어가 내 팔을 잡고 옆에 섰다. "당신의 조국이군요, 여보!" 그녀가 말했다. "정말 아름다워요! 난 이 나라를 사랑할 거예요."

그 순간 애국심이 내 마음을 그 어느 때보다도 가득 채웠다.

나의 과거에는 모험심 넘치는 세 탐험가들의 긴 여정이 있었다. 허랜드에서의 길었던 감금 생활, 그 후 전쟁으로 피폐해진 유럽과 전근대적이고 불가해한 동양 문명으로의 여행.

"이곳은 내게도 확실히 멋지게 보이는군요!" 나는 아내에게 말했다.

우리는 그 거대한 박람회를 관람하며 많은 날을 보냈다. 그 후 작은 규모지만 훨씬 더 아름다운 샌디에이고 박람회를 돌아보면서 며칠을 더 보냈다. 우리 부부에게는 행복한 나날이었고 내게는 뿌듯한 시간이었다. 하지만 시간이 지나면서 그 느낌은 점차 희미해졌다. 뿌듯함이 사라진 자리는 커져가는 불편함이 메웠다.

나는 모든 사람이 자신의 조국을 사랑하고 존중할 것이라고 생각한다. 사실상 모든 사람이 말이다. 미국은 젊었으며, 손쉬운 지리적 확장이라는 세계적 흐름에 몸을 맡긴 상태였다. 그리고 자연스러운 인구 증가 대신 외부 혈통의 수혈을 통해, 무지한 우리 대중에게 세계 최고라는 우월감을 심어준 수많은 하층 노동자 무리의 이주를 통해 갑작스러운 인구 증가를 맛본 미국인들은 역사가 일천한 독일 연방 국민만큼 오만했다.

나는 사회학자이자 민족학자인 나 자신이 폭넓은 지식을 바탕으로 공정한 판단을 내릴 수 있는 사람이라고 생각해왔다. 그리고 내 모든 지식을 동원해 조국의 과오와 결점을 신랄하게 비판하면서도 아직까지 미국이 우월하다는 생각에는 흔들림 없는 내적 확신이 있었다.

엘라도어가 그런 내 확신을 흔들었다.

엘라도어가 미국의 제도에서 무슨 잘못을 찾아내거나 한 건 아니었다. 오히려 그 반대였다. 그녀는 미국에는 흠이 없다고, 적어도 미국은 완벽에 가깝다고 믿고 있었다. 엘라도어의 기대는 지나치게 컸다. 지금처럼 그녀를 알아가면 갈수록, 놀랄 만큼 명료하고 공정한 사고방식과 잘 짜인 사실을 질서 정연하게 결집시키는 능력과 이리저리 움직이면서 시야에 들어오는 모든 곳을 비추는 탐조등 같은 그녀의 통찰력에 익숙해질수록 나는 내 판단에서 낯선 무력감을 느꼈다.

허랜드에 머무르는 동안 나는 허랜드의 문화 체제가 국민들의 사고 수준 발전에 얼마나 큰 영향을 미치는지 완전히 이해하지 못했다. 물론 그들의 사고력이나 생각의 명료함에는 의문의 여지가 없긴 했다. 하지만 우리가 그들의 사고력을 측정하는 건 마치 어린애가 자기 선생님의 사고력을 측정하는 것만큼 어불성설이었다.

엘라도어와 같이 살게 되면서 나는 그녀의 사고력이 어떻게 작동하는지, 다양한 나라 출신의 박식한 남녀와 대화할 때 그녀의 사고방식이 어떻게 드러나는지 지켜보았다. 엘라도어는 지적인 대화를 할 때 자신을 과시하는 법이 없었다. 학식을 드러내지 않았고 주장을 반박하거나 논쟁을 일삼지도 않았다. 가끔 사실에 의문이 들거나 토론에서 극히 중요한 사항이라는 생각이 들 때면 반대편 권위자의 발언을 인용하는 경우도 있었지만, 대부분은 귀를 기울인 채 대화 상대자의 관점을 충분히 이해하기 위해 몇 가지 질문을 던질 뿐이었다. 천진난만하면서 주제와 동떨어진 듯한 엘라도어의 질문들은 대화 상대자의 또 다른 면을 드러내는 계기가 되곤 했다. 나는 감탄하면서 즐거운 마음으로 그런 순간을 주목했다. 엘라도어는 단 두 번의 질문을 통해 상대방이 완벽하게 모순되는 두 주장을 믿고 있다는 사실을 밝혀낸 적이 있었다. 또 단 한 번의 질문만으로 상대방의 지적 한계와 편협한 태도를 알아챈 후 그에 대한 마음의 평가를 내리기도 했다. 엘라도어의 질문은 경솔할 정도로 득의만만하거나 지나치게 논리적이어서 '희생자'를 혼란과 분노의 감정에 빠뜨리는 '영리한' 질문과는 거리가 멀었다. 상대방은 자신에게 일어난 일을 결코 깨닫지 못했다.

나는 아내에게 물었다. "당신은 이 얼간이들을 어떻게 참아내는 건가요? 모두들 당신 손바닥에 있는 애들 같더군요. 그런데도 당신은 그 사람들의 기분을 털끝만큼도 건드리지 않았어요."

엘라도어가 진지하게 대답했다. "어쩌면 그렇기 때문에 우리가 집에서 아이들을 다루는 데 그렇게 익숙하고, 국가 전체가 나서서 항상 아이들을 가르칠 수 있는 거겠지요. 그게 허랜드 사람들이 참을성이 강한 이유인 것 같아요. 이 사람들에게 창피를 줘서 좋을 게 뭐가 있겠어요? 모두들 대부분의 방면에서 나보다 훨씬 유식한걸요."

"당신보다 유식할지 모르지만 그들의 사고 과정은 흐리멍덩하고 느린 데다가 왠지 어설퍼요."

"당신 말이 맞아요, 밴. 그 부분이 내겐 정말 놀랍더군요. 이곳 사람들의 머릿속에 축적된 지식은 정말 어마어마해요. 내가 만난 사람 모두가 그렇다는 뜻이에요. 반면에 그들의 생각은… 믿기 힘들 정도였어요. 어떤 면에서는 동양인들의 정신이 서양인들보다 더 발달되어 있더군요. 하지만 서양인들처럼 정신의 한계를 제대로 인식하지 못하는 건 그들도 마찬가지예요. 무엇보다도 놀란 건 사람들 머릿속에 든 그 모든 지식이 그들의 생활 방식과 동떨어져 있다는 점이에요. 미국은 그 부분에서 완전히 다르겠지요. 당신들 미국인들은, 내가 알기로는, 행동하는 사람들이에요."

엘라도어가 미국을 보고 느낀 인상에 대해 말하기 전에, 그녀의 근원적인 비판에 너무 억울해할지도 모를 본토박이 동료 시민들을 위해 조금 더 설명을 덧붙이고 싶다. 엘라도어는 아마 자신의 이 비판을 아예 공개하지 않았을 것이다. 하지만 난 할 것이다. 바로 이 자리에서.

끝끝내 지키고 싶었던 조국에 대한 내 소중한 자부심은 엘라도어의 논리적인 비판 앞에서 하릴없이 그 빛을 잃었고, 처음에 가졌던 예민함이나 자존심에 상처 입었다는 생각, 순수한 고통 역시 사라졌다. 나는 이제 과거 그 어느 때보다도 내 조국을 사랑한다. 미국을 더 잘 이해하게 된 것이다. 아마 내 태도가 좀 더 부드러워지고 내가 좀 더 인내심을 발휘하게 된 이유일 것이다. 그럼에도 불구하고 만일 지금 잠에서 깨어나 자신의 민낯과 마주해야 할 국가가 있다면 그건 바로 미국일 것이다.

엘라도어는 직접 편찬한 그 놀라운 포켓용 역사서에서 인류 발전이 이루어진 순서를 확립하고 각 국가를 인류 발전에 기여한 순으로 나열했다. 이런저런 경향의 흐름과 상황의 압박을 표시하기 위해 다양한 색상을 사용하여 만든 도표와 개괄도가 잘 정리되어 있는 페이지를 넘기다보면 이 모든 기간 동안 인류가 한 일이 한눈에 들어왔다. 엘라도어는 나와 함께 특정 종족의 사소한 편향이나 환경의 변화가 인종의 분화에 미친 영향에 대해, 특히 그 영향이 어떻게 최근에 국가를 형성한 민족들의 분화로 이어졌는지 영리하게 추측해냈다. 하지만 이 작은 책에는 추측은 빼고 단순한 사실만 담았다.

엘라도어는 이 부분을 언급한 후 어떤 특별한 요인이 이집트를 이집트로 만들었는지 곧바로 보여주었고, 아시리아와 칼데아를 구분하기도 했다. 엘라도어는 그 길었던 역사의 초창기를 보며 슬프게 고개를 저었다.

엘라도어가 말했다. "이때 사람들은 배우는 게 참 느리지 않았나요? 경험을 바탕으로 논리적으로 추론하는 습관이 없었던 것 같아요. 기이하게도 이들의 지적인 과정이 정지된 가장 큰 이유는 사회적 타성, 그러니까 켜켜이 쌓인 관습의 무게 때문인 듯해요. 그다음은 종교 때문이에요. 종교의 목적성과 믿음이 진정한 숙고와 배움을 막은 것 같아요."

내가 끼어들었다. "하지만 여보, 그 당시 사람들도 분명히 배웠어요. 고대 성직자들은 실제로 모든 걸 배웠지요. 암흑기에도 배움이 계속될 수 있었던 건 유럽의 교회 덕분이니까요."

"여보, 당신이 의미하는 게 '배움'인가요? 아니면 단순히 '기억하기' 인가요? 중세 시대의 교회가 '배운' 건 무엇이었나요?"

나는 과거에는 이런 구분을 한 번도 해본 적이 없었다. 물론 우리가 말하는 '학습'이란 예전, 그러니까 아주 오래전에 일어난 일과 주로 사람들이 쓴 기록을 아는 것을 뜻했다. 내가 연금술과 의학 연구의 사례를 이야기하자 엘라도어는 진지하게 내 주장을 받아들였다.

시기를 막론하고 어느 교회든 새로운 것을 익히려는 사람들에게 엄한 조치를 취한 게 사실이었다. 그리고 모두가 알다시피 교회는 진보적인 사람들을 지체 없이 처벌했다.

엘라도어가 부드럽게 말했다. "세상 사람들이 이렇게 끔찍한 환경을 극복하고 이뤄낸 것들을 보면 정말 경이로워요. 하지만 당신들, 미국인들에게는 다른 기회가 있어요. 미국인과 다른 나라 사람들 사이에 얼마나 대단한 차이가 있는지 미국인들 스스로 잘 모르는 것 같아요."

엘라도어는 미국 역사가 종교적 저항에 뿌리를 둔 덕에 미국인들은 자신들의 정신을 옭아맨 가장 무거운 족쇄에서 해방될 수 있었고, 군주제와 귀족제가 폐지됨으로써 다른 짐도 내려놓을 수 있었으며, 사실상 무한한 영토와 격변하는 사회 상황 덕분에 관습은 그저 이름만 남게 되었고, 다양한 인종이 섞인 덕분에 계층 파괴가 가능했음을 짧게 지적했다.

우리는 기선의 긴 의자에 앉아 이리저리 흔들리는 크고 부드러운 너울을 보면서 미국에 대한 얘기를 이어나갔고, 엘라도어가 지적한 모든 사항을 살펴보았다.

엘라도어는 말하곤 했다. "미국인들은 자랑스러워할 만해요. 지구상의 어떤 민족도 그런 기회를 갖지 못했으니까요."

그 당시, 특히 하와이를 방문한 후 불안감이 들곤 했던 나는 우리가 아시아인이나 흑인, 멕시코인에게 저지른 일을 정당화할 만한 변명거리를 찾기 위해 애썼다. 폭음, 매춘, 뇌물 수수, 사형(私刑)과 같이 내가 아는 노골적인 병폐를 방어하기 위해 머릿속에 있는 모든 걸 짜냈다. 미국이라는 화려한 의복에서 전에는 눈에 띄지 않던 큰 구멍들이 여기저기 보이기 시작했다. 내가 미처 예상하지 못한 상황이었다.

우리는 캘리포니아에서 몇 주를 보냈다. 나는 엘라도어를 섀스타 산과 요세미티, 몬터레이의 삼나무 숲과 빅트리스 주립공원, 임피리얼 밸리로 데려갔다. 가는 내내 엘라도어는 땅과 공기와 햇빛, 심지어는 비까지 한없이 아름답다며 끊임없는 찬사를 쏟아냈다. 삼림관리인이었던 엘라도어는 비가 온다고 우울해하지 않았다.

엘라도어는 닥치는 대로 읽었다. 그녀는 황홀경에 빠진 채 존 뮤어* 를 읽었다. "어떻게 그를 사랑하지 않을 수 있을까요!" 엘라도어가 말했다. 엘라도어는 캘리포니아의 약사(略史)와 『라모나』** 같은 캘리포니아 관련 책 몇 권도 읽었다. 일본인 지도자와 중국 남자들을 찾아가 이야기를 나누기도 했다. 그리고 항상 알 수 없는 표정으로, 착실하게 신문을 보았다.

* John Muir(1838~1914). 미국의 자연주의자, 작가, 자연보호주의자로, 그가 창설한 '시에라 클럽'은 미국에서 유명한 자연보호 단체가 됐다.

** 헬렌 헌트 잭슨이 1884년에 발표한 다인종 로맨스 소설. 캘리포니아 지역에서 미국 연방정부가 원주민들을 부당하게 대우하는 모습을 극적으로 묘사해 화제가 되었다.

내가 캘리포니아에 대해 무엇이든 물으면 꽃과 과일에 대해, 이 땅이 얼마나 아름답고 빛나는지에 대해 솔직한 기쁨을 쏟아내곤 했다. 내가 더 말해달라고 하면 그녀는 이렇게 말하곤 했다. "기다려요, 벤, 시간을 줘요. 이제 막 왔잖아요. 아직 아는 게 부족하다보니 할 말이 별로 없어요."

하지만 엘라도어의 배움 속도가 얼마나 빠른지, 새로 배운 지식을 기존 지식과 얼마나 정확히 결부시키는지 알고 있었던 내 눈에는 그녀의 얼굴에 번져가는 실망감이 보였다. 나는 유럽에서 그 아름다운 얼굴이 공포로 창백해지는 걸 보았고, 아시아에서는 혐오로 진절머리 치는 그녀를 지켜보았다. 그리고 세계를 돌아본 다음 다다른 희망과 긍지의 땅이자 부와 힘의 땅인 이 신생 대륙에서는 내가 너무나 사랑하는 그 얼굴에 어린 실망감이 점차 슬픔의 감정으로 변하는 것을 보았다. 그녀는 내 눈앞에서 늙어가고 있었다.

엘라도어는 나와 함께 있으면 여전히 명랑했고 문밖으로 나서면 여전히 행복해했다. 산과 끝없이 펼쳐진 황금빛 사막과 형언할 수 없을 만큼 경이로운 콜로라도의 그랜드캐니언에 갔을 때 내 바람대로 그녀의 심장은 벅차올랐다.

하지만 읽고 앉아서 생각하는 시간이 길어질수록 엘라도어의 낯빛은 어두워졌고 얼굴에 우울함이 드리웠다. 그녀는 괴롭고 실망한 표정이었지만 인내하는 표정이기도 했다. 그리고 용맹과 깊은 투지가 엿보였다. 마치 자신의 아이가 바보라는 사실을 깨달은 어머니의 표정 같았다.

우리는 동쪽으로 이동했다. 도시가 커지고 시끄러워지고 지저분해졌다. 그에 비례해서 엘라도어의 고통도 커졌다. 엘라도어는 게임을 하자며 나를 재촉했고 자신이 좋아하는 책을 큰 소리로 읽어달라고, 특히 허랜드에 대해 이야기하자고 조르기 시작했다.

나는 기꺼이, 아니 그 이상으로 열심히 했다. 엘라도어의 시선으로 내 조국을 보고, 내 조국이 엘라도어에게 미친 영향을 깨닫게 되자 엘라도어와 미국에 대해 얘기하는 게 꺼려졌다. 아니, 점점 그럴 수가 없었다. 하지만 긴장은 고조되었고 그녀의 고통 역시 커져갔다. 결국 나는 유럽의 그 끔찍한 밤에 그랬듯 엘라도어에게 내게 모두 다 얘기하라고 말했다.

나는 이렇게 주장했다. "당신이 원하든 원하지 않든 그래야 해요. 단, 미국 전체를 비난하진 말아줘요. 당신이 미움을 받게 될 테니까. 게다가 당신 조국에 대해 함구한 채 사람들을 비난한다면 그들은 아주 자연스럽게 당신이 어디서 왔는지 알고 싶어하겠지요. 나는 아무 말도 하지 않으면서 괴로워하기만 하는 당신을 지켜보기가 힘들다오. 게다가 최악의 상황에 대해 내가 어떤 변명이나 설명을 하는 건 거의 불가능해요."

"당신이 생각하는 '최악의 상황'이란 어떤 상황인가요?" 엘라도어가 가볍게 물었다.

하지만 나는 우리가 사용하는 말의 뜻이 다르다는 사실을 대번에 깨달을 만큼 이미 분별력이 생긴 상태였다.

내가 말했다. "이렇게 생각해봐요. 당신은 화성인처럼 외부 세계에서 온 사람이에요. 이를테면 다른 세계에서 온 조사위원이라고 해두지요. 당신에 대한 내 사랑이나 연민, 존경은 차치하고, 정말 진지하게, 진심으로, 순수한 외부인의 시각을 알 수 있는 이 전무후무한 기회에 대해 난 정말 고맙게 생각해요.

이건 과거에는 한 번도 없었던 일이에요. 아마 마르코 폴로가 아시아의 어느 미지의 세계에서 관리 노릇을 했던 게 그나마 가장 비슷한 경험일 거예요. 하지만 과거의 탐험가들은 어떤 역경을 겪었든 당신처럼 고뇌하지 않았어요. 그저 자신의 호기심을 채우면서 즐겼을 뿐. 언제나 자신들의 조국이 훨씬 우월하다고 여겼어요. 자신들이 발견한 세계가 열등하면 할수록 그 사실을 즐겼지요. 당신은 이곳 현실에 큰 상처를 받은 것 같아요. 난 당신이 자신과 미국의 현실을 분리하면 좋겠어요. 그래야만 배울 수 있어요. 고통도 받지 않고."

"당신 말이 맞아요, 여보. 난 정말 철학과는 거리가 먼 사람이에요. 이런 일들이 너무나 모질게 느껴지는 건 허랜드에서 보낸 긴 시간 동안 사랑하고 사랑받으며 살았기 때문일 거예요."

"한편으로는 당신이 여성이어서 그런 게 아닐까요? 당연한 말이지만 허랜드 문화는 여성적이고 좀 더 예민한 면이 있잖아요?" 내가 말했다.

엘라도어가 곰곰이 생각하며 말했다. "아마 그럴 거예요. 거대하고 풍요로우며 아름다운 당신의 조국을 보고 가장 먼저 떠오른 생각은 모성의 결여였어요. 물론 우리는 모든 게 잘 가꾸어진 모습을 보는 게 익숙하긴 해요."

"그래도 다른 나라는 상황이 훨씬 심각했잖아요?"

엘라도어는 부드럽게 하지만 슬픈 듯 미소 지었다. "그래요, 밴. 맞아요. 하지만… 확실히 내 기대가 너무 컸어요."

나는 간절한 마음으로 물었다. "반대로 위로가 되는 부분은 없어요? 이곳에서는 위축될 정도로 사람들을 억압하거나 여성들을 비하하지 않아요. 당신, 아시아에서 그런 모습을 보고 정말 언짢아했었잖아요. 유럽에서 당신을 몸서리치게 했던 난폭하고 잔인한 전쟁도 없고요."

엘라도어가 천천히 동의를 표했다. "그래요. 둘 다 없지요. 여보, 당신도 알겠지만 난 유럽이 전쟁 중이라는 경고를 들었어요. 이미 전쟁에 대해 조금 읽기도 했어요. 그때 내 기분은 난생처음으로 도살장에 들어가는 기분이었어요. 아시아에서 배운 것들은 유럽에서 미리 공부하면서 준비하지 않았다면 배울 수 없는 것들이었어요. 아시아는 내가 들은 것보다 나은 면도 있었고 더 끔찍한 면도 있었지요. 하지만 이곳은… 아, 밴!"

그녀의 낯빛이 다시 고통스러운 잿빛으로 변했다. 엘라도어는 내 두 팔을 꽉 잡고 재빨리 나를 안더니 마치 내가 무언가 숨기기라도 한 듯 내 얼굴을 살폈다. 그녀의 눈에 그렁그렁 맺힌 눈물이 서서히 흘러내렸다.

"밴, 이곳은 나무에서 새로 돋아난 부분이에요. 가장 젊은 국가지요. 신세계에서 다시 시작했어요. 신세계 말이에요. 삶을 풍요롭고 행복하게 만들어줄 모든 게 여기 있어요. 모든 것이. 그리고 과거에 관한 온갖 끔찍한 기록들이 당신들의 나침반이 되어주고 있어요. 적어도 하지 말아야 할 일이 무엇인지 가르쳐주고 있지요. 당신들은 용기 있고 독립적인 사람들이에요. 총명하고, 교육받았고, 기회가 있어요.

그리고 처음부터 훌륭한 원칙과 고귀한 이상이 있었어요. 게다가 온갖 다양한 사람들이 이곳으로 몰려오고 있어요! 아, 미국은… 꼭! 꼭! 꼭! 세상의 왕이 되어야 해요!

밴, 유럽은 진전 섬망증을 앓고 있는 남자 같아요. 아시아는 희망을 잃은 채 늙어서 여기저기 마디가 생기고 뒤틀린 존재 같아요. 하지만 미국은 멋진 아이예요." 엘라도어는 손으로 얼굴을 가렸다.

나는 이 상황을 견딜 수 없었다. 나는 미국인이고 그녀는 내 아내였다. 나는 그녀를 내 품 안에 안았다.

내가 말했다. "축복받은 허랜드 여인이여, 제발 나 좀 봐요. 난 이 나라가 지도상에서 불명예스럽게 지워지는 걸 두고 보지 않을 거예요. 당신은 모든 판단이 상대적이라는 사실을 명심해야 해요. 허랜드를 이 세상에 있는 어떤 나라와도 비교하면 안 되는 이유가 두 가지 있어요. 하나는 허랜드가 아주 오랜 시간 동안 고립된 채 존재했다는 사실이고, 다른 하나는 신기하게도 그곳에는 남자가 존재하지 않았다는 사실이에요.

우리가 사는 이 세상은 허랜드가 존재한 세월보다도 훨씬 오랜 기간 동안 어느 정도는 서로 교류하고 많은 것을 주고받으면서 지속돼왔어요. 우리 미국인은 새롭게 탄생한 종족이 아니에요. 그저 영국인이거나 네덜란드인이며 프랑스인이고 스칸디나비아인이거나 이탈리아인이에요. 우리는 모두인 셈이지요. 이곳에 왔을 때, 당연한 얘기지만 우리는 선대로부터 물려받은 기질을 그대로 간직하고 있었어요. 우리가 구악(舊惡)과 깨끗이 결별했다고 해서 무슨 완벽한 사회제도에 대한 계시를 받은 건 아니에요. 당신 기대가 너무 컸어요."

엘라도어가 별말이 없었으므로 나는 말을 이어갔다. "이 멋진 아이가 어쩌면 아주 못된 아이일 수도 있고 지독한 홍역을 앓게 될지도 모르지만, 그래도 아예 가망이 없는 아이는 아니라는 사실을 당신은 모르겠어요?"

엘라도어가 내 어깨에 묻었던 젖은 얼굴을 들더니 다시 한번 따스하고 사랑스러운 미소로 얼굴을 환하게 밝혔다.

"당신 말이 맞아요, 밴, 당신이 전적으로 옳아요. 내가 비이성적이고 어리석었어요. 미국은 수많은 조각이 다양하게 뒤섞여 있을 뿐 새로운 땅에 세워진 똑같은 세상에 불과해요. 미국을 건설하는 건 대단한 과업이었어요. 알아요. 미국이 젊다는 사실도 알구요. 그렇죠? 오, 밴, 당신 덕분에 이해할 수 있게 됐어요."

나는 한동안 아내를 꽉 안아주었다. 낯선 땅을 여행하는 동안 나는 깊은 기쁨을 맛보았다. 엘라도어는 평화로웠던 자신의 조국에서와 달리 점점 더 나를 필요로 했다.

내가 말했다. "여보, 당신은 두 가지 사명을 띠고 있어요. 이 세계의 모든 것을 공부하고, 당신이 익힌 지식을 다시 조국으로 가져가야 하죠. 결국 당신의 조국에 필요한 건 시민들이 바깥세상으로 나와도 되는지, 바깥세상 사람들이 허랜드에 발을 디디는 걸 허용해도 되는지를 결정할 수 있는 지식이에요. 그리고 이 세계에서 가장 큰 나라의 시민인 내가 정말 중요한 사명이라고 여기는 게 무엇인지 당신은 알아요. 만약 허랜드인들의 지성이 우리가 앓는 병의 원인을 찾아낼 수 있다면, 그 병의 치료 방법을 찾아낼 수 있다면, 당신의 작은 나라가 계속해온 생소한 실험을 통해 이 세계의 문제를 푸는 데 도움을 줄 수 있다면… 이게 바로 내가 말하는 역사적 사명이에요. 이 말을 들으니 어떤 생각이 드나요, 제닝스 부인?"

내 얘기에 다시 활기를 띠는 그녀를 보자 기분이 좋아졌다. 모든 허랜드 여성들의 마음에 내재된 위대한 모성이 아침 햇살처럼 빛나는 듯했다. 나는 내가 이뤄낸 성공에 한껏 들떠서 말을 이었다.

"내가 미국인이라는 사실을 잠시 마음에서 지우겠어요. 이 나라는 어린아이예요. 나는 이 아이의 아버지도, 그 무엇도 아니에요. 그저 의사나 위생학 전문가, 혹은 조사관이라고 해두지요. 당신 역시 마찬가지예요. 아니, 더 중요해요. 지금 당신은 이 어린아이가 못된 짓을 한다는 사실을 알고 있어요. 그 아이의 상태는 내 생각보다 훨씬 심각해요. 당신 표현을 빌린다면, 이 아이는 아주 지저분하고 부주의하고 물건도 아낄 줄 모르고 욱하는 성미에 버르장머리라고는 하나도 없죠. 맞아요?"

"성미는 아니에요. 간혹 심통을 부리긴 하지만 앙심을 품진 않아요. 그리고 아주아주 친절해요. 밴, 내가 이 어린아이에게 너무 가혹하게 군 것 같군요. 쥐구멍에라도 숨고 싶어요. 그래요, 우리는 둘 다 조사관이에요. 둘이라니 정말 기뻐요!"

엘라도어는 말을 멈추더니 그녀와의 만남 이후 내가 속절없이 갈망하곤 했으나 자주 볼 수 없었던 표정으로 나를 바라보았다. 나를 필요로

하는 듯한 표정이었다.

엘라도어가 천천히 말했다. "우리는 많은 것을 가졌음에도 이 느낌이 없는 게 아쉬웠어요. 하나 된 감정 말이에요. 그런데 그 감정이 커지고 있어요, 밴. 나는 어쩐지 점점 우리가 진짜 서로에게 녹아들고 있다는 생각이 들어요. 허랜드 사람들에게는 이런 감정이 없어요."

"그래요. 허랜드가 천국 같은 곳이긴 하지만 그곳에는 없는 감정이에요. 그럼 이제 당신의 '환자'가 좋은 것들을 받아들이도록 해봅시다. 특히 나쁜 어린아이 '환자'도 그래야겠지요. 그럼 협력해서 진단을 해볼까요? 그런 후 처방을 합시다."

우리는 임무에 착수했다.

엘라도어는 일단 나라 전체를 파악해야 한다고 주장했다. 그리하여 우리는 나선형을 그리듯 외곽 지역에서 출발해 남부, 동부, 서부를 여행했고 다시 같은 방향으로 여행을 계속한 끝에 토피카에서 여정을 마무리했다. 우리는 모든 주와 모든 주요 도시는 물론이고 대도시에서 찾아보기 힘든 공동체 정신이 진심으로 느껴지는 많은 소도시들까지 두루 돌아다녔다.

흥미가 생기는 곳에서는 좀 더 머물렀다. 서두를 까닭이 없었다. 엘라도어가 정신적으로 힘든 기색을 보이면 아름다운 자연이 있는 시골로 날아가서 휴식을 취했다. 엘라도어는 해변과 오대호 주변을, 작은 호수와 굽이굽이 흐르는 긴 강을, 나무가 우거진 산과 헐벗은 산, 평화로운 평원과 어슴푸레한 침엽수림 늪지를 거닐었다.

엘라도어는 진정한 시골의 아름다움을 접하고 빠르게 마음의 평화를 되찾았다. 기쁘게도 엘라도어는 점점 시골을 좋아하게 되었고, 나와 마찬가지로 자연의 거대함과 다양함에 뿌듯함을 느끼기까지 했다. 우리 둘 다 자연에 긍지를 갖는 게 비논리적이라는 사실을 인정하면서도 그렇게 느꼈다.

많은 도시를 보고 많은 사람들을 만나면서 똑같은 경험이 반복되자 엘라도어는 처음에는 고통스러워했던 상황에 점점 익숙해져갔다. 나는 일단 모든 악폐를 일시적인 것으로 규정한 다음 악폐의 원인을 규명하고 제거할 방법을 찾는 데에만 신경쓰자고 제안했다. 그리고 엘라도어는 그렇게 함으로써 자신이 위안을 얻는다는 사실을 깨달았다.

엘라도어가 안도하며 말했다. "이 악폐들 중 어느 것들은 미국인들이 스스로 극복할 거예요. 이미 극복한 것들도 있는걸요. 디킨스의 생각처럼 미국은 그렇게 오만하지 않아요. 오히려 자신을 믿지 않고 비판하는 병적인 태도를 견지하고 있어요. 하지만 이 역시 이겨낼 거예요."

엘라도어가 마음의 동요를 느낄 만큼 실망했음에도 그 시기를 그렇게 순조롭게 극복하자 나는 크게 안도했다. 물론 우리에 비해 한결 수월하게 어려움을 떨쳐버릴 수 있었던 건 두말할 나위 없이 엘라도어의 강한 정신력 덕분이었다.

엘라도어는 곧 더 많은 정보를 얻기 위해 자신만의 방법을 고안해냈다. 여행자의 자격으로 동양은 물론이고 최근 전장까지 목격한 엘라도어는 여성 클럽과 교회, 다양한 형태의 토론회에서 연설 기회를 얻었으며 많은 사람들의 반응을 접할 수 있는 기회를 자주 갖게 되었다.

엘라도어가 말했다. "난 '민심'이 뭔지 배우고 있어요. 벌써 미국의 지역별 민심을 구분할 수 있는걸요. 그리고… 아, 밴," 약간 웃던 엘라도어가 숨을 고르더니 묘하게도 신중한 어조로 덧붙였다. "난… 여자들에 대해 알아가고 있어요."

"왜 그걸 그런 식으로 말해요?" 내가 물었다.

엘라도어는 내가 '천의 얼굴'이라고 부르는 표정으로 나를 바라보았다. 묘한 게 그 표정에는 자부심과 부끄러움, 희망과 환멸, 큰 믿음과 깊은 불신이 기이하게 뒤섞여 있었다.

엘라도어가 주장했다. "난 견딜 수 있어요. 이 어린아이는 절대 절망적이지 않아요. 사실 이 아이가 굉장히 조짐이 좋다는 생각이 들기 시작했어요, 밴. 아, 어떻게 그렇게 행동하는지!"

그러고는 웃음을 터뜨렸다.

나는 조금 화가 났다. 우리는 지금까지 정말 좋은 친구였다. 함께 많은 것을 즐겼고, 폭넓게 연구를 하기도 했다. 함께 공통 경험이라는 안전한 기반을 구축했기에 나는 가끔 이 이상한 공주님을 놀리기 시작했고, 그녀는 그런 장난을 너그럽게 받아주었다.

나는 엘라도어에게 엄숙하게 말했다. "내가 용납할 수 없는 게 하나 있어요. 당신은 내 조국을 사막이라고 불러도 되고, 우리나라 사람들이 무능하고 불성실할 뿐 아니라 낭비벽도 심하고 부주의하다고 말해도 상관없어요. 우리나라 농업과 원예학, 수목 재배법, 포도 재배법과… 그리고… 또…("양봉도 있어요." 엘라도어가 진지한 표정으로 제안했다.) 우리 건축을 조롱해도 되고 더러운 작업복을 훈장처럼 걸치고 있는 사람들을 보고 웃어도 괜찮아요. 하지만 미국 남자로서 참을 수 없는 게 하나 있어요. 우리나라 여성들을 비난해서는 안 돼요."

"그러지 않을 거예요." 엘라도어가 눈을 반짝이며 고분고분하게 말했다. "여보, 난 미국 여성들에 대해 한마디도 하지 않을 거예요. 당신이 내게 묻기 전까지는 말이죠!"

그때 난 다시 한번 내 운명이 정해졌음을 깨달았다. 엘라도어가 이 나라 여성들을 어떻게 생각하는지 모르는 상태로 과연 마음 편하게 눈을 붙일 수 있을까?

6

·

진단

"당신의 '환자'는 좀 어떻습니까, 제닝스 부인?" 엘라도어가 다소 힘이 없어 보이는 어느 날 저녁 내가 물었다. "현재 가장 염려되는 증상은 무엇인가요?"

엘라도어는 내가 자신을 놀릴 때 부르는 '제닝스 부인'이라는 호칭을 한 귀로 흘린 채 너무나 진지한 태도로, 불안한 듯 두 눈을 크게 뜨고 나를 바라보았다.

그녀가 침착하게 대답했다. "몹시 중요한 환자예요, 밴. 그리고 심각해요. 아주 심각한 것 같아요. 난 많은 자료를 읽었어요. 환자의 배경과 그들이 가진 시각을 이해하려면 그래야만 했지요. 지금은 환자에 대해 훨씬 많이 알게 된 것 같아요. 아직은… 미국인들은 새로운 사람들이 아니고 여러 유럽 민족의 피가 섞여 있다는 당신의 말은 내게 큰 도움이 됐어요. 그래도 새로운 국가와 새로운 환경 덕분에 당신들은 모두 새로운 사람들로 재탄생하게 됐지요. 다만…"

"말을 멈춘 게 무척 겁이 나는군요. '아직'과 '다만'이라는 말이 불길하게 들리는데, 설명해주지 않을 작정이오?"

엘라도어가 살짝 미소 지었다. "'아직' 다음에는 내가 이해하지 못한 부분을 말하려고 했어요. 그리고 '다만'은…" 그녀는 다시 말을 멈췄다.

"다 말해봐요, 여보. 다만 어쨌다는 건가요?"

"미국인은 뭐가 뭔지도 제대로 모르는 상태에서 너무 빠른 속도로, 너무 많은 걸 완성했어요. 이 나라 사람들은 자각하지 못했던 거예요."

"자각하지 못했다? 미국이 알지 못했다는 말인가요?"

"자신을 몰랐다는 뜻이에요, 밴."

나는 엘라도어가 참을성 있게 설명을 덧붙이기 전까지 이 말에 코웃음을 쳤다. "국가적 인식, 혹은 사회적 인식이라고 말해야겠군요. 미국인들은 거대한 사회적 사업에 착수했어요. 신속하고 과격한 실험이었지요. 사회 진화의 물살이 출구를 찾은 지하수처럼 미국에서 분출했어요. 계층사회인 아시아는 사회적 진화를 허용하지 않았고 문화라는 단단한 껍질에 갇힌 유럽 역시 마찬가지였어요. 오로지 이곳에서만 진화의 흐름이 거셌지요. 그리고 여러분들은 그 흐름에 휩쓸렸어요. 모든 시기에 걸쳐 민주주의의 역사가 축적되었어요. 다른 국가는 이 민주 정신을 물리력으로 제압했어요. 프랑스에서 그 힘이 폭발하긴 했지만 결국 다시 제압된 채 시간이 흘렀어요. 반면에 미국은 이 민주 정신이 분출될 수 있는 환경이 조성된 상태였어요. 그리고 실제로 분출했지요. 사회가 발전하던 그 시기에 많은 사람들이 미국에 들어오기를 원했어요. 그리고 실제로 그랬어요. 필연적인 현상이었지요. 이런 의미에서 '미국'은 사회 발전의 새로운 단계이고, 이 땅에 있는 사람은 누구든 미국인이 될 수 있어요."

"지금까지 한 말은 모두 다 정확하군요. 의사 선생님. 계속하세요!"

"이 모든 일들이 일어나는 동안 미국인들은 스스로 여러 가지 일을 했어요. 개중에는 미국의 정치적, 사회적 위치와 진화의 움직임에 힘을 보탠 부분도 있지만 어떤 건 죽어라고 앞길을 가로막았지요. 예를 들면 당신들이 믿는 종교가 그랬어요."

"종교가 무엇의 길을 가로막는다는 건가요? 좀 더 자세히 설명해봐요."

"민주주의를 막아섰어요."

"당신이 말하는 종교가 기독교를 뜻하는 건 아니겠죠?" 약간 충격을 받은 내가 대답을 재촉했다.

"오, 전혀 그렇지 않아요. 만약 사람들이 기독교를 받아들였다면 이 세상에 큰 도움이 되었을 거예요."

나는 항상 엘라도어의 편견 없는 생각을 듣는 게 즐거웠다. 그녀의 시각은 약간 놀랍기까지 했다. 그녀가 알고 있는 사실들은 우리에게도 익숙한 것들이었지만 그녀에게 그 사실들이 갖는 의미는 우리와 달랐다.

"예수는 그저 대단한 인물이었어요. 그가 요절한 건 정말 안타까워요!"

이건 내게는 새로운 견해였다. 나는 물론 예수가 그의 아버지에게 준비된 제물로 바쳐졌다는 한심하고 낡은 주장 따윈 더 이상 믿지 않았다. 하지만 예수가 계속 살아 있는지, 그리고 그 주장이 어떤 영향을 미치는지 한 번도 신중하게 생각한 적이 없었다.

엘라도어가 말을 이었다. "예수는 서른셋의 나이에 처형됐다고 알려져 있잖아요? 생각해봐요. 갓 성인이 되었을 뿐인데! 30~40년은 더 가르침을 베풀었어야 했어요. 그랬다면 그 가르침들은 훨씬 더 분명했을 테고 일관성도 있었을 거예요. 예수는 문제를 해결했을 테고, 사람들이 이해할 수 있도록 설명했을 거예요. 그들이 할 일이 뭔지 분명히 알려줬을 거예요. 예수의 죽음은 어마어마한 손실이었어요."

다른 이들의 혼란과 몰이해에서 비롯된 섬뜩한 반대 의견들이 내 마음 한구석에서 스멀스멀 피어올랐다. 그러나 나는 사랑스럽고 진지한 그녀의 얼굴과 지혜롭고 선견지명이 있는 두 눈을 아무 말 없이 바라보면서 진심으로 그 생각에 공감했다.

"우리 종교가 민주주의에 반한다는 게 어떤 의미인지 얘기해줘요." 내가 말했다.

엘라도어가 말했다. "종교는 굉장히 개인적이고 아주 불공정했어요. '공덕'의 개념이나 고행처럼 직접적이든, 아니면 누구를 통해서 전해졌든 초창기에 불교철학의 영향을 상당히 받은 게 틀림없어요. 가장 최악은 제물에 관한 생각이에요. 완전히 구닥다리예요. 예수가 의미한 건 당연히 사회적 통합이었어요. 당신의 이웃은 곧 당신 자신이며 우리는 모두가 한 인류예요. '은사는 다양하나 성령은 같도다'*라고 했잖아요. 예수는 이런 뜻으로 말한 게 틀림없어요. 왜냐하면 그게 진실이니까요.

'당신들의 종교'라고 한 건 젊은 미국을 지배한 칼뱅주의의 수준을 말해요. 당시 칼뱅주의 안에는 낡은 분파와 다양한 소수의 새로운 분파들이 혼재해 있었어요. 칼뱅주의는 개인적인 종교예요. 나의 영혼과 나의 구원, 나의 양심과 나의 죄악을 말하지요. 그럼에도 불구하고 '에 플루리부스 우눔'** 으로 대표되는 위대한 실용 진리인 민주주의는 미국을 앞으로 끌고 나아갔어요.

당신들의 경제철학, 그 멍청한 자유방임주의 역시 민주주의의 앞길을 가로막고 있어요. 미국의 정치는… 새롭게 시작했을 때만 해도 꽤 좋았어요. 하지만 강력한 종교 제재와 증가하는 경제적 압박, 관습과 전통이라는 일반적인 관성에 가로막혀 결국 몇 발자국도 전진하지 못했어요."

내가 말했다. "사람을 어리둥절하게 만드는군요, 아름다운 탐험가 여사. 지금 우리 정치를, 미국 정치를 극찬하는 건가요?"

엘라도어가 눈을 빛내며 말했다. "그렇고말고요! 민주주의의 원칙들은 전적으로 옳아요. 연방법이나 선거 제도, 사람들의 명확한 인식을 위해 보통교육이 필요하다는 확고한 의지, 사람들이 거리낌없이 행동할 수 있도록 자유를 확립하는 것까지. 민주주의는 더할 나위 없이, 훌륭하

* Many gifts, but the same spirit. 고린도전서 12장 4절.

** E Pluribus Unum. 라틴어로 '다수로부터 하나로'라는 뜻. 연방국가인 미국의 건국이념으로 1776년 건국 당시부터 국장(國章)에 이 문구를 삽입해왔다.

게 옳아요! 그런데 도대체 왜 내가 이걸 미국인에게 말하고 있죠!"

나는 진지하게 대답했다. "난 당신이 그 사실을 이 땅의 모든 사람들에게, 한 사람도 빼놓지 말고 다 말해주면 좋겠어요. 물론 우리 역시 민주주의에 대해 그렇게 생각해왔어요. 그런데 상황이 약간 바뀌었지요."

엘라도어가 열정적으로 말을 이었다. "그래요. 그게 내가 말하려는 바예요. 미국인들은 모든 부분에서 일단 첫 단추를 잘 꿰었어요. 문제는 고결하고 용감했던 당신의 선조들이 사회학을 이해하지 못했다는 점이에요. 당연하죠. 당시에 사회학은 존재하지도 않았으니까요. 사회가 어떻게 움직이는지, 사회를 망치는 주범이 뭔지 사람들은 몰랐어요. 종교 지도자들은 사람들에게 끊임없이 자신의 영혼을 구원하라고, 그렇지 않으면 다른 이들의 선행을 통해서라도 자신을 구원하라고 권고했어요. 누구도 국가의 필요성을 이해하지 못했지요.

이봐요, 밴다이크 제닝스 씨! 난 이 훌륭한 어린아이가 얼마나 기품 있고 용감하고 고결한지 알게 됐어요. 이 아이는 비정상적으로 성장하다보니 몸집만 비대할 뿐 허약하기 짝이 없어요. 아이의 몸 안팎은 온갖 기생충의 숙주로 전락했어요. 다양한 질병의 공격 대상이 되었고 구세계 국가들의 조롱과 규탄, 비난에 시달리고 있어요. 그런데 이런 상황에서도 이 아이는 비틀거리면서도 용감하게 전진하고 있는 거예요. 난 그저 그런 미국을 사랑하게 되었어요."

당연히 나는 엘라도어의 말이 기뻤지만 한편으로는 그녀의 머릿속에 든 내 조국의 이미지가 비대하고 해충투성이라는 점이 마음에 들지 않았다. 나는 설명을 요구했다.

"당신은 우리 국토가 너무 넓다고 생각하나요? 너무 비대해서 제대로 운영하기 힘들다고 생각하는 건가요?"

엘라도어가 재빨리 대답했다. "아, 그렇지 않아요! 땅이 지나치게 큰 건 아니에요. 마치 키가 크고 호리호리한 청년처럼 이 나라는 성장함에 따라 점차 형체를 갖추어가고 속도 여물면서 골고루 발전할 수 있었어요. 하지만 미국인들은 자연스러운 성장을 기다리지 못했어요. 결국 몸집만 비대해지고 말았죠."

"도대체 그게 무슨 말이에요, 여보?"

"이곳에 인위적인 방식으로 모인 인재들은 서로 어울리지도 않고 미국에 동화되지도 않았어요. 미국은 그런 사람들로 가득 차 있어요." 엘라도어의 대답은 매정했다. "영국에 가보세요. 모두가 영국인이에요. 런던에 있는 사람들 중 외국인은 3퍼센트뿐이지요. 프랑스에 있는 사람들은 프랑스 사람들이에요. 그들에게 신의 가호가 있기를! 이탈리아에는 이탈리아인들이 있지요. 하지만 여기엔… 처음에 내가 그렇게 낙담한 것도 무리가 아니에요. 탈출구 하나를 찾는 데도 무수한 연구와 숙고가 필요했지요. 하지만 이젠 깨달았어요. 처음 시작했을 때는 그저 끔찍했지요.

한번 봐요! 초창기 미국인들은 수가 적었지만 실로 전도유망한 사람들이었어요. 여러 나라 출신이지만 대체로 같은 인종이었고 비슷한 생각을 가진 사람들이었죠. 이게 중요해요. 진정한 화합은 생각의 융합을 통해 이루어지지요. 생각이 통일되지 않는다면 국가가 아니에요. 이곳에 정착한 미국인들은 강해지고 대담해졌어요. 낡은 정부에 반기를 들었고 새로운 깃발을 꽂았어요. 그러고 나서…"

내가 뿌듯하게 말했다. "그러고 나서 우리는 온 세계를 향해 두 팔을 벌렸어요. 당신이 흠이라고 생각하는 게 그 부분이라면 말이지요. 우리는 다른 나라 사람들이 커다란 신생국인 우리나라에 오는 걸 환영했지요. '모든 나라의 가난하고 핍박받는 이들이여!'" 나는 엄숙하게 인용하며 말을 마쳤다.

"그래서 내가 미국인들이 사회학을 모른다고 말하는 거예요." 그녀가 쾌활하게 응수했다. "당신들은 가난한 사람들과 억압받는 사람들이 민주주의라는 제도에 꼭 맞는 사람들이 아니라는 생각을 하지 못했던 거예요."

나는 다소 반항하는 듯한 태도로 그녀를 쳐다보았다.

엘라도어는 특유의 그 당당한 태도로 말을 이었다. "아니, 그 사람들을 한번 살펴봐요. 과거에는 가난하고 억압받는 사람들이 없었나요? 칼데아와 아시리아, 이집트와 로마 등, 온 유럽에, 어느 곳에나 있지 않았나요? 밴, 왕정과 폭정을 만든 이들이 바로 가난한 사람들과 억압당한 사람들이에요. 그 사실을 모르겠어요?"

"잠깐만요, 여보, 잠깐만! 그 발언은 너무한 것 같구려. 당신, 지금 역사 속 폭군들의 탄압이 저 힘없고 가난한 사람들 때문이라는 건가요?"

엘라도어가 대답했다. "사과를 맺는 사과나무를 비난하는 것일 뿐이에요. 당신은 압제자의 억압이 어떻게 시작되는지 진지하게 생각해본 적이 없죠? 전제 군주 한 명이 수많은 자유인들을 학대하는 걸까요? 시민의 전반적인 신분과 성격이 그 나라의 정부를 구성하고 유지한다는 사실을 당신은 확실히 알고 있잖아요?"

"그건 그래요." 내가 동의했다. "그래도 그 사람들 역시 인간이에요. 적절한 환경만 주어진다면 그들 모두 일어설 수 있어요. 우리가 확실히 그 사실을 증명했어요."

"적절한 환경과 시간이 주어져야겠지요. 맞아요."

"시간이라! 그들이 일어서는 건 한 세대면 충분해요. 우리에겐 다양한 인종들로 구성된 훌륭한 시민들이 있어요. 독재국가에서 태어났지만 우리 민주주의 체제에서는 모두가 평등해요."

엘라도어가 조용히 물었다. "미국 시민 중 중국과 일본 출신은 얼마나 되죠? 흑인 시민들은 이 '평등'한 민주주의 체제에서 어떤 취급을 받고 있나요!"

나는 이 말에 크게 한 방 먹었다.

엘라도어가 말을 이어갔다. "미국인들이 저지른 첫 번째 끔찍한 실수는 원치 않는 저 아프리카 흑인들을 미국으로 데려온 거예요. 이걸 끔찍하지 않다고 한다면 몹시도 어처구니없는 일일 거예요. 다른 문명국들 모두가 거부한 이 오랜 죄악을 아름답고 건강하고 젊은 나라가 스스로 짊어진 격이니까요. 헤아릴 수도 없이 많은 흑인들이 당신들의 이 민주주의 사회에서 시민권 없이 사회적으로 배제된 채 거대한 외계인 계층처럼 존재하고 있어요."

나는 완강하게 주장했다. "그 사람들은 외계인이 아니에요. 미국인들이지요. 충성스러운 미국인들, 그리고 훌륭한 병사들이기도 해요."

"맞아요, 그리고 종들이죠. 당신들은 흑인들로 하여금 당신들을 위해 봉사하게 하고 싸우게 하겠지요. 인구의 거의 10분의 1이나 되는 사람들이 민주주의에서 배제되고 있는 거예요. 무엇보다도 그 사람들은 스스로 미국에 온 게 아니에요!"

나는 다소 시무룩해져서 말했다. "그 말은 맞아요. 모두가 인정해요. 정말 대가가 큰 어마어마한 국가적 과오였어요. 우리는 무거운 대가를 치렀어요. 하지만 여전히 풀리지 않는 의문이에요. 모든 걸 인정해요. 계속해봐요. 우리는 흑인들에게 큰 죄를 지었고 아메리카 원주민들에게 몹시 가혹했어요. 아시아인들에게도 잘못하고 있을지 모르겠어요. 이 땅은 백인들의 나라인 것 같아요. 아닌가요? 당신, 백인 이주민들은 반대하지 않겠지요?"

"능력 있고 미국 시민이 되고 싶어하는 적법한 이주민이라면, 이곳에 너무 일찍 오지만 않는다면 반대할 이유가 없어요. 하지만 당신들이 의도적으로 이곳에 데려온 수백만 명의 사람들, 그들은 이주민이 아니라 희생자들이에요. 가난하고 순진한 사람들이 중간에서 돈을 받아먹은 상인들에게 몸이 팔리고 거짓 광고에 속아 탐욕에 가득 찬 미국인 선주와 고용주들에 의해 이곳으로 끌려온 것이지요. 많은 사람들이 이 부분을 강력하게 반대하는 거예요."

"하지만 엘라도어, 당신 말은 인정해요. 하지만 그들 역시 미국 시민이 될 수 있잖아요?"

"물론이죠. 하지만 그들이 진짜 미국 시민일까요? 미국인들은 암묵적으로 그렇게 생각하고 있는 것 같더군요. 그런데 외부인들은 그렇게 보지 않아요. 우리가 전 세계를 구석구석 여행하는 동안 나는 계층과 인종, 남녀를 불문하고 많은 사람들을 만나서 얘기를 나눴지요. 내가 '이 세계'의 이방인이고 유럽과 아시아, 아프리카를 공부한 후 막 이곳에 왔다는 걸 염두에 둬야 해요. 물론 아주 꼼꼼하다고 말할 수는 없겠지만 그래도 주류 역사 속에 숨겨진 부분을 상당히 명확하게 정리했어요. 당신에게 말하지만 밴, 미국에는 이 나라에 속하지 못한 사람들이 족히 수백만 명이에요."

엘라도어는 외국 태생의 이주민들을 변호하려는 나를 보고 말을 계속했다.

"이주민들만 말하는 게 아니에요. 비컨힐에 사는 보스턴 사람들은 아직도 런던 사람이나 마찬가지이고, 다섯 세대가 뉴욕에 살고 있지만 여전히 파리가 어울리는 사람들도 있어요. 생각이나 가치관이 베를린과 더블린, 예루살렘에 속해 있는 사람들도 무수히 많아요. 혁명 후 미국에서 태어난 수많은 아들, 딸 들 중에 민주주의자들과 거리가 먼 귀족이나 부호들도 상당히 많지요."

"물론 그래요! 우리는 미국에 온갖 다양한 사람들이 존재한다고 믿어요. 모두가 와도 공간은 충분하죠. 알겠지만 미국은 '용광로'예요."

"당신은 용광로에 이것 조금 저것 조금 넣어서 좋은 금속을 제련할 수 있을 거라고 생각해요? 잘 녹여서 흠이 전혀 없는? 금과 은, 구리, 철, 납, 라듐, 파이프 점토와 석탄 가루하고 흙까지 다 섞어서 말이죠?"

비유는 너무 강하게 몰면 신뢰할 수 없는 동물과 같다. 나는 싱긋 웃고는 온전히 섞이는 데에는 한계가 있다고 인정했다.

엘라도어가 온화하게 말했다. "난 다른 사람들과 다르다는 이유로 특정 종족을 얕보지 않아요. 이 점을 알아줘요. 난 모두를 좋아해요. 흑인에 대한 미국인의 편견은 어리석고 사악한 데다가 위선적인 것 같아요. 미국 남부 인종차별주의자들은 혼혈생식에 치를 떨지만 백인과 흑인의 혼혈인 물라토나 백인과 반백인 사이에서 태어난 쿼드룬, 흑인의 피가 8분의 1밖에 섞이지 않은 옥토룬은 계속 늘어나고 있어요.* 그들의 눈앞에서 흑인의 백인화가 진행되는 중이지요. 또 '사회적 평등'에 진저리치면서도 정작 자기 아이들은 성장의 가장 중요한 시기 동안 흑인 유모의 젖을 물리는 등 흑인들 손에 맡기고 있어요. 자신의 아이들을 말이에요! 이런 현실이 외부인들 눈에는 얼마나 우스꽝스럽게 비치는지 몰라요."

말을 멈춘 후 내게 등을 돌리고 반대쪽 창문으로 걸어간 엘라도어는 주먹을 꽉 쥔 채 어깨를 들썩이면서 한동안 서 있었다.

* 인종 차별적 표현. 물라토(mulatto)는 흑인과 백인 부모 사이에서 태어난 사람. 쿼드룬(quadroon)은 흑인의 피를 4분의 1 받은 사람. 옥타룬(octaroom)은 흑인의 피를 8분의 1 받은 사람을 가리킨다.

엘라도어는 이내 아이들에 대한 질문을 포기하고 물었다. "나는 어디에 있었던 걸까요? 흑인들은… 좋아요. 그렇다면 황인종은 어떤가요? 그들은 이 사회에 녹아들었나요? 미국인들은 황인종들이 이 사회에 녹아들기를 바랄까요? 당신들이 황인종을 배제한 건, 동화될 수 없는 사람도 있다고 스스로 인정한 것 아닌가요? 민주주의는 어느 정도는 취사선택을 해야 하는 것일까요?"

"당신은 우리가 어떻게 했으면 좋겠어요?" 나는 약간 시무룩해져서 물었다. "모든 사람을 배제해야 할까요? 당신 생각엔 우리가 세상에서 가장 우월한 것 같아요?"

엘라도어가 웃더니 내게 키스했다. "내 생각엔 그래요." 그녀가 부드럽게 속삭였다. "아뇨, 내 말뜻은 그게 아니에요. 모든 사람을 배제하는 건 상상하기 힘들 것 같아요. 너무 늦은 감이 없지 않지만 그래도 처방을 바란다면 이게 제 처방이에요. 민주주의는 심리적 관련성이 중요해요. 게임에 참여하는 사람들 모두가 필요한 자질을 갖춰야 해요. 그리고 '평등'한 관계를 유지하면서 영리하게 의식적으로 협력해야 해요. 미국인들은 모든 인종에서 교육받은 사람들을, 도움을 주는 데 적합한 사람들을 받아들였어야 했어요. 가난하고 억압받는 사람이기 때문에, 혹은 '모든 사람이 자유롭고 평등하게 태어났다'는 겉만 번지르르한 보편성 때문이 아니라 민주주의를 실현할 준비가 된 사람이기 때문에 받아들였어야 했어요. 인류는 발전의 단계가 다르고 몇몇 인종만이, 혹은 특정 인종 중에서도 일부 사람들만 민주주의를 이해하고 실천할 수 있어요."

"그런데 사람들을 어떻게 구분한다는 말이오?"

"너무 많은 걸 묻지 말아요, 밴. 난 이방인이에요. 아직 알아야 할 게 많아요. 당연한 말이지만 나는 항상 허랜드의 경험을 바탕으로 모든 걸 평가해요. 미국인들은 남자들의 형제애에 관해서는 많은 이야기를 하지만 여자들이 가진 자매애의 가능성에는 별 관심이 없는 것 같더군요."

나는 그녀를 날카로운 눈빛으로 쳐다봤지만 엘라도어는 장난스러운 미소를 지으며 고개를 흔들었다. "당신도 여자들 이야기는 관심 없지요, 알아요. 하지만 여보, 진지하게 말하지만 이건 당신들이 저지르는 실수 중에서도 가장 위험한 실수예요. 그것 때문에 모든 게 복잡해지고 있어요. 그런 태도로 민주주의를 이루겠다고 애쓰는 건 증기선을 건조하겠다면서 수많은 노와 노 받침대, 돛과 삭구가 달린 배를 만드는 것이나 매한가지예요."

"분명히 당신은 이 형편없는 국가에 대한 처방을 할 수 있을 거예요. 그렇지 않소? 때로는 적응하면서 사는 사람들보다 '외부인' 눈에 더 잘 보이는 법이니까."

엘라도어는 잠깐 곰곰이 생각하더니 천천히 입을 열었다. "합법적인 이민은 어린애들을 당신 집에 들이는 것과 같아요. 국가를 위해 새로운 피를 수혈하는 거예요. 이민자들은 이곳에서 태어나지 않았지만 시민으로 만들어지지요. 가정에서 어린아이들을 맞듯이 이민자들도 충분한 준비를 마친 후 따뜻하게 맞아야 해요. 이민자들에게 새로운 세계에 대한 철저하고 사려 깊은 교육을 제공해야 해요. 이민자들을 거르는 엘리스 섬에 있는 복잡하고 작은 사무소 말이에요. 미국인들은 각 해안과 항구에 출입국관리국을 지정해서 운영하되 이주민들이 미국에 동화될 수 있도록 언어와 미국의 정신, 전통과 관습을 가르칠 추가 부서를 상당히 많이 설치해야 해요. 지금 미국이 전 세계 사람들을 어떻게 대접하는지 말해볼까요. 이 나라에 온 손님들을 정신없이 붐비는 현관 복도에 모아놓고 침대나 빵도 제공하지 않아요. 일처리를 할 행정조직 하나 없지요. 이게 무슨 환대인가요? 미국인들이 지각이 없다는 말은 이런 의미예요. 미국인들은 이주민들을 하찮게 여겼어요. 그 결과 이곳은 절반만 미국이 됐어요. 정치적 화합이 어렵다보니 결국 소통이 불가능해졌고, 혼란은 가중되고 사회의 힘이 약화되었어요. 제대로 관리가 안 된 거예요."

"그게 끝이오?" 얼마 후 내가 물었다. "당신 말을 들으니 내 조국이 마치 쪼가리를 기워 만든 조각보와 바윗돌이 섞여 있는 곳 같구려."

엘라도어가 명랑하고 자신감 있는 말투로 내게 말했다. "아, 아니에요, 여보. 진단은 이제 시작인걸요. 불명예스럽고 낡아빠진 노예 제도야말로 이 환자의 가장 치명적인 병이지요. 고통스럽고 값비싼 수술로 간신히 건강을 회복하긴 했지만 수술이 완벽하게 성공적인 건 결코 아니었어요. 두 번째 질병은 만성적인 팽창이에요. 지나치게 다양한 사람들이 맹렬한 속도로, 너무 많이 쏟아져 들어왔어요. 세 번째는 허랜드인의 시각으로 볼 때 가장 어리석은 실수예요."

"아, 여성들을 무시한 것 말인가요?"

"그래요. 맞아요. 얼마나 터무니없는지 말하기도 힘들 정도예요."

내가 주장했다. "우리는 극복해나가고 있어요. 이제 열한 개 주예요. 나아지고 있다고요."

"아, 그래요. 나아지고 있지요. 하지만 내게는 미국의 역사와 환경, 목소리 높여서 불만을 토로하는 미국인들이 보이는걸요. 사람들은 자신들과 똑같은 수많은 동료 시민을 투명인간처럼 취급하고 있어요. 어이가 없어요."

"하지만 그 문제는 여기 오기 전에 이미 당신에게 언급했어요. 허랜드에서 내가 말했잖아요. 당신도 알잖아요."

"분명히 알아요. 하지만 밴, 누군가가 허랜드의 시민이 모두 여성이라고 당신에게 귀띔해줬다고 생각해봐요. 그 사실을 미리 들었으니 실제 모습을 봐도 아무렇지 않았을까요?"

나는 잠시 과거 기억을 더듬어보았다. 그리고 우리 남자들이 허랜드의 시민이 모두 여성이라는 사실을 '알게' 된 후 그곳에 그토록 오래 머물렀는데도 그 사실을 깨달았을 때 받은 충격을 전혀 극복하지 못했다는 사실을 떠올렸다.

"당신이 놀란 것도 무리가 아니에요, 여보. 나도 그랬을 거예요. 그건 그렇고, 여성들에 대한 얘기를 계속해요."

"나는 여성에 대한 이야기를 하는 게 아니에요. 이 땅의 민주주의와 그 민주주의를 병들게 하는 원인을 다루고 있어요."

"그래서요? 뭘 알았어요?"

“내가 당신에게, 미국 시민에게 민주주의를 설명하려 하다니 참 주제 넘다는 생각이 들어요. 물론 당신은 이해하겠지만 명백하게도 대다수의 미국인들은 그렇지 않아요. 군주제에는 유일한 통치자인 제왕과 제왕의 지배를 받는 중간 통치자들, 그리고 그들에게 복종하는 신민이 있어요. 이 체제는 훌륭하게 작동하기도 해요. 어쨌든 군주제는 신민들이 허용한 누군가가 신민들을 위해, 신민들을 대상으로 통치를 하지요.

민주주의는 말이죠, 진정한 민주주의는 사회적으로 각성한 시민들이 스스로 통치하는 제도예요. 시민들 스스로! 시민들은 통치자와 하위 통치자들을 선거를 통해 선출해요. 하지만 그들에게 복종하지 않아요. 제왕이 가졌던 신권(神權)은 시의원이나 상원의원에게 이전되지요. 민주주의는 모두가 참여해야 하는 경기예요. 그렇지 않으면 민주주의가 아니지요. 그런데 당신 나라 사람들은 이 게임에서 의도적으로 시민의 반을 배제한 거예요.”

“이전 정부에서도 여성들은 한 번도 정치에 참여한 적이 없었어요.”

“밴, 정말 당신답지 않은 말이군요. 여성들은 신하로서도 남성들과 다를 바 없고 여왕 역시 왕과 똑같았어요. 미국은 새로운 게임을 시작했어요. 그 게임은 당신들 말에 따르면 ‘시민들에 의한’ 경기여야 해요. 그런데 시민의 반을 배제한 거예요”

나는 시인했다. “이상한 일이에요. 유감스럽기도 하고. 하지만 우리는 나아지고 있어요. 전진하고 있다구요.”

엘라도어가 공감했다. “세 가지는 설명했어요. 다음으로 미국인들이 저지른 통탄할 만한 실수는 민주주의가 경제적이어야 한다는 사실을 인식하지 못했다는 점이에요."

"사회주의를 의미하는 건가요?"

"아뇨, 엄밀하게 말해 그런 건 아니에요. 사회주의란 무엇인지, 진정한 사회주의는 어떠해야 하는지 말한 거예요. 왕과 신민 사이에 아무 차이가 없는 군주제는 없어요. 군주제는 대례복과 왕관, 왕좌, 홀(笏)과 같은 직접적인 상징뿐 아니라 궁궐과 궁중, 귀족과 시종 명부로 표현되죠. 모든 게 군주제의 일부예요.

드레스와 장식 같은 상징을 사용하고 구중궁궐 같은 곳에 살면서 수많은 시종을 거느리는 사람들이 있다면, 그런 식으로 다른 사람들과 확연하게 구분되는 사람들이 존재한다면 그건 민주주의가 아니에요."

"모든 사람들이 똑같을 거라고 기대할 수는 없잖아요?"

"그럴 수는 없죠. 평등할 거라고 기대하지도 않아요. 다른 사람들보다 더 가치 있는 사람들이 항상 있게 마련이고 다른 사람들보다 더 유용한 사람들도 있게 마련이지요. 그럼에도 진정한 민주적 의미에서는 시인이나 대장장이, 무용 선생 모두가 친구이고 동료 시민이에요. 미국의 백만장자들도 투표를 하고 일용직 노동자들도 투표를 하지요. 하지만 그렇다고 해서 그들이 똑같은 시민이 되는 건 아니에요. 예를 들어 작고 유서 깊은 미국의 뉴잉글랜드 도시들이나 활기찬 서부 도시들이 동물들의 각축장으로 변해버린 뉴욕보다 훨씬 미국다워요."

"태머니 홀*을 말하는 건가요?" 내가 물었다.

"태머니 홀, 공화당, 진보당, 민주당 모두 다 마찬가지예요. 특히 민주당이요! 아니, 난 사실 이들 정당을 말하는 게 아니에요. 정치 방식이나 관심사, 발전 단계 모두 제각각인 저들의 기묘한 조합을 말하는 거예요.

뉴욕의 정치는 과두정치이자 금권정치예요. 계급이 존재하지요. 뉴욕의 정치는 아일랜드 사람들로 인해 족벌체제로 퇴보했어요. 그것도 모자라 유대인들 덕분에 가부장제로 추락하고 있지요. 뉴욕에는 당신들이 좋아하는 것이라면 뭐든지 있어요. 하지만 민주주의는 아니에요."

"그렇다면, 어떻게 하면 민주주의 국가라는 사실을 증명하죠? 이른바 민주주의 국가라면 어떤 모습이어야 한다고 생각하는 거예요? 당신, 혹시 민주주의를 이상화하고 있는 건 아니오?" 내가 물었다.

엘라도어가 단호하게 고개를 저었다. "그렇지 않아요. 민주주의를 이상화하는 게 아니에요. 난 민주주의에 익숙해요. 알잖아요. 허랜드는 민주주의 국가예요."

그랬다. 잊고 있었다. 사실 나는 그 사실에 그다지 주목하지 않았다. 그 나라의 국민 모두가 여성이라는 사실에 너무 깊은 인상을 받은 나머지 허랜드가 얼마나 정치적으로 발전한 국가인지 제대로 평가하지 않았던 것이다.

* Tammany Hall. 뉴욕 시정을 지배하던 정치 단체. 혁명전쟁 퇴역 군인들이 조직한 공화파의 정치 단체로, 보스 정치를 주도하며 부패 정치의 온상 노릇을 했다.

엘라도어가 말했다. "기적이 아니에요. 사람들이 스스로 통치하기 위해 협력한 덕이죠. 허랜드에서는 보통선거를 실시해요. 아이들은 어른이 되기 전에 보통선거에 대한 교육을 받지요. 나는 길 씨가 이곳 공립학교에서 보통선거를 가르치기 위해 애쓰는 모습을 봤어요. 주니어리퍼블릭을 설립한 조지 씨 역시 마찬가지구요. 민주주의를 위해서는 공통의 필요를 모두가 이해할 필요가 있어요. 지역마다 스스로 관리해야하고 많은 사람들이 원하는 바를 알아야 해요. 그리고 대다수를 지혜롭게 만들기 위해 애정을 잃지 않고 끊임없이 최대한 노력해야 해요. 벤, 민주주의는 불가사의한 마법 같은 게 아니에요. 수많은 지적인 사람들이 힘을 합쳐서 공동의 목표를 위해 노력하니까요."

확실히 허랜드인들은 민주주의를 잘 운용했다. 제대로 순조롭고 매끄럽게 굴러가다보니 눈에 보이지 않을 뿐이었다.

엘라도어가 말을 이어갔다. "사람들이 힘을 합치려면 서로 마음의 거리가 가까워야 해요. 공통 관심사가 있어야 하죠. 뉴욕의 5번가 사람들과 A번가 사람들이 과연 일치된 행동을 할 수 있을까요?"

내가 이의를 제기했다. "오늘 강의는 이만합시다, 여보. 당신 말대로라면 당신이 말한 그 '놀라운 어린아이'는 신생아 때, 백 년 전에 이미 죽었을 거예요. 하지만 알다시피 우리는 죽지 않았어요. 우리는 원기 왕성해요. 아주 팔팔하다고요. 내겐 아직도 조국에 대한 믿음이 있어요."

엘라도어가 동의했다. "원한다면 미국은 여전히 세계를 이끌 능력이 있어요. 건국 당시 가졌던 자연적 이점은 여전히 유효하고 거기에 새로운 이점이 더해졌으니까요. 밴, 난 절망하거나 미국을 비난하는 게 아니에요. 지금은 진단 중이고 곧 처방도 할 거예요. 하지만 일단 정치 얘기는 그만두고 테니스를 치기로 해요."

우리는 테니스를 쳤다. 테니스를 치면 내가 아직은 엘라도어를 이기곤 한다. 배운 지 1년 된 엘라도어에 비해 내 경력은 15년이니. 하지만 예전만큼 자주 이기지는 못한다.

7

·

가정

내가 엘라도어에게 가장 보여주고 싶은 게 있다면 그건 바로 우리나라의 집들, 당연히 나의 집과 내가 아는 다른 이들의 집이었다.

허랜드는 모든 곳이 평화롭고 아름다웠지만 우리에게 큰 의미가 있는 친밀한 애정과 위로가 느껴지는 작은 불빛은 어디에도 없었다. 분명히 모든 곳에서 사랑과 위안이 넘쳐흘렀지만 그래도 달랐다. 허랜드에서 느낀 사랑과 안락함은 중앙 탁자에 놓인 따뜻한 불빛보다는 반사광에 가까웠고, 각 방에 따로따로 불을 지핀 집이 아니라 증기로 모든 공간이 골고루 데워진 집 같았다. 우리는 가까이 앉은 사람들에겐 몸도 마음도 따뜻하게 하지만 불기운이 덜 미치는 뒷사람들에게는 왠지 소외감이 들게 만드는 장작불이 그리웠다.

나와 함께 수많은 곳을 여행한 엘라도어는 클럽과 교회에서 연설가로서 새롭게 인정받았다. 그 후 훨씬 다양한 곳을 방문하게 되면서 미국 집들에 한층 익숙해진 듯했다.

하지만 안주할 줄 모르는 엘라도어는 점점 사회학자처럼, 연구자처럼 변해갔다.

엘라도어가 말했다. "집들이 죄다 판박이예요. 물론 사람들은 제각각이에요. 하지만 환경은 사실상 똑같더군요. 밴, 그렇게 많은 주에 있는 그렇게 많은 가정을 방문하고 깨달은 건 집들이 놀랍도록 유사하다는 점이에요. 욕실은 대부분 어두웠어요. 사람들이 아침에 뭘 먹는지도 알아요. 만찬이나 오찬 때 먹는 메뉴는 기껏해야 여덟에서 열 종류밖에 안 되는 것 같더군요."

나는 조금, 아주 조금 짜증이 났다.

"식용 동물의 종류에는 한계가 있어요. 그게 당신 말뜻이라면." 내가 이의를 제기했다. "소고기와 송아지고기, 양고기와 새끼양고기, 돼지고기, 생고기, 소금에 절인 훈제, 가금류와 사냥한 짐승이 있어요. 아, 해산물도 있군요."

"열 가지로군요. 물론 좀 더 늘어나겠지요. 난 공급되는 재료를 말한 게 아니에요. 요리의 전문성이 부족하다는 뜻이죠. 여자들이 간절하게 내게 말하더군요. 정말 딱해요. 정말 간단한 일인데 그 일에 쏟아붓는 여자들의 노력이. 비용은 또 어떻고요!"

"매 끼니를 준비하는 게 힘든 일이라는 건 우리도 알아요. 하지만 여자들 대부분은 그게 자신들이 할 일이라고 여겨요, 여보. 물론 난 당신 생각에 동의해요. 하지만 우리나라 사람들 대부분은 그렇지 않아요. 그리고 남자들은, 유감스럽게도 자신들의 편안함만 추구하는 족속이라오.”

“그러기라도 하면 참 좋겠어요.” 놀랍게도 엘라도어가 이렇게 말했다. “난 가정의 경제적인 측면만 연구하는 게 아니에요. 세계의 한 제도로서 가정을 연구하고 있어요. 내겐 낯선 일이에요. 난 유럽과 아프리카, 아시아, 제도에 있는 집들을 보았고, 이곳 집들도 보았어요. 하지만 남아메리카를 아직 보지 못했군요. 우리 스페인어를 배워서 남아메리카에 가요!”

엘라도어는 새로운 언어를 익히는 것이 마치 춤처럼 쉽고 즐거운 과정인 듯 말했다. 우리는 실제로 스페인어를 배웠다. 적어도 엘라도어는. 스페인어를 어느 정도 알고 있었던 나는 엘라도어의 새로운 열정 덕분에 스페인어 실력을 좀 더 다듬을 수 있었다. 나는 엘라도어와 함께 여행을 다니면서 그녀의 지적 활동 과정을 관찰한 후 비로소 허랜드 정신이 지닌 잠재적인 힘을 깨달을 수 있었다. 허랜드인들이 소유한 지성의 넓이와 깊이, 침착한 통제력, 합리성, 생각의 풍부함은 우리가 허랜드에 머무는 동안에도 확실히 알 수 있었다. 하지만 전문적인 한두 분야와 그렇지 못한 대부분의 분야 사이에 존재하는 지적 격차, 정신적 피로감에 따른 신경쇠약, 치명적인 수준의 의지박약과 정신착란에 이르기까지 우리의 정신이 드러내는 공통된 한계에 익숙했던 나는 허랜드 사람들이 이런 정신 장애에 대해 전혀 모른다는 사실을 깨닫지 못했다. 해먹에 누워서 보면 허공을 뛰는 곡예사의 힘을 판단하기 어렵듯 겉모습만 봐서는 사람들의 정신 상태를 파악하기 힘든 법이다.

지난 1, 2년간 나는 한 허랜드인의 두뇌 활동을 관찰해왔다. 그녀의 정신은 격렬하고 극심한 감정적 충격에 고통받고 고향에 대한 어쩔 수 없는 그리움에 시달리면서도 끊임없이 밀려오는 새로운 생각을 흡수하고 마치 길가에 핀 꽃을 꺾듯 손쉽게 언어를 익혔다.

미리 스페인 역사에 대해 충분히 숙지한 후 남아메리카 여행을 떠난 우리는 무지한 미국인들 모두가 명심해야 할 사실, '아메리카'는 그저 하나의 땅이 아니라 북반구와 남반구를 가로지르는 두 개의 대륙임을 알게 되었다. 이 형제 국가들을 위해 우리가 맡은 소임을 완수한다면 우리는 거창하고 과장된 우리나라 이름을 언젠가는 당당하게 쓸 수 있게 될 것이고, 미국은 마침내 진정한 '미합중국'으로 거듭날 것이다.

고향으로 돌아가는 여정 중에 엘라도어가 말했다. "확실히 충분한 정보를 얻었으니 이제 공정하게 추론하는 일만 남았군요. 당신 세계를 방문한 건 말할 수 없을 만큼 흥미로웠어요. 당신 조국으로 다시 돌아가게 되면 폭넓은 지식과 풍부한 경험을 바탕으로 미국을 더욱 공정하게 판단할 수 있을 거예요. 당신이 준비되면 그날 남아메리카 때문에 논의를 중단한 부분부터 다시 시작하도록 해요."

엘라도어는 미국에 대한 기록이 담긴 자신의 책을 넘기면서 명랑하게 나를 쳐다보았다.

그녀가 말했다. "가정, 그러니까 미국 가정과 나머지 세계 가정의 과거와 현재에 대해 말해볼게요."

나는 켄우드 담요로 그녀의 발을 포근하게 감싸준 다음 자리에 앉아들을 자세를 취했다.

"자, 부인, 당신과 나는 엄청난 여행 경비를 들여 지구상에서 사람들이 사는 모든 곳, 오스트레일리아와 남아프리카를 뺀 전 세계를 돌았어요. 미국 전 지역을 샅샅이 조사하면서 1년을 보냈고요. 그런데 아직 진단과 처방을 내릴 준비가 되지 않았다면 허랜드에 대한 내 신뢰를 잃게 될 거예요!"

"전 세계에 대한 걸 듣고 싶어요? 아니면 그저 당신 조국에 관한 설명이면 충분한가요?" 엘라도어가 차분하게 물었다.

"아, 둘 다 듣고 싶어요. 당신은 그럴 능력이 있으니까요. 하지만 하나씩 합시다. 그렇지 않으면 내가 다 소화할 수 없으니까. 미국 이야기를 먼저 들려줘요."

엘라도어가 천천히 입을 열었다. "그렇게 길지 않아요. 당신이 별 무리 없이 일반화할 수 있다면 말이죠. 존스 씨 집 자제들이 아무도 돌보지 않은 탓에 잉크를 엎지르고, 개를 못살게 굴고, 새끼 고양이를 고문한다고 해봅시다. 아이들은 카나리아를 밖으로 날려버리고, 잼을 다 먹어치우고, 옷을 더럽히고, 튤립을 뿌리째 뽑고, 벽지에 낙서를 하고, 사기그릇을 깨뜨리고, 커튼을 찢고… 이 외에도 셀 수 없을 만큼 많은 비행을 저지르고 있어요. 당신은 각각 사고의 경위를 설명할 수 있어요. 물론 시간이 좀 걸릴 거예요. 특히 스미스 씨 아이들과 브라운 씨 아이들 등 다른 아이들에 대한 비슷한 설명을 덧붙인다면 말이죠. 하지만 만약 '방치된 아이들은 짓궂은 장난을 치기 쉽다'라고 정리한다면 당신은 모든 걸 설명한 셈이에요."

나는 간청했다. "그렇게 짧게 끝내지 말아요. 이해하기 힘들 테니."

우리는 이 끝도 없는 주제에 대해 많은 시간을 할애했다. 통찰과 희망이 가득하고 생각을 단순화하는 귀중하고 유익한 시간이었다.

엘라도어가 내게 말했다. "이제는 처음처럼 충격적이지 않아요. 각국에서 100만 명, 200만 명씩 사망자가 발생해도 유럽은 계속 유럽인 것 같아요. 인구는 다시 증가하겠지요. 이 모든 공포는 당신이 사는 이 세상에서는 전혀 새로운 게 아니에요. 딱한 세상이에요. 이 아이는 불쌍하고 한심하고 무모하죠! 하지만 이런 문제를 안고 있는데도 참 강건해요. 죽지 않고 여기 있잖아요.

아주 일반화해서 말한다면, 중요한 건 바로 이 점이에요. 사람들은 자신들의 과업을 알지 못해요. 다시 말하면 자신들이 가진 사회적 특성을 이해하지 못하고 있어요. 그뿐이에요."

"어리석은가요? 절망적일 정도로 바보 같아요?" 내가 물었다.

"아니오, 전혀 그렇지 않아요. 하지만 문제는 이거예요. 과거의 정신이 사람들의 정신을 채우고 있어요. 새 술을 헌 부대에 담거나 헌 술을 새 부대에 담으면 세상은 후퇴할 뿐이에요."

엘라도어가 말을 이어나갔다. "줄곧 그래왔다는 걸 당신도 알 거예요. 새로운 생명과 새로운 환경이 지속적으로 출현하는데 생각과 이론, 믿음은 언제나 과거, 더 오랜 과거의 것이지요. 모든 국가와 모든 민족이 과거의 생각과 믿음, 지식에 가로막히고 가위눌리고 있어요. 그뿐만 아니라 멋지고 활기차고 열정적이고 분투하는 아이들에게도 똑같이 낡은 것들을 주입했어요. 밴, 정말 끔찍해요. 그런데 내가 그걸 견딜 수 있다니 참 우습죠. 어떤 의미에서 인간의 고난은 슬픈 농담이에요. 인류는 그걸 견딜 필요가 없거든요.

그 후 신대륙으로 건너온 당신의 선조들은 수많은 새로운 사상을 바탕으로 새로운 국가를 건설했어요. 하지만 미국 역시 낡은 것투성이였어요. 어느 나라든 침몰할 정도였지요. 당신들이 고개를 간신히 물 밖으로 내민 채 허우적대는 것도 무리가 아니에요."

나는 별말을 하지 않았다. 시간이 걸리더라도 엘라도어가 직접 세계를 진단하고 처방하는 작업을 해낼 수 있기를 바랐다. 엘라도어는 내게 자신이 사고하는 과정을 관찰할 기회를 주었다. 나는 물론 이 책을 쓰면서 수많은 대화와 생각들을 종합하는 작업을 했는데, 그 과정에서 누락시킨 부분이 있을까봐 염려스러웠다. 이건 허랜드 출신인 엘라도어에게도 만만치 않은 일이었다.

엘라도어가 말했다. "사람들 머릿속에 낡은 생각이 자리잡고 있는 건 가족과 가정의 책임도 커요. 사람들이 일반적으로 믿는 선하고 아름다운 가정의 모습을 비판하는 게 아니에요. 지속적이고 1차적인 사회 집단, 미래 세대의 성장에 개입하는 집단으로서 가정의 책임이 크다는 뜻이에요. 이 세계가 지금쯤 이루었어야 할 사회의 모습을 떠올려보면 무엇이 문제인지 아주 쉽게 깨닫게 될 거예요.

멋진 새 출발을 한 미국을 예로 들어볼까요. 미국은 흠잡을 데 하나

없는 국가예요. 처음부터 적절한 사람들이 공직에 올랐어요. 본질적으로 훌륭한 종교도 있었고 보편교육의 필요성을 빠르게 인식했어요. 정치는 출발점부터 인상적이었어요. 민주주의라는 큰 물결이 쏟아져 나오면서 표출됐어요. 모두가 공간과 부를 공유했지요. 자, 결과는 어때야 할까요? 쉽지 않나요? 밴, 의기양양한 북부인과 남부인, 서부인 그 누구도 미국 시민들이 해야 할 일에 대해 생각하지 않았어요.

사람들은 많은 일을 해냈어요. 하지만 정작 해야 할 일은 어떤가요? 사람들은 민주주의를 이해하지 못했어요. 게임을 시작하긴 했지만 규칙을 몰랐어요. 커다란 자동차를 모는 작은 어린애 같았지요. 민주주의는 모든 시민의 의식적이고 지적인 협력을 요구해요. 그런 협력이 없다면 한쪽이 마비된 왕이나 진배없지요.

일단 미국은 시민의 절반을 배제하는 끔찍한 실수를 저질렀어요. 나머지 절반도 서서히 받아들여졌어요. 교육의 필요성을 희미하게나마 인식하긴 했지만 그게 무엇인지 제대로 몰랐지요. 왕정체제도 읽기와 쓰기, 연산 같은 교육이 이루어져야 유지될 수 있어요. 미국인들에게는 새로운 사회체제에 걸맞은 특별한 교육이 필요했어요.

민주주의는 사회법에 대한 이해와 승인, 보편적인 실천을 필요로 해요. 이 법칙은 물리나 화학에 통용되는 법처럼 '자연적'이지요. 하지만 미국의 종교와 교육은 진정한 법이 아닌 권위를 가르쳤어요. 권위만으로는 선거를 훌륭하게 치를 수 없잖아요? 시민이라면 복종하는 대신 이해해야 해요. 그렇지 않으면 민주적인 시민을 키워낼 수 없어요. 군주제라면 숭배와 복종이 옳겠지만 민주 국가에서는 옳지 않아요. 민중이 왕인 시대라면 민중은 명령에 순응할 게 아니라 스스로 행동하는 법을 배워야 해요.

당신들이 믿는 기독교는 히브리에서 유래했어요. 그 배후에는 하느님의 가족이 있지요. 처자를 소유물로 여기는 가족제도의 불합리적이고 근본적인 오류는 바로 이 개념에서 출발한 거예요."

우리는 이 견해에 쉽게 의견 일치를 보았다. 하지만 나는 과거에 종교와 미국 정치의 약점을 결부시켜서 생각한 적이 단 한 번도 없었다.

엘라도어가 침착하게 말을 이어갔다. "신의 이미지는 고대의 강력한 아버지로부터 창조되었어요. 아버지로서의 신은 특별한 자녀들에게는 어진 존재이고 은혜를 베풀지요. 하지만 쉽게 분노하고 오래도록 화를 내며 영원한 복수를 하는 존재이기도 해요." 그녀가 몸서리쳤다.

"추악한 모습이지요. 사람들 마음속 신의 이미지는 섬뜩하게도 그들의 행동으로 그대로 드러났어요. 다만 사람들이 진보하면서 신의 개념도 느리게나마 바뀌었지요.

군주제가 확립되자 왕들은 이러한 세계관을 노골적으로 공고히 했지요. 이 세계에는 아주 오랫동안 왕이 존재했어요. 아직도 존재하지요. 왕과 아버지, 두목, 통치자, 주인, 영주들. 이들로 인해 민주주의의 출현이 늦어졌어요. 아버지와 왕, 히브리 신은 당신들 뒤에, 그리고 당신들 위에 존재해요. 반면에 민주주의는 당신들 앞에, 당신들 주변에 존재하지요. 민주주의는 당신들이 할 일이에요.

민주주의는 전통도, 권위도 없으므로 끊임없이 노력하면서 배워나가야 해요. 민주주의는 용감하고 신중하며 지속적이고 과학적인 실험이 필요하지요. 발전 과정을 기록하되 실패와 오류는 신속하게 마음에서 지워야 해요. 우리 앞에는 무한한 가능성이 열려 있어요. 민주주의는 움직이는 생물이에요. 성업 중인 회사인 셈이죠. (외국인들은 관용구와 은어를 얼마나 사랑하는지! 허랜드에서 온 이 천사마저도 예외가 아니었다.)

이제 이 젊은 미국에 사는 여러분은 대부분 분야에서 왕이라는 개념을 지웠어요. 하지만 권위를 가진 아버지나 절대적 우두머리와 같은 왕의 조상님을 여전히 모시고 있어요. 종교 역시 동일한 기본 개념에서 깊은 영향을 받았죠. 게다가 책을 숭배하는 신교도의 국가였던 미국은 왕의 자리를 대신할 문서로 된 통치자가 필요했지요. 불쌍하고 무모하지만 축복받은 아이였던 민주주의는 신속하게 헌법을 탄생시켰고, 철옹성 같은 헌법 뒤로 한 발 물러섰어요."

이건 곱씹어볼 만한 말이었다. 그랬다. 부인할 수 없는 사실이었다. 우리가 바로 그렇게 했다. 가만히 멈춰 있고 싶어하는 어린아이처럼 우리는 돌의 성질인 '안정성'을 그렇게도 염원했던 것이다.

"그럼에도 불구하고 미국은 성장했어요. 그럴 수밖에 없었어요. 광활한 야생 땅이 성장을 가능케 했어요. 미국인들은 넓은 땅에 뿔뿔이 흩어져서 살았기에 각자 활동하면서 끊임없는 실험을 통해 살아가는 법을 익혔지요. 아이들의 이주도 도움이 됐어요."

"아이들의 이주라니요! 엘라도어, 도대체 무슨 말이오?"

"아니, 당신, 몰랐어요? 이곳의 아이들은 더 이상 집에 머무르려 하지 않아요. 될 수 있으면 빨리 부모의 품에서 벗어나 가능한 한 멀리 떠나지요. 아이들은 옛집을 사랑할지 모르지만 집안에 머무르지 않아요."

이 역시 사실이었다.

엘라도어가 다시 말했다. "당신도 알겠지만 그 덕분에 권위적인 사회가 저질렀던 낡은 오류가 점점 줄어들었어요. 삶의 방식이 실험실형 생존 방식으로 변한 거예요. 직접 해봄으로써 방법을 찾아내는 거죠."

"내가 보기에는 미국 가정에 '권위'적인 모습은 이제 별로 남아 있지 않은 것 같은데요. 이주민들이 한목소리로 그걸 불평하는걸요."

"물론 그렇겠지요. 이주민들은 당연히 미국인들보다 민주주의에 대한 이해도가 낮으니까요. 모든 미국인은 아주 복잡하게 조율된 정치적 관계 위에 '자유'라는 단어를 두고 있죠. 당신도 알다시피 권위가 작동하는 방식은 아주 단순해요. '이건 명령이야!' 그러면 그 명령을 따르기만 하면 돼요. 생각할 필요도, 노력할 필요도, 책임질 필요도 없죠. 하느님이 그렇게 말씀하시지요. 왕이나 선장도 그렇게 말해요. 성경에도 그렇게 쓰여 있어요. 무엇보다도 가족의 우두머리인 아버지 역시 마찬가지예요. 대단한 이야기죠. '아버지가 그렇게 말씀하셨어요. 아버지가 그렇다고 하면 그런 거예요. 설령 그렇지 않더라도!'"

"하지만 엘라도어, 미국 가정에 그런 집은 거의 없어요. 당신도 분명히 다른 모습을 봤을 텐데요?"

"그래요. 고대 국가일수록 가부장이 절대 권력을 가졌지요. 게다가 가족들은 죽은 아버지를 숭배했어요. 살아 있는 아버지보다 더 강력한 힘을 갖기까지 했지요. 밴, 죽은 사람들을 숭배하는 건 정말 이해할 수 없어요. 왜 그런 건가요? 어떻게 그렇게 된 거죠? 사람이 살아 있을 때보다 죽은 다음 더 깍듯하게 대접받는 이유가 무엇인가요? 미국인들은 새로운 세대가 헌법을 작성한 세대보다 더 멍청하다고 생각하는 거예요. 그렇지 않은가요?"

나는 그녀에게 말했다. "우리는 정확히 그렇게 믿었어요. 역사적으로 오랜 기간 동안, 아니 실질적으로 과거 내내 말이죠. 진화의 개념은 대중화된 지 백 년도 채 안 되었어요."

"미국인들은 자유롭고 진취적일 뿐 아니라 많은 변화를 이루어가고 있어요. 그런데 왜 아직까지 '당신의 아버지들'이 무엇을 말했는지, 무슨 일을 했는지 얘기하는 건가요? 마치 그게 그렇게 중요하다는 듯이?"

"그건 우리나라가 최근에 건국되었기 때문일 거예요." 내가 대답했다. 사실 우리 아버지들, 청교도의 아버지들과 교회의 아버지들, 혁명의 아버지들의 고군분투와 최근 내전에서의 우리 아버지들의 활약상은 정말 경이로웠다.

"그런데 미국인들은 왜 정치의 영역과 종교의 영역에서만 아버지들을 존중하는 건가요? 비즈니스나 예술, 과학이나 의학, 기계 쪽에서는 아무도 아버지들이 한 말을 인용하지 않더군요. 미국은 기계가 돌아가고 전기로 연결되어 있으며 도시가 모든 것을 주도하는 국가예요. 그 선조들이 감히 상상조차 하지 못했던 이런 국가를 통치할 수 있을 만큼 그들의 지혜가 영원할 거라고 생각하는 이유가 대체 무엇인가요? 그건 너무나 어리석어요, 밴."

그건 확실히 어리석다. 나는 엘라도어의 말을 인정했다. 그러면서도 약간 짜증 섞인 말투로 미국의 가정이 그것과 무슨 관련이 있는지 모르겠다고 말했다.

그러자 지혜로운 이 여인은 미국에 관한 유쾌하고 기분 좋은 사실과 미국이 다른 나라와 구별되는 점을 들려주었다. 그리고 내 기분이 풀리자 부드럽지만 분명한 태도로 다시 주제로 돌아갔다.

"여보, 이해하겠지만 난 결혼에 대해 얘기하는 게 아니에요. 나는 이 소중한 결합의 아름다움, 이 결합을 통해 우리가 얻는 즐거움과 생산적인 힘에 점점 더 놀라고 있어요. 당신도 알잖아요!"

나 역시 알고 있었다. 언제나 마음으로 칭찬하는 엘라도어 덕분에 나는 날마다 결혼의 소중함을 깨닫고 있었다.

"일부(一夫)와 일처(一妻)의 결합은 분명히 올바른 제도예요. 진정한 결혼이라면 말이죠. 내가 반대하는 건 결혼으로 거래를 하는 거랍니다."

"여자들이 집안일에만 매달리는 걸 말하는 건가요?"

"그것도 그중 하나예요. 3분의 1쯤 될까요. 나는 전체를 말하는 거예요. 남자들은 평생 탐욕스러운 가족들을 먹여 살려야 하는 부담을 지게 되고, 불쌍한 아이들은 집을 떠나기 전까지 가정에서 큰 영향을 받으며 자라나요. 그건 최악의…"

엘라도어가 잠시 말을 멈췄다. 지금까지 그녀는 여자들과 아이들의 상황에 대해 한 번도 조목조목 이야기한 적이 없었다. 물론 그들에 대한 기록은 충분히 가지고 있었다. 그것도 여러 권이나.

엘라도어가 천천히 말문을 열었다. "내가 규명하고자 하는 건 이 나라 사회구조 속 오류와 사람들의 정치적 행위가 초래하는 결과의 연관성이에요. 가족관계는 아주 오래되었고 민주적 관계는 굉장히 새로운 것이죠. 가족관계는 친밀하고 상호 연결된 애정과 권위, 봉사를 필요로 해요. 민주적 관계에는 보편적 정의와 선의, 공동 이익에 기반한 광범위한 협력과 높은 수준의 개인적 책임감이 요구되지요. 사람들은 이 모든 걸 배워야 해요. 쉽지 않은 일이지요. 그런데 가정은 구성원의 육체적 에너지를 고갈시키고, 구성원에게 가정에 온전히 충실할 것을 요구해요. 개인이 국가를 생각하고 국가를 위해 행동하기란 쉽지 않아요."

"설마 모든 사람이 정치가가 되리라고 생각하는 건 아니겠지요?"

"왜 안 되죠? 민주주의에서는 모든 사람이 정치가여야 해요."

"하지만 가정을 등한시하면서 훌륭한 시민이 될 수는 없잖아요?"

"집에 머물면서 가족을 보호하는 남자가 더 훌륭한 군인이 될까요? 밴, 여보, 이해가 안 되나요? 불쌍하고 바보같이 싸우는 이 남자들은 적어도 단결하고 협력하며 공동의 대의를 위해 공동으로 노력해요. 그들은 자신들의 가정을 함께 보호하고 있어요. 아니, 보호한다고 생각해요."

"당신은 다시 사회주의에 대해 말하는 것 같군요." 내가 다소 시무룩해져서 말했지만 엘라도어는 내 말을 아주 다정하게 받아들였다.

엘라도어가 대답했다. "세계로부터 고립된 채 살아온 우리 허랜드 사람들은 사회주의라는 말을 들어본 적도 없어요. 공동선을 위해 함께 일해야 하는 이유를 이해하기 힘들 정도로 장황하게 설명해줄 독일 출신의 유대인 경제학자가 우리에겐 없었지요. '여성스러운 사고'는 그렇게 명백한 사실에 대해서는 긴 설명을 필요로 하지 않는 것 같아요. 우두머리 노릇 하는 아버지 한 명 없는 작고 고립된 나라에서 혈연관계를 이룬 채 얼굴을 마주 보며 사는 어머니들은 모두가 같은 목적을 가지고 있다는 사실을 알고 있었어요. 모를 수가 없었지요."

내가 말했다. "잠깐만요, 당신 말은 지금 이 모든 문제의 밑바탕에 우리 아버지들이 있다는 뜻인가요? 당신, 아담처럼 심술궂게 이 모든 책임을 아버지들께 뒤집어씌울 작정이오?"

엘라도어가 유쾌하게 웃었다. "그런 건 아니에요. 그에게 악담을 퍼부을 생각 없어요. 나는 오랜 시간 이어져온 모든 남자들에 대한 끔찍한 부당함이 한 남자의 원죄 때문이라고 말하진 않을 거예요. 내가 비난하는 건 당신의 아버지나 그분들이 가진 부성이 아니에요. 왜냐하면 부성은 임신 과정에서 가장 아름답고 신비로운 부분이거든요." (허랜드 여자들은 이른바 부성의 거룩한 신비 앞에서 언제나 고개를 숙였지만 우리 남자들은 그게 그다지 달갑지 않았다.)

엘라도어가 씩씩하게 말을 계속했다. "그렇지만 아버지의 너무 많은 부분이 재앙으로 이어진 건 명백한 것 같아요. 아버지는 자신을 우선시했어요. 자신을 전부라고 생각했지요. 그리고 모성은… 모성은 말이죠!

그저 부수적인 과정일 뿐이었어요."

나는 이런 태도를 보면 항상 마음 한구석에서 약간의 수치심이 느껴졌다. 부성을 향한 허랜드 여자들의 부드러운 존경심마저도 그들의 잠재의식에 존재하는 모성에 대한 자부심을 전혀 상쇄시키지 못했다. 아마 그들이 옳을 것이다.

엘라도어가 말을 이어갔다. "부성은 모든 걸 지배했어요! 그들은 정말 이기적이었죠! '내 이름! 내 집! 내 가문! 내 가족!' 남자는 여자에게 아무것도 허락하지 않았어요. 여자는 오로지 남자의 장신구로서 언급될 뿐이었지요. 「심벨린」*에 등장하는 포스추머스는 아내가 귀찮아지자 여자 없이 자식을 얻을 수 있는 방법이라도 있으면 좋겠다고 말했어요. 정말 우습지 않아요, 밴?"

"확실히 그래요. 난 남자든 아니든 사실을 직시해요. 아버지들이 그 부분에서 자신들의 중요성을 과대평가한 건 자명해요.

미국의 남편과 아버지들은 과거의 남편이나 아버지와 비교하면 조금 나아진 것 같지 않아요?" 나는 점잖게 물었다. 그러자 엘라도어는 내 쪽으로 오더니 재빨리 나를 어루만지며 기쁘게 동의했다.

"그게 바로 미국의 아름답고 놀라운 점이에요, 밴! 미국은 의식하지 못하는 사이에 빠른 속도로, 근사하게 성장하고 있어요. 당신들이 용감

* 셰익스피어의 말년 작품. 로마 제국이 브리타니아를 침공하기 전 카투벨라우니 부족의 왕이었던 쿠노벨리누스의 전설을 셰익스피어가 자유롭게 재구성하였다.

하게 시작한 그 위대한 일이 당신들을 움직이고 있어요. 당신들을 교육시키고 발전시키고 있어요. 미국 남자들은 발전했고 여자들은 더 큰 자유를 누리게 됐어요. 아이들은 지구의 어느 나라 아이들보다도 많은 성장의 기회를 부여받았지요."

나는 안도의 한숨을 쉬며 말했다. "그 말을 들으니 기분 좋군요, 여보. 그런데 우리나라에 대해 왜 그렇게 비관적인가요?"

"모든 사람이 5천 달러의 연소득을 받을 권리가 있다고 가정해봐요. 그런데 대부분 사람들은 평균 5센트 정도 받고 있어요. 그런데 특별히 능력 있고, 활기차고, 좋은 곳을 선점한 집단이 50달러까지 받는다고 합시다. 자, 밴, 미국이 당연히 누려야 할 것들을 누리지 못하는 상황이라면 우리보다 불운한 다른 나라보다 우월하다 한들 우월하다고 언급할 가치가 없어요."

나는 체념한 채 한숨을 쉬었다. "이제 핵심에 근접하고 있어요. 여보, 말해봐요. 우리에게 알려줘요. 당신 생각이 확실하다면 도움이 될 만한 방법을 들려줘요."

엘라도어가 비장하게 고개를 끄덕였다. "힘닿는 대로 해볼게요. 먼저 물리적 조건을 따져볼까요. 인구수와 구성원들의 인지 능력, 기계 제조 능력과 무한한 자원을 볼 때 지금쯤 미국에는 지구 최고의 도로가 깔려 있어야 해요. 최고의 도로는 혁신적이고 경제적으로 즉각적인 효력을 낼 수 있다는 점이 장점이에요. 그리고 부수적이긴 하지만 '실업', '흑인 문제', '범죄', '사회적 불만'같이 당신들이 간과하고 있는 다른 '문제들'

을 해결하는 데에도 큰 도움이 될 거예요. 중앙아프리카에 훌륭한 도로가 없다는 사실은 놀랄 일도, 짜증 낼 일도 아니에요. 그런데 미국에 도로가 부족하다니 정말 체면이 말이 아니에요!"

나는 급하게 말했다. "인정해요. 전적으로 맞는 말이에요. 거기서 멈출 필요 없어요."

엘라도어가 차분하게 말을 이었다. "그건 한 가지 문제일 뿐이에요. 이번엔 민주주의예요. 여러분은 자유로워요. 권력이 시민들 손에 있어요. 미국은 보수주의자 무리들로 하여금 헌법 제정을 주도하게 했어요. 그 결과 국가가 국민들의 자유로운 행위에 사사건건 개입하고 있어요. 미국인들은 권력이 자신들 손아귀에 있다는 사실조차 잊고 말았어요. 미국은 릴리펏 사람들에게 묶인 불쌍한 걸리버처럼 황당하고 무기력한 상태로, 눈을 부릅뜨고 앉아서 손가락 하나 까닥하지 못한 채 특정 개인들이 이 나라에서 가장 크고 호화롭고 좋은 것들을 죄다 착복하는 걸 지켜보는 처지가 되고 말았지요. 살림을 하면서 낭비와 약탈을 일삼는 불성실한 하인들을 본 체 만 체하는 가정부나 대중 앞에서 기생충 같은 인간들에게 뜯어먹히는 왕을 보면 어떤 생각이 들던가요? 미국의 민주주의는 거대하고 강력하고 젊은 이 국가가 기생충 같은 인간들에게 감염되도록 내버려두었어요. 그런 민주주의를 우리는 어떻게 생각해야 할까요? 피를 빨아 먹는 거머리들에 대해 말해볼까요! 석유 먹는 거머리, 석탄 먹는 거머리, 물을 빨아 먹는 거머리, 나무, 철도, 농장 먹는 거머리 등, 이 멋지고 젊은 국가는 거머리들로 가득 차 있어요. 그리고 그 거머리들을 떼어낼 지성도, 힘도 없어요."

"그렇지만 미국인 대부분은 사회주의를 믿지 않아요." 내가 항의했다.

엘라도어가 단호한 태도로 대답했다. "오히려 미국인들은 사회주의를 지나치게 신봉하고 있는걸요. 건강한 경제 발전을 위한 모든 단계가 사회주의의 전유물이라고 생각하는 것 같아요. 그리고 사회주의자가 되지 않으면 경제적 자유도, 경제적 진전도 전혀 이룰 수 없다고 생각하는 듯해요."

엘라도어의 이 말에는 의미가 있었다.

그녀가 말을 이었다. "끊임없이 그렇게 주장하는 사회주의자들도 어느 정도 비판을 받아야 한다는 사실을 인정해요. 하지만 위대한 국민이 '우리는 모두 이 부조리한 주장을 믿었어요. 그들이 그렇게 말했으니까요'라고 말한다면 당신은 그게 변명이 된다고 생각해요?"

"처음에 당신이 그렇게 놀란 이유가 우리의 어리석음 때문이었나요?" 내가 조심스럽게 말했다.

그녀는 생기 있는 표정으로 나를 흘깃 보았다. "대단해요, 밴! 정확히 그랬어요. 하지만 당신에게 그렇다고 말하고 싶지 않았어요. 예를 들어 몇몇 사람들이 무연탄을 몽땅 차지하고는 그 비용을 국민들에게 떠넘기는 짓을 하는데 미국인들은 그런 사람들을 어떻게 그냥 둘 수 있지요? 영국이 홍차에 부과한 세금 한 푼 안 내려던 사람들이잖아요! 처음에 난 너무나 어리둥절했어요. 그렇게 똑똑하고, 힘 있고, 자긍심도 강하고, 자유롭고, 선의를 가진 사람들인데! 그런데 그렇게 형편없이 어리석다니! 내가 가정에 대해 생각하게 된 건 그 때문이에요."

"논의가 주제에서 많이 벗어난 것 아니오?"

"그렇지 않아요. 이게 바로 중요한 점이에요. 미국인들은 그랬어야 하지만 그러지 않았어요. 모르겠어요? 이 모든 변화는 미국인들에게 분명히 필요할 뿐 아니라 이루기도 쉬워요. 이 변화에 필요한 능력은 단 한 가지예요. 바로 공동체를 향한 관심이죠. 미국인들은 가족 생각만 해요. 철도 회사처럼 완전한 사회적 기업에 종사하는 사람들이 있다고 해봐요. 이 사람들은 굉장히 복잡하게 조율된 거대한 집단에 속해 있어요. 그리고 머릿속에 배당금만 든 사람들부터 토목기사들까지 사람들 모두가 자기가 받을 돈, 일에서 자기가 얻을 것만 생각해요. '철도가 무엇인가요?' 그 사람들에게 한번 물어봐요. 배당금에 목숨 거는 사람들은 '투자'라고 말할 거예요. 대부분의 호구들은 '투기 수단'이라고 말할 거예요. 사주는 '수지 남는 장사'라고 말하겠지요. 직원들은 '봉급을 주는 일'이라고 대답할 테고 채굴업자와 건축업자는 '일자리를 주는 것'이라고 말할 거예요."

"그런데 이게 다 가정하고 무슨 관계가 있어요?"

엘라도어는 천천히, 슬픈 표정으로 대답했다. "이곳 아이들은 집안에만 틀어박혀 있는 어머니들 손에 자라요. 어머니들은 갈 수만 있다면 천국에 가는 것 빼고는 아무런 관심도, 야망도 없고, 바깥세상에 어떤 의무가 있는지도 몰라요. 가정에만 매여 있는 이 여자들은 남자들에게 기생하는 존재라고 할 수 있어요. 여자들이 받는 건 죄다 남자들 주머니에서 나와요. 여자들은 많은 걸 바라지요. 그러니 남자들은 말해요. '이 세상은 내 것이야'*라고. 그들은 더 많은 걸 손에 쥐기 위해 이를 악물어요. 문제는 무자비한 경제적 압박만이 아니에요. 문제의 근간이자 원인은 바로 아이디어의 부재예요. 유아기 때부터 공동체 속에서 삶을 바라봐야 하는데, 사람들은 가정에 대해 생각하고 가정에 대해 말하고 가정만을 위해 일해요. 자기 노 젓기에 바쁜 카누로 구성된 소함대로는 다양한 함대 작전을 펼칠 수 없지 않을까요?

"우리는 어떻게 하면 좋을까요?" 잠시 후 내가 물었다.

"유아 시절부터 민주적으로 생각하고, 민주적인 정서를 쌓고, 민주적으로 행동하는 법을 확실히 훈련해야 해요. 공공 자원을 관리할 수 있는 경제체제가 필요해요. 그런 체제에서라면 가정은 경제에 더 이상 부담이 되지 않을 거예요. 사람들이 깨닫지 못한 사이에 행복과 평안의 원천이 될 거예요. 그리고 물론 집안일의 사회화가 필요해요."

* 윌리엄 셰익스피어가 쓴 희곡 「윈저의 명랑한 아낙네들(Merry Wives of Winsor)」에 나오는 표현.

8

·

추가 진단

우리는 미국이 안고 있는 문제에 대해 끈기 있게 연구를 이어갔다. 엘라도어는 최고 수준의 수술에 참여한 탁월한 외과의로서 숨 돌릴 새 없이 바빴지만 인내심이 대단했고 냉혹할 정도로 효율적이었다. 우리는 함께 연구했다. 엘라도어는 종종 신중하게 뭔가를 썼으며 자신이 내린 결론 중 일부를 내게 읽어주기도 했다. 우리는 밤이고 낮이고 우리끼리, 혹은 온갖 다양한 계층에 속한 사람들과 대화를 나눴다.

어느 날 엘라도어가 말했다. "한때는 굉장히 비옥했지만 지금은 황폐해진 땅들이 보이더군요. 땅은 너무 혼잡해요. 인구가 너무 많다보니 고갈되고 있어요. (한 치 앞도 못 보는 엄마들 같으니! 아이들에게 무슨 일이 일어날지 한 번이라도 생각해볼 수 없는 건가요?)

도시에서는 수백만 명이 움직일 틈도 없이 다닥다닥 붙어 살고 있는데, 사람들이 무심결에 스쳐 지나가는 땅은 물론이고 태양 아래 그 살을 온전히 드러낸 무인도 같은 땅도 많더군요.

당신들에게는 익숙한 모습이겠지요. 그저 사실이니까 아무 의문 없이 받아들여요. 하지만 외부인의 눈에는 소름 끼치도록 낯설어요. 크고 통풍도 잘되는 윗집은 비워두고 빽빽한 지하실에서 득실거리며 사는 사람들을 보는 것 같아요.

나는 이 연구를 통해 미국인들의 정신 상태를 이해해볼 작정이에요. 미국인들은 이런 식으로 살아갈 하등의 이유가 없어요. 그런데 어떤 불가사의한 생각과 신념 때문에 그렇게 혼잡하고 더러운 곳에서 제대로 입을 것도 없이 굶주리면서 가난하게 사는지, 왜 그렇게 건강을 해쳐가면서 불행하게 살아가고 있는지 알아봐야겠어요."

"이봐요, 엘라도어! 표현이 너무 과격한 것 아니오? 미국 사람들을 그런 식으로 묘사하지 말아줘요."

그러자 엘라도어는 자신이 굉장히 좋아하는 다양한 통계 자료를 하나 더 보여주었다. 그녀가 제시한 현재 미국이 보유한 부의 총액 관련 자료에 따르면 미국인의 1인당 소득은 2천 달러에 육박해야 했다. "한 가족이 아니라 한 명당 금액이에요. 5인 가족이라면 9천 내지 1만 달러는 되겠지요. 이 정도면 현재 소득을 빼더라도 적지 않은 밑천이에요."

그러고는 '미국 근로자의 절반이 생활을 위한 건강 상태를 유지하는 데 필요한 임금을 받지 못한다'는 과학조사위원회의 최근 자료도 보여주었다. 세계 연감을 손에 들고 있던 엘라도어가 228쪽에 있는 '제조 개요'를 가리켰다.

"밴, 이 자료를 보면 이 멋진 국가에서 사람들이 어떻게 살아가고 있는지 충분히 알 수 있어요. 여길 봐요. 미국의 평균 임금 노동자 수는 6,615,046명이에요. 그들이 받는 총 임금은 3,427,038,000달러지요. 이걸 노동자 수로 나누면 한 명당 연봉이 518~520달러인 셈이에요. 밴, 5인 가족이 평균이라고 가정하면 한 가족의 일주일 생활비가 10달러도 채 되지 않아요. 미국인 한 명당 한 주 생활비가 2달러, 1년 생활비가 104달러인 셈이죠. 물론 당신은 식비와 집세가 얼마나 드는지 알 거예요. 사람들 건강이 나쁜 건 당연해요. 어떻게 건강할 수 있겠어요?"

나는 불편하게 숫자를 쳐다보았다. 엘라도어가 자료를 몇 가지 더 보여주었다.

"급여노동자의 평균 연봉은 1,187달러군요. 미국인 평균 연봉보다 두 배가 좀 넘어요. 주급으로 환산하면 4.40달러 정도 되는군요."

"대체 그들이 얼마를 받아야 한다고 생각하는 거예요?" 내가 약간 짜증스럽게 물었다. 하지만 엘라도어는 부드럽고 참을성 있게 되물었다. "당신은 얼마나 있으면 먹고살 수 있겠어요? 아니, 이렇게 물어볼게요. 최소한 얼마나 들까요? 나는 호화로운 생활이 아닌 제대로 된 건강한 삶을 말하는 거예요. 당신은 4.40달러로 생활할 수 있을 거라고 생각해요? 6달러도 안 되는 돈으로 집세며 식비며 의류비, 교통비를 다 충당할 수 있다고 생각하세요?"

젊었을 때 나는 10달러에 불과한 주급을 받으며 몇 달 생활한 적이 있었는데 그때가 정말 곤궁하고 궁핍한 시기였던 걸로 기억한다. 매주 식비로 6달러, 교통비로 60센트를 썼고, 15센트짜리 괜찮은 점심을 위해 일주일 동안 90센트를 썼으며, 담배 값으로 70센트를 썼으니 의류비나 유흥비로 쓸 수 있는 돈은 1.8달러 언저리였다. 그 당시 나는 한 사람이 10달러로 일주일을 견디는 건 상당히 힘들다고 생각했다. 하지만 한 명이 번 10달러로 다섯 식구가 일주일 동안 먹고살아야 한다는 생각은 전혀 하지 못했다. 그런데 미국에서 그런 생활을 하는 사람이 6백만 명이 넘었으며 수많은 사무원들의 임금 역시 고작 이 금액의 두 배에 불과했다.

"주급 10달러면 이 나라에서 괜찮은 삶을 사는 데 충분하지 않나요, 벤? 5인 가족이면 주당 50달러, 1년이면 2천 6백 달러가 필요하겠군요."

"하지만 여보, 그러면 회사들은 파산하고 말 거예요. 당신은 불가능한 걸 요구하고 있어요." 내가 이의를 제기했다. 엘라도어는 다시 숫자로 돌아갔다.

엘라도어가 말했다. "여기에 '생산 부가가치'가 있군요! 이 근로자들이 생산한 가치가 틀림없지요? 총 8,530,261,000달러예요. 여기서 총임금을 빼면 5,103,223,000달러가 남아요. 여기서 사무원들 봉급을 제하면 4,031,649,000달러가 남는군요. 이 돈 다 어디 갔죠? 여기 서비스 항목에 40억 달러가 있군요. 이 항목은 누구를 위한 것인가요?

273,265명밖에 안 되는 사주들과 회사 구성원들을 위한 항목이 분명해요. 어디 봅시다. 40억 달러 중에 이들이 한 명당 1년에 거의 1만 6천 달러를 받는군요. 대단하다고 생각하지 않아요, 벤? 그들이 직원들보다

14배, 노동자들보다 30배나 가치 있는 일을 하나요?"

내가 말했다. "사랑하는 여보, 당신은 내가 지금까지 만난 사람 중에 가장 놀라운 지성의 소유자예요. 그리고 정말 다양한 분야에서 나보다 훨씬 더 많은 지식을 보유하고 있어요. 하지만 경제 분야는 아직 접하지 않았잖아요? 아직 모르겠지만 경제에는 법칙이 있어요."

나는 엘라도어에게 임금철칙과 수요-공급의 법칙 등을 말해주었다. 그녀는 세심하게 주의를 기울여가며 내 말을 들었다.

엘라도어가 이내 말했다. "그런 걸 법칙이라고 하는군요. 자연법인가요?"

나는 천천히 그녀 말에 동의했다. "그래요. 경제적 상황에 따른 인간의 자연스러운 행동 법칙이에요."

"경제적 상황이라면 토지, 기후, 가용 자원, 힘의 양과 특징, 지능, 과학과 기계 발전 같은 걸 의미하겠군요."

"물론이에요. 내가 언급한 것들도 포함되고요."

"지금 국민들 중 절반이 받는 임금이 건강도 제대로 유지할 수 없는 수준인데, 그게 바로 '자연법'이라고 내게 말하는 건가요? 당신, 한순간이라도 진짜 그래야 한다고 믿었다는 뜻이에요?"

인생에서 배운 경제학 이론을 즉시 부정할 준비를 미처 하지 못한 나는 그저 고집스럽게 주장했다. "그게 인간 본성의 법칙이에요."

그러자 엘라도어는 장난스럽게 조롱하는 듯 나를 향해 미소 지었다. 기쁘게도 그녀는 우리 세상에 발을 들여놓은 첫해에 자신을 괴롭혔던 극단적인 공포와 고통을 극복했으며 이제는 자신을 괴롭혔던 것들을 미소와 함께 바라볼 수 있게 되었다.

엘라도어가 말했다. "남자들의 본성이겠지요. 허랜드에는 그런 '법칙'이 없답니다."

"당신들은 모두 자매잖아요." 나는 자신감 없는 목소리로 말했다.

"이곳 사람들은 모두 자매이자 형제 아닌가요? 밴, 물론 난 차이를 알고 있어요. 당신들의 긴 역사는 적대적이고 낯선 민족들 간 싸움과 증오, 정복과 노예화로 점철되었어요. 피정복자들에 대한 정복자들의 경멸은 가난한 이들을 향한 부자들의 경멸로 이어진 것 같아요. 무력한 적, 노예, 농노와 고용인의 정신 상태는 하나도 변하지 않았어요. 나는 그 어느 나라에서도 이렇게 보편적 선의와 지성을 겸비한 사람들을 보지 못했어요. 우스운 점은 그런 당신들이 살아가는 이렇게 축복받은 땅에서 그토록 낡고 어리석은 일들이 오랫동안 지속적으로 일어났다는 사실이에요.

밴, 여보, 그게 얼마나 어리석은지 모르겠어요? 이곳은 민주 국가예요. 민주주의가 효율적으로 실행되려면 유능한 유권자가 필요하잖아요?"

나는 좀 격한 어조로 대답했다. "물론 알아요. 당신이 그렇게 비웃는 우리 선조들 역시 잘 알고 있었어요. 그렇기에 우리에게 유치원부터 대학까지 무료 공교육이라는 위대한 제도가 있는 거예요."

엘라도어가 다시 휴대용 책 페이지를 넘기면서 말했다. "1914년 당시 공립초등학교에 등록된 학생 수는 17,934,982명이었어요. 그런데 고등학교에 등록된 학생은 1,218,804명으로 급감했군요. 열일곱 명 중 한 명꼴로 고등학교에 진학한 셈이죠. 그리고 대학생은 다시 87,820명으로 줄었어요. 결과적으로 무료 공교육은 그다지 성공적이지 못한 것 같은데요?"

"하지만 아이들 대부분은 일찌감치 일을 하러 가야 해요. 설령 경제적으로 여유가 있다 하더라도 상급학교에 진학할 시간적 여유가 없죠."

"일찍 일을 시작하면 더 훌륭한 시민이 되는 건가요?"

"그렇다고 감히 말할 수 있어요. 대학 졸업생 중 일부는 실력이 시원치 않거든요."

그녀는 내 말에 고개를 흔들더니 내게 다른 숫자들을 내밀었다. 그 숫자에 따르면 대학 졸업생들의 성과가 확실히 좋았으며 그녀가 범죄자나 극빈자라고 부르는 '쓰레기'들은 대체로 고등교육을 받지 않은 사람들이었다.

"밴, 이 숫자를 이성적으로 봐야 해요. 당신을 불쾌하게 하려는 의도가 아니에요. 내가 당신이 말하는 '경제학'에 무지하다는 사실 역시 알고 있어요. 다만 나는 평균 지능을 가진 이방인으로서 당신 조국을 바라보고 있어요. 내게는 완전히 다른 배경을 지녔다는 장점도 있지요. 미국인들은 지구상에서 최고의 자연 조건을 가지고 있어요. 국토는 광활해요. 민족적 혈통은 다양할 뿐 아니라 훌륭하고요. 부를 이룰 만한 요소를 고루 갖추었어요. 판단과 행동의 근거로 삼을 만한 선하고 참된 원칙들도 많아요. 그런데 140년이라는 국가 건설 기간 동안 당신들은 지구에서 가장 복잡한 도시를 세웠어요. 약탈을 일삼았죠. 땅을 방치하고 낭비했어요. 정치는 부끄러운 것으로 변질됐고, 몇몇 개인들은 가공할 정도로 큰 부를 축적한 반면 사람들 대부분은 가난을 면치 못했어요. 수치스럽게도 말이에요."

말이 끝난 후 잠시 침묵의 시간이 흘렀다.

그녀의 말은 지극히 불쾌했지만 모두가 사실이었다.

엘라도어가 말을 이었다. "유럽보다 이곳이 낫다는 건 알아요. 미국의 결함과 미국이 저지른 실책에도 불구하고 난 미국이 독일보다 낫다는 것을 알고 있어요. 그릇된 생각에 빠졌던 독일은 법 집행에서 완벽을 추구했어요. 그리고 그 사실을 자랑스러워했지요. 이런 독일의 자부심은 주변국들의 미움을 샀어요. 앞으로 세계가 독일을 용서하기까지는 여러 세대가 걸릴 거예요. 밴, 미국은 가망이 없는 게 아니에요. 절대 그렇지 않아요. 당신도 내 말을 이해하죠?"

물론 그랬다. 누가 모르겠는가?

"얼마나 가까운 시일 안에, 얼마나 쉽게 모든 일이 이루어질지 보여주는 건 전혀 어렵지 않아요. 10년이면 빈곤이 끝나고 20년 안에 범죄가 사라지고 30년이 흐르기 전에 질병에 작별을 고하는 걸 보게 될 거예요. 이 거대한 땅이 허랜드처럼 아름답고 깨끗하고 건강하고 행복해질 거예요. 생산물은 풍부해지고 행복은 더 커지겠지요. 무엇보다도 결혼한 부부들의 천국이 될 거예요."

엘라도어는 말을 마친 후 내 손을 잡고 잠시 가만히 있었다.

그녀가 차분하게 말을 이었다. "하지만 미국인 대부분은 내 생각과 다르더군요. 밴, 나는 책을 읽고 박사들이나 다른 지혜로운 많은 사람들과 대화를 했어요. 그런데 미국인들은 결혼의 가치를 별로 인정하지 않는 것 같더군요."

나는 그 말을 듣고 크게 웃지 않을 수 없었다. 이 허랜드 출신 여인은 남자를 처음 본 게 불과 몇 년 전이며 이제 그 남자들 중 한 명과 결혼했을 뿐이었다. 게다가 찰나이긴 했지만 난 비통한 심정으로 우리가 지금 '결혼한 부부'가 아니라는 사실을 떠올렸다. 통상적인 의미에서 말이다. 그러자 부끄러워졌다. 생색을 낼 필요는 없겠지만, 나는 이런 사정을 다 알면서 엘라도어와의 결혼을 받아들였다. 그리고 그녀와 함께한 모든 시간 내내 깨지지 않는 행복한 사랑을 누렸다. 나는 성을 초월해서 약간은 신비로운 방식으로 평안과 휴식, 고요함을 주는 아름다운 여인과 모든 시간을 함께하면서 더 큰 성취를 할 수 있으리라는 소중한 희망을 항상 간직해왔다.

우리에게는 오해도, 다툼도 없었다. 처음엔 내게 약간 불안한 시기도 있었지만 훨씬 큰 쾌락에 비하면 아무것도 아니었다. 나는 모두의 사랑을 받는 여동생—온 세상을 합친 것보다 더 소중하고 사랑스러운 여동생과 더 행복한 미래를 위해 활기차게 탐험 길에 나선 것 같았다.

나는 탐험 길에서 주변 세상을 보았다. 그 세상은, 존재했으되 과거에는 한 번도 본 적 없는 세상이었다. 열정적이고 생기 넘치는 소년, 소녀들, 행복하고 희망에 찬 연인과 부부들도 많았지만 불행한 실패의 비율 또한 고통스러울 정도로 높았다. 이혼한 부부들과 이혼을 포기한 채 서로에게 고통을 주는 부부들뿐만이 아니었다. 수많은 사람들이 행복하지 않았다.

대인관계에 섬세한 감각을 지닌 엘라도어가 염두에 둔 건 바로 그 부분이었다. 물론 나처럼 부부 사이의 깊은 심연을 인지한 건 아니었다. 그녀가 의미하는 건 씁쓸한 수준이었다.

엘라도어가 말을 이었다. "당신들은 결혼을 우롱하고 있어요. 당신들에게 결혼은 농담에 불과해요. 토론을 위한 질문 정도로 생각하지요. '결혼은 실패인가요?' 많은 사람들 입에 오르내리지만 무시되고, 싸구려 대화의 주제로 전락하고 말았어요."

내가 엘라도어에게 대답했다. "그렇게 느끼는 사람이 많아요. 이혼이라는 악을 막고 결혼의 신성함을 지키기 위해 엄청난 노력을 하고 있어요."

엘라도어가 배운 또 한 가지는, 아마 미국에 머물면서 배운 듯한데, 바로 농담이었다. 엘라도어는 농담에 능했다. 그녀처럼 예리하고 강렬한 정신의 소유자에게 유머 감각이 없는 건 심각한 손실이었을 것이다.

"결혼의 신성함을 보존하기 위해 벤조산염을 써본 적 있어요? 아니면 끓는점에서 압력을 가한 채 밀봉하는 걸로 충분할까요?"

나는 요리에 대해 그다지 아는 게 없었고, 그녀 역시 마찬가지였지만 어쨌든 나는 그녀의 농담에 미소를 지을 수 있었다.

나는 엘라도어에게 말했다. "지금은 결혼 문제를 파고들기보다는 경제에 대한 허랜드인의 관점을 계속 얘기하는 게 좋겠어요. 당신은 우리가 즉시 사회주의를 받아들이기를 원하는 것 같아요. 그건 불가능해요. 미국인들 대부분은 사회주의를 믿지 않아요."

"내가 보기엔 미국인 대부분이 사회주의를 제대로 이해하지 못한 것 같아요." 엘라도어가 대답했다. "만약 당신이 사회주의나 사회주의의 원칙을 말하는 거라면, 그래요. 그게 바로 우리가 허랜드를 운영하는 방식이에요. 땅은 확실히 우리 모두의 소유예요. 우리는 이곳 사람들처럼 땅을 잘게 나누지 않아요. 우리가 땅에서 기르는 것, 그 땅에서 수확한 모든 것 역시 명백히 우리 것이지요. 수확량이 적으면 우리 몫 역시 적어져요. 두말할 것 없이 아이들이 최우선이에요. 이제는 안정적으로 많은 양을 수확하니까 모두에게 충분한 양이 돌아가지요."

"허랜드에는 이기적인 여자들이 없나요? 야심만만한 여자는요? 남들보다 잘살고 싶어하는 슈퍼우먼들은 없어요?"

"물론 있었지요. 그리고 적은 수이지만 아직까지 존재해요."

"그런 사람들은 어떻게 관리했나요?"

"그런 일 하라고 정부가 존재하는 것 아닌가요? 정의를 지키고, 이기적이고 야심 가득한 사람들이 보통 사람들에게 피해를 입히지 못하도록 막고, 생산이 늘어나고 공정한 분배가 이루어지도록 정책을 펴는 일들 말이에요."

"미국인들은 작은 정부일수록 좋은 정부라고 생각해요." 내가 엘라도어에게 말했다.

"그래요, 나도 들었어요. 그 말을 진짜로 믿는 사람이 있나요? 미국인들은 왜 그 말을 믿을까요? 어떻게 그럴 수 있어요?"

내가 외쳤다. "독일을 봐요! 정부가 너무 비대해지면 어떻게 되는지 당신도 알잖아요."

"당신이야말로 독일을 보면 좋겠어요. 다른 모든 나라가 대단한 발전을 이룬 독일을 공부하게 될지도 몰라요." 그녀가 약간 흥분해서 대답했다. "독일이 광기에 휩싸여 범죄를 저질렀다는 이유만으로 그들이 이룬 최고 성과들을 평가절하할 수는 없어요. 독일에 대한 일부 사람들의 태도는 린치를 가하는 사람들의 그것과 진배없지요. 잘못을 저지른 국가라고 해서 고문하고 사형에 처해서는 안 되잖아요. 개인 범죄자들과 마찬가지로 그 나라들 역시 학습과 도움, 더 나은 환경이 필요해요. 독일이야말로 우리 세계의 작동 방식을 보여주는 영광스러우면서도 한심하고 끔찍한 사례라고 생각돼요." 엘라도어가 침통한 표정으로 결론지었다.

"한심하다고 표현하다니 독일인들이 당신에게 고마워하지 않을 것 같구려." 내가 말했다.

"그렇겠지요. 그러리라고 생각해요. 독일의 가장 큰 단점은 맹목적인 자부심이에요. 이곳 국가들은 모두 자부심이 넘쳐흐르더군요. 물론 왜 그런지 알아내는 건 전혀 어렵지 않았어요."

"흐음, 쉽게 알았다니 우리에게 말해주구려."

"아니, 그건 당신들이 말하는 자연법 중 하나인걸요." 엘라도어가 눈동자를 반짝이며 설명했다.

"당신도 원근법을 알고 있겠지요? 물체는 멀어질수록 크기가 작아지니 잘 보이지 않아요. '자연법'에 따르면 사람들은 이해하기 힘든 것일수록 하찮게 여기기 마련이지요. 국가들이 멀어지고 갈라진 이유예요. 사람들은 가까이 있기 때문에 서로 잘 알게 되고, 이해하게 되고, 함께 일하게 되었던 거예요. 바로 사랑이지요. 그런데 두 가지가 그 사랑을 가로막았어요. 중요하면서도 쓸데없고 바보 같은 것들이지요. 하나는 무지예요. 대중의 집단적인 무지가 물리적 거리를 대체했어요. 옆집 남자인데도 지구 반대쪽에 사는 사람만큼 낯설어요. 당신이 모르는 사람이라면.

지구에 있는 국가들은 서로 이해하려들지 않아요, 밴. 그리고 절대악이 되어 자랑과 과장이라는 거짓된 벽을 쌓았어요. 다른 나라를 무시하고 힘없는 아이들에게 의도적으로 자국만이 가장 위대하다고, 최고라고 가르쳤어요. 아니, 밴…"

엘라도어는 아이들에 대해 언급할 때마다 눈물을 흘리곤 했지만 이번에 흘린 눈물은 반짝이는 미소와 함께 사라졌다.

엘라도어가 말했다. "아이들 같아요! 그들이 저지른 짓들은 배움이 없는 가련하고 어린 수많은 아이들의 행동보다 나을 게 하나도 없어요. 걸핏하면 싸우려들고 이기적이고 하나같이 남들을 '해치웠다'고 뻐기잖아요. 오, 딱한 사람들 같으니! 당신들에게는 정말 어머니가 필요해요! 그리고 그 어머니는 드디어 곧 나타날 거예요."

"당신은 그 어머니만 등장하면 당장에라도 이 경제 문제가 풀릴 거라고 생각하는 모양이오."

"안 그럴 이유가 없어요, 밴. 들어봐요. 왜 당신들은… (엘라도어는 칠판에 단어를 큼지막하게 한 자 한 자 쓰듯 아주 천천히 말했다.) 이 역사적인 시대에 건강과 아름다움, 풍요, 지성, 즐거움과 행복을 추구하는 인류를 막을 수 있는 건 아무것도 없어요."

나는 조금 침울하게 대꾸했다. "여보, 말은 쉬워요. 나도 당신 말이 사실이면 좋겠다오."

엘라도어가 주장했다. "왜 사실이 아니란 거죠? 사탄이나 다른 신이 앞길을 막고 있나요? 모르겠어요? 정녕 깨닫지 못하겠어요? 신은 성장하는 모든 선한 삶의 편에 존재해요. 당신들과 함께 계시지요. 무엇이 당신들을 막는다는 말인가요?"

나는 동의했다. "우리를 막는 건 우리 자신밖에 없는 것 같아요. 이 말은 의미가 있어요. 물론 당신 말뜻은 알아요. 생각해보면 당신이 말한 대로 모든 걸 할 수 있고, 그대로 될 수도 있을 거예요. 하지만 거기엔 '만약'이라는 단서가 붙지요. 그리고 '만약'은 온 세상만큼 거대하다오. 만약 우리가 해야 할 일이 무엇인지 안다면, 우리가 함께 행동한다면…"

"밴, 그건 당신이 생각하는 것만큼 대단한 장애물이 아니에요. 당신들은 이제 알 만큼 알아요. 바른 방향으로 나아가도록 모든 걸 결정할 수 있잖아요. 일일이 직접 할 필요도 없어요. 기회를 주면 저절로 될 거예요. 아기가 건강하게 온전히 성장해서 행복하고 유용한 사람이 되도록 하려면 무엇을 해야 할지 알잖아요?"

"그래요. 잘 알고 있어요." 나는 인정했다.

"좋아요. 그렇다면 모두를 위해 그걸 하면 돼요. 그럼 전 인류가 잘살 수 있어요. 간단해요. 도로와 수로 같은 효율적인 운송체계가 공동체의 부를 축적하는 데 얼마나 큰 도움이 되는지 알고 있잖아요. 좋아요. 전국 방방곡곡에 운송망을 갖추는 거예요."

젊은 열정으로 가득한 엘라도어는 아름다웠다. 예리하고 강인한 그 얼굴은 말썽꾸러기 같은 이 세상에 대한 애정과 세상을 바꾸기 위한 지혜로운 제안들로 반짝반짝 빛났다. 나는 그 열정을 쫓아갈 수 없었다.

나는 엘라도어에게 부드럽게 말했다. "여보, 당신의 희망을 꺾고 싶진 않아요. 어떤 면에서는 당신 말이 옳아요. 나 혼자서도 문제를 해결하기 위한 계획 정도는 세울 수 있어요. 문제는 대다수가 그 계획을 받아들이도록 하는 거예요. 그걸 할 수 있는 왕도 없고, 민주주의에서 당신은 사람들 절반 이상을 설득해야 해요. 시간이 오래 걸리는 일이지요."

엘라도어는 조용히 앉아서 우리가 머무는 고층 호텔의 창밖을 바라보며 내 말을 생각했다.

내가 말했다. "우리 마음이 텅 빈 것 같지는 않아요. 우리는 우리가 무지하다고 생각하지 않아요. 다 안다고 생각해요. 안타깝게도 현명한 사람만 열심히 배우지요. 당신이 사실이라고 말하는 것들에 대해 다른 말을 하는 교사들이 수없이 많아요. 보이는 것만큼 쉽지 않아요. 우리에겐 처음에 본 것보다 변명거리가 더 많아요."

우리는 여행을 하면서 여러 산업과 사회 환경에 관한 특별한 연구를 진행했다. 이제 우리는 경제학과 정치학에 관해 심층적인 연구에 돌입했고, 그다음 사회학, 사회심리학에 관해서도 연구했다. 엘라도어의 관심은 날로 커졌다. 그녀는 허랜드 시절 자신의 스승들이 이곳에 와서 도움을 주기를 누누이 바랐다.

엘라도어가 말했다. "스승님들이 정말 좋아했을 거예요. 지치거나 좌절하지도 않았을 거예요. 그저 정신없이 빠져들 테고, 즉시 도와줄 방법을 찾아냈을 거예요. 나조차도 깨닫는 게 있잖아요."

엘라도어는 종종 자신이 알아낸 것들의 이점을 알려주곤 했다.

"허랜드에서 우리가 아무런 문제가 없었던 이유는 남자가 없었기 때문이에요. 난 그렇게 확신해요. 당신들이 이렇게 대단한 발전을 이룬 건 남자가 있었기 때문이지요. 이 사실 역시 틀림없어요. 남자들은 정말 훌륭해요. 하지만…" 짧지 않은 침묵이 이어졌다. "당신들이 그렇게 많은 문제에 봉착한 이유는 남자들 때문이 아니라 남자들과 여자들 사이에 생긴 이 기이한 분열 때문이에요. 당신들은 서로 원활하고 유익하게 돕기보다는 서로에게 크나큰 정신적 고통을 안겨줬어요. 난 사람들이 그런 고통에 시달리고 있으리라고는 짐작도 못 했어요. 당연하지요. 어떻게 알 수 있었겠어요? 이 두 종류의 사람들은 분명히 서로 협동하며 살아가도록 적응했어요. 지금도 가끔 그런 모습이 보이기도 하죠. 하지만 대부분은 서로에게 상처를 입히고 서로를 비하했어요."

엘라도어가 한번은 이런 제안을 했다.

"다른 분야에서 그러듯, 참조 목적으로, 사실 규명을 위해 남자들과 여자들이 경제적, 사회적 공동체를 이루어 살아가는 실험장을 만들어 볼 수 없을까요?"

내가 엘라도어에게 물었다. "무슨 뜻이오? 우생학을 실행할 집단 거주지라도 만들자는 말이오?"

"놀리지 말아요, 밴. 내가 그렇게 어리석지는 않아요. 내 말은 그러니까 어느 곳이든 특정 땅을 취득한 다음 유능한 전문가를 고용해서 최상의 방식으로 재배할 경우 최대 수확량이 얼마나 되는지 알아보자는 거예요. 그리고 그 수확량을 생산하려면 몇 명의 노동자가 투입되어야 하는지 알아보는 거지요. 또 그 사람들이 최소 비용으로 건강을 유지하면서 행복하게 생활하려면 어떤 생활환경이 필요한지 알아보는 거죠. 그 실험을 통해 앞으로 나아갈 방향을 정하는 데 필요한 정보를 얻을 수 있을 거예요. 이 나라가 할 수 있는 일에 대한 명확한 근거를 확보할 수 있을 거예요."

"여보, 당신은 그 문제에서 인간적인 면을 간과했어요. 우리가 어디에 살지, 어떻게 살지, 무엇을 할지 결정할 때에는 헤아릴 수 없을 만큼 다양한 이유가 존재해요. 이론을 증명하자고 사람들을 체스판의 말 다루듯 할 수는 없어요."

놀랄 만큼 명료한 통찰력과 탁월한 시각을 지닌 엘라도어였지만 이곳의 사회학적 난국에 압도되는 것도 무리가 아니었다. 단순하고 편안한 삶에 익숙한 엘라도어였기에 우리 사회가 안고 있는 문제를 해결하는 과정에서 단순성과 용이성에 미혹되었던 것이다.

나는 이렇게 제안했다. "진단을 해보면 어떨까요? 일단은 증상만 고려합시다. 가장 잊히지 않는 증상이 무엇인가요?"

"신체적 증상 말인가요?"

"그래요, 일단 신체적 증상부터."

"토지가 방치되어 있고, 허비되고 있어요. 너무나 확연하고 끔찍하게 낭비되고 있어요." 엘라도어가 재빨리 대답했다. "보고 있으면 진절머리가 나고 울고 싶을 지경이에요. 물론 황무지라고만 생각하면 흥미로워요. 하지만 그 황무지 안에 사람들이 1억 명이나 살고 있어요. 다들 능력 있는 사람들이죠. 이게 우스운 일인지 소름 끼치는 일인지 모르겠어요. 수원(水原) 역시 관리가 소홀할 뿐 아니라 낭비되고 있죠. 오염이 심한 게 흉물스럽고 자포자기한 것 같아요. 교통수단은요…"

그녀는 말문이 막혔다. "내가 미국의 도로를 어떻게 생각하는지 당신도 알 거예요. 도시 거리는 더 심각해요. 도시에서 사람들이 때려 부수고 다시 짓는 걸 보면 인간의 주거지를 아예 건설해본 경험이 없는 사람들인 것 같아요. 때려 부수고 짓는 걸 반복하는 유치한 실험 같다고요. 밴, 도시는 새로운 발명품이 아니에요. 예측하고 계획을 세우면 돼요. 고대 이집트와 아시리아 사람들이 이미 그렇게 했어요. 지금은 다양한 지식과 배울 수 있는 과거가 있잖아요. 벤, 기차를 타고 도시를 여행하면서 본 가난하고 비참하며 더럽고 병든 풍경은 내게 유럽 전장에 있는 듯한 느낌을 주었어요. 병사들은 서로를 죽이려고 하잖아요. 당신들은 무의식적으로 그러고 있어요. 도시는 가장 아름다운 곳이에요. 당신도 기억하잖아요. 오, 벤!"

순간적으로 고향에 대한 그리움이 엘라도어를 엄습했다. 물론 나는 기억했다. 처음 저공비행 후 정원 같은 땅과 나무에 열매가 주렁주렁 매달린 공원, 유원지를 지나 숲 사이사이 이곳저곳에 티끌 하나 없는 그늘진 도로, 구불구불한 길과 긴 끈으로 이어진 듯 아름답게 자리 잡은 깨끗하고 화사한 작은 마을들 위를 가로지르며 날아올랐던 그 순간들을.

나는 하늘에서 내려다본 그 풍경부터 훗날 얻게 된 허랜드에 대한 상세한 지식까지, 이 모든 것을 떠올리면서 깊은 존경과 고통스러운 질투심을 느꼈다. 허랜드에는 빈민가가 없었다. 방치되거나 지저분한 곳도 없었다. 사람들로 빽빽하게 들어찬 아파트도 없었다. 사람들은 단독주택에 거주했으며 모든 주택은 정원 안에 있었다. 제조, 보관, 교환과 같은 대형 사업은 주거용 주택보다도 더 아름답게 지어진 건물에서 행해졌다. 그럴 수 있었다. 내 눈으로 똑똑히 목격했다.

"눈물이 나는 게 당연해요, 여보."

9

·

민주주의와 경제

어느 날 엘라도어가 말했다. "이건 정말 흥미진진한 연구예요. 허랜드에 있을 때 우리는 모든 게 순조로웠어요. 우리는 행복하고, 자연스럽게 성장했지요. 성장한다는 사실조차 거의 의식하지 못했어요. 그런데 미국인들이 행복하지 않다고 생각한다면 당신들이 가진 공감과 기운, 자부심 등 모든 것을 사용해서 이 상황을 바꿀 수 있어요. 미국인들에게는 그렇게 훌륭한 기회가 있는 거예요."

엘라도어가 말을 이었다. "내 진단을 심층적으로 연구하고 있어요. 어느 정도 처방이 나왔어요. 좀 더 일반화시킬 동안 기다려주세요. 이 '환자'는 동시에 너무 많은 병을 앓고 있기 때문에 그 질병들을 구분할 필요가 있어요.

새롭게 탄생한 이 젊은 국가는 구시대의 것들과 결별하기 위해 고군분투하고 있어요. 치명적인 질병, 왕정, 귀족주의는 물론 대대손손 땅과 돈, 육체와 영혼을 통제해온 봉건주의에서 벗어나기 위해 투쟁하고 있지요. 무엇보다도 강요되어온 믿음을 떨치기 위해 노력하고 있어요. 이 믿음은 사람들의 정신을 억누름으로써 전 세계를 오랫동안 퇴보시키는 역할을 했어요."

엘라도어가 덧붙였다. "사회적 관계가 발전할수록 인간에게 공감적 인식과 이해, 스스로 선택한 행동을 밀고 나갈 수 있는 의지, 자유롭고 강인하며 명민한 정신이 필요하다는 건 쉽게 알 수 있어요. 궁극의 진리라고 주장하는 강요된 믿음은 어떤 종교든 정확히 그런 주장 때문에 인류의 정신을 마비시키지요. 타 종교를 믿는 신도들이나 일반 사람들보다 자신들이 뛰어나다는 어리석은 우월감을 조장하거든요. 그러한 믿음은 박해라는 극단으로 치닫게 되고, 타인을 향한 연민이나 지각, 이해를 막아서지요. 그 결과 모든 행동은 그저 복종으로 귀결되고요."

엘라도어가 명랑하게 말했다. "그 점에서 사상과 믿음의 자유만 확고히 했다면 미국은 세계에 최고 수준의 봉사를 할 수 있었을 거예요."

"그리스인들은 사상과 믿음의 자유를 허용했지요? 로마인들도 마찬가지고요?" 내가 물었다.

"그렇긴 하지만 그건 결국 세상에서 '잊힌 예술'이 되고 말았어요. 어쨌든 당신들은 훗날 사상과 믿음의 자유를 받아들였어요. 그리고 미국은 훌륭하게 실행해나가고 있지요.

초기 민주주의를 확립할 때 당신들은 대단한 사업 한 가지를 또 벌였지만 결과적으로 성공적이지 못했어요. 그 이유는 첫째, 민주주의가 전 분야에 적용되지 않았기 때문이에요. 둘째는 당신들이 민주주의를 진지하게 연구하고 가르칠 필요가 있다는 사실을 깨닫지 못했기 때문이죠. 사람들은 남자들이 투표권만 행사하면 단번에 모든 게 잘될 거라고 생각했어요. 셋째는 민주주의가 기생충과 질병의 희생자가 되었기 때문이에요. 종교에 관해서는, 미국인들은 악질적인 제약에서 벗어남으로써 정신이 자유롭게 성장할 수 있는 발판을 마련했어요. 자연스러운 과정이에요. 정부에 관해서는, 미국인들은 사회적 과정을 확립했어요. 그 과정은 최고의 지식과 기술을 요구해요. 그 지식과 기술을 보유하지 못했으니 결과가 그렇게 좋지 못한 게 무리도 아니지요.

정부에 관한 처방이에요.

1. 모든 성인 시민들에게 참정권을 부여해야 해요. 미국은 그 작업을 시작했어요.

2. 모든 어린이가 지금까지 알려진 민주 정부의 간단한 체계와 원칙을 함양할 수 있도록 특별한 교육과 실습 기회를 제공해야 해요. 특별한 학생들을 위해 실험과 연구가 가능한 고급 과정과 시설도 갖추어야 해요. 미국은 이 작업 역시 이미 착수했어요.

3. 민주주의가 앓고 있는 질병과 치료 방법에 대한 세심한 분석과 보고가 필요해요. 민주주의에 영향을 미치는 기생충과 분명하고 철저한 치료 방법에 대한 주의 깊은 연구도 필요하지요. 당신들은 이 부분 역시 진행하고 있어요."

"기생충이라니 말이 조금 가혹한 것 아닌가요?" 내가 물었다.

"모질어져야 할 때예요, 밴. 나는 불교도가 아니라 삼림관리인이에요. 해충에게 먹히는 나무가 있으면 가능하면 해충을 박멸해요. 내 일은 나무를 키워서 과일과 견과류를 재배하는 거예요. 곤충을 키우는 게 아니라."

"물론 뽕나무가 누에고치의 제물이 될 때는 예외겠지요." 엘라도어는 내 말을 듣고도 나를 향해 미소만 지을 뿐이었다.

엘라도어가 말을 이었다. "미국인들은 왕에게 바쳤던 헌신을 민주주의에 돌릴 필요가 있어요. 평범한 사람을 죽이는 건 살인이지만 왕을 죽이는 건 시해라고 하지요. 한 사람이 다른 사람에게서 물건을 빼앗는 건 나빠요. 대중을 대상으로 강도짓을 하는 건 더 나빠요. 정부를 통해 대중에게 강도짓을 하는 건 높은 수준의 반역이에요. 혹시 아직도 고문이라는 형벌이 남아 있다면 반역죄는 가장 지독한 형벌로 다스려야 마땅하죠. 그런데 현 상황에서는 그런 일이 얼마나 일상다반사인지 힐난의 대상도 아니더군요. 강도짓이라고 부르지도 않아요. 대신 '뇌물'이나 '보조금', '감투'처럼 고상한 단어를 갖다 붙이지요."

물론 나는 이 모든 걸 알고 있었다. 하지만 그게 특별히 끔찍하다고 생각한 적은 한 번도 없었다.

그녀가 계속 말했다. "정치체제는 사회를 구동하는 시스템이라는 사실을 모르겠어요? 아기들이 배우듯 사회도 정치체제를 통해 특정 행동을 확인하고, 다른 행동을 하는 법을 배우게 돼요. 정치체제가 병이 들면 사회가 마비되고 약해지면서 혼란에 빠지게 되지요. 행동할 수 없게 돼요. 실제 예를 들자면 미국의 시정부들은 경찰관들부터 부패한 경우가 종종 있더군요. 대중들은 끊임없는 노력을 통해 무엇인가를 성취하고 싶어하는데 그것을 실행할 시스템이 작동하지 않는 거예요. 당신들은 이 사실을 모르는 것 같아요. 사람들이 가차 없이 비판하는 특정 폐해는 전혀 심각하지 않은 데 반해 일반적인 폐해는 전체 정치체제를 완전히… 정말…"

"휘청거리게 하지요." 나는 냉소를 머금고 말했다.

"네, 대략 그래요. 주정뱅이같이 힘이 없고 느리고 갈팡질팡하게 되지요."

"해결책은요." 내가 따져 물었다. "해결책은요?"

엘라도어가 말했다. "내가 방금 얘기한 처방에서 3번 다음이 해결책이에요. 개선책을 결정하려면 철저하게 연구하고 신중하게 실험할 필요가 있어요. 지금 언급하는 것들은 당장 실천해야 해요. 일단 보고서가 필요해요. 첫 부분에는 다른 국가에서 과거와 현재에 걸쳐 발생한 최악의 정부 부패 사례와 관련한 간략한 조사 결과가 실려 있어야 해요. 전반적인 설명뿐 아니라 특정한 사례와 함께 사람들의 실명과 그들이 저지른 범죄까지 모두 담아야 해요. 그런 사람들 때문에 국가가 어떤 대가를 치렀는지, 혼돈에 빠진 정부의 기능이 마비됨으로써 결정적인 전투에서 어떤 식으로 패배했는지 말이죠. 널리 알려진 악명 높은 반역자들과 이런 사람들 사이에 존재하는 유사점을 정리해야 해요. 그다음에는 우리나라에 대한 요약과 사례를 담아야 해요. 수로를 개선하기 위해 정부가 취한 법적 조치는 물론 올바른 정부 정책을 방해하고 왜곡하고 저지하기 위해 불법적으로 자행된 일들도 기술해야 해요. 강과 항구 법안의 최근 연혁도 포함되어야 해요. 최근에 이루어진 '도둑질'과 도둑질을 한 범인들이 징계도 받지 않은 상황까지! 관련된 상하원 의원들과 불법적으로 이익을 챙긴 지역의 수혜자들의 실명을 기술하고 공표해야 해요.

이런 보고서는 아이들도 이해할 수 있도록 단순하고 간결하게 작성해야 해요. 아이들은 성장 초기부터 나라의 중추부를 타락시키는 사람들을 가려내는 방법을 꾸준히 배워야 해요. 어떻게 나라를 도울지 연구하는 건 고사하고 투표조차 하지 않는 게으름뱅이들을 분간하는 방법도 배워야 하지요."

"새로운 종류의 여론이 필요하지 않나요?" 내가 조심스럽게 말했다.

"물론 필요하지요. 새로운 여론이 형성되어야 해요. 도둑이나 반역자를 알아보는 데에는 대단한 재능이 필요하지 않아요. 일단 나타나기만 하면. 하지만 미국에는 아직 모습을 드러내지 않았어요."

"아니, 엘라도어. 분명히 신문에는 그 부분과 관련된 보도가 굉장히 많았어요."

엘라도어가 나를 쳐다보았다. 나를 그저 바라보는 그녀의 표정은 마치 분출하기 일보 직전의 화산 같았다. 그녀는 자신의 감정을 굳게 억누르고 있었다.

"세상에! 그냥 다 말해요, 엘라도어! 빨리, 그냥 다 말해봐요. 우리 언론은 대체 뭐가 문제인 건가요?"

엘라도어가 웃었다. 다행스럽게도 그녀는 웃었고, 나 역시 그녀를 따라 웃었다.

엘라도어가 시인했다. "모두 다 말하면 책 열 권 분량은 될 텐데요. 그래도 어느 정도는 얘기해볼게요. 언론은 특별한 부문이에요. 처음부터 다시 시작해야 해요.

사회와 기생충, 질병 이 모든 게 흥미롭기 짝이 없어요. 모든 게 정상적이었던 허랜드에서는 모두들 사회에 대해 별로 자각하지 못하면서 지냈지요. 건강한 여자아이가 자신의 몸에 대해 잘 모르는 것과 비슷하다고 할 수 있어요."

나는 우리가 '그 남자'라고 지칭하듯 엘라도어나 다른 허랜드 사람들이 언제나 무의식 중에 '여자'라고 말한다는 사실에 주목했다. 물론 그들이 그렇게 말하는 이유는 모든 사람들이 여자이기 때문이다. 반면에 우리의 이유는 그다지 정당하지 않다.

"하지만 다른 국가들은 사회라는 조직체를 아주 고통스럽게 자각하고 있는 것 같아요. 별로 도울 능력도 없으면서 말이에요. 이제 당신도 미국이 너무나 많은 질병을 앓고 있고, 개중에는 다른 병보다 그나마 가벼운 질병이 있다는 사실도 알 거예요. 질병은 위험의 정도가 다양하고 부위에 따른 위험도 다 달라요. 심장이나 뇌에 문제가 생기느니 차라리 다리가 심각하게 아픈 게 나을 수도 있어요. 예를 들어 류머티즘은 매우 고통스럽고 장애를 초래하기도 하는데, 심장에 전염되면 그야말로 치명적인 질병이에요. 어떤 동물들은 몸의 구성물질이 인간과 판이하게 다르다보니 특정 질병에 걸릴 위험이 없어요. 지렁이는 실성할 일이 없고 조개는 신경쇠약에 걸릴 위험이 없지요.

사회가 새로운 기능을 갖게 되자 새로운 질병이 등장했어요. 일간신문은 굉장히 새로운 사회적 기능이에요. 최고의 기능이자 이루 헤아릴 수 없을 만큼 중요한 기능이지요. 언론이 류머티즘에 걸리는 게 농장이나 시장이 류머티즘에 걸리는 것보다 훨씬 심각한 건 바로 그런 이유 때문이에요."

"언론이 류머티즘에 걸린다고요?"

"네, 적절치 않은 비유인 것 같군요. 내 말은 언론이 심각한 병을 앓는 건 덜 중요한 다른 기능이 마비되는 것보다 훨씬 좋지 않다는 뜻이에요. 밴, 다시 전체를 봐요. 민주주의 사회는 모두가 모든 것을 알고 서로에게 공감하며 신속하고 강하게 행동할 필요가 있어요. 이런 목적을 달성하려면 지능 계발과 정보 공급은 물론이고 감정을 자극하고 전달하며 신속한 행동을 촉구해줄 조직을 도입해야 하지요. 학교는 두뇌를 훈련시키는 곳이에요. 하지만 언론은 거대한 조직이지요. 민주 사회는 이 조직을 통해 정보를 얻고 각성하며 행동하도록 자극받아요. 언론은 사회 속 감각기관이에요. 사람들은 언론을 통해 종합적으로 보고 듣고 느끼지요. 언론을 통해 종합적으로 행동하도록 자극받아요. 언론은 학교와 교회보다 늦게 등장했지만 그만큼 훨씬 중요해요. 민주주의에 반드시 필요한 수단이에요."

"인정해요. 모두 다 인정하고말고요. 그런데 여보, 명확하게 언급하지 않았을 뿐 당신이 말한 건 우리의 보편적인 믿음 아닌가요?"

"그래요, 미국인들은 언론에 대해 아주 많은 생각을 하는 것 같아요. 생각이 너무 많다보니 치료는 고사하고 언론이 가진 병폐마저 보지 못하고 있어요."

"흐음, 당신이 의사잖아요. 시작해요. 미국의 '선정적인 언론'과 '부패한 언론'을 매섭게 몰아붙인 비판이 많다는 사실을 당신도 알겠지요."

"아, 네. 그중 몇 개는 읽었어요. 하지만 언론이 가진 폐해는 건드리지도 않았더군요."

"계속해요. 직접 하도록 하시지요, 자매님. 귀를 기울이고 있으니."

엘라도어는 너무 심각한 나머지 진지하지 않은 나의 태도에도 짜증을 내지 않았다.

그녀가 천천히 입을 열었다. "이런 거예요. 이 새롭고 거대한 기능은 사람들이 더 중요한 것처럼 보이는 쟁점과 고군분투하고 있을 때 등장했어요. 아마 더 중요하다는 말은 사실이었을 거예요. 유럽에서는 언론이 주로 구정부의 도구로 사용되었어요. 그걸 두려워한 미국은 언론이 개인들의 도구로 쓰이는 걸 허용했어요. 그리고 지금은 금권정치 세력들의 도구로 전락하고 말았지요. 미국인들은 정치체제를 바꾸는 데에는 성공했지만 바뀐 정치체제와 어울리도록 생각과 감정을 바꾸는 데에는 실패했어요. 당신들은 마치 이 정부가 왕정이라도 되는 양 행동해요. 당신들과는 아무 상관 없는 조직인 것처럼 정부가 당신들 머리 위에서 떠들도록 내버려두고 있어요. 그리고 이 정부가 언론을 악용하기라도 할 것처럼 경계하다보니 정부에게 필요한 도구를 제공하는 걸 거부하고 있지요. 두 가지를 알아야 해요. 이 정부는 대다수 국민을 대신해서 의식적이고 단호한 행동을 취해야 하고, 국민은 정부가 온전한 권력을 소유하고 있는지 확인해야 해요. 민주주의는 자치, 즉 국민 모두가 주체가 되는 것이에요. 자기통제는 적을수록 좋잖아요?"

"당신은 정부 소유의 언론이 등장하기를 원해요? 우리는 유럽에서 국영언론을 본 적 있지만 별로 바람직하다고 생각하지 않았잖소." 내가 물었다.

"당신이 말하는 건 군주가 통제하는 언론이에요. 그렇지 않나요? 내 말은 그런 뜻이 아니에요. 당연히 민주적으로 통제되는 언론이어야 해요. 그 말은 모든 사람, 적어도 대다수의 사람들에 의해 통제되는 걸 의미해요. 지금 미국 언론들은 돈 버는 데에만 혈안이 된 개인이나 강력한 목적을 가진 중요한 '세력'에 의해 통제되고 있어요."

"당신이라면 어떻게 할 건가요? 그게 내가 알고 싶은 거예요. 많은 사람들이 언론을 비판하지만 더 좋은 방식을 제안하는 사람은 한 명도 없더군요. 기부금으로 운영하는 방식을 제안하는 사람도 있어요. 어쨌든 우리에게는 표현의 자유가 있어야 해요."

"밴, 내게 너무 많은 걸 기대해서는 안 돼요. 당연히 문제를 지적하는 것보다 치료법을 제시하는 게 훨씬 어려워요. 내가 보기엔 미국인들은 사실 전달 방식에 권위를 부여하면서 동시에 견해와 논평, 생각을 자유롭게 표현할 수 있을 것 같아요."

"당신 생각에 국영 언론이 정확한 사실을 전달한다는 신뢰를 얻을 수 있을 것 같아요?"

"그렇지 않다면 정부는 선거를 통해 살아남지 못할 정도로 강한 비판을 받게 될 거예요. 당신이 깨닫지 못한 게 있는데 사실 왜곡은 사회적 범죄예요. 그런데 미국 신문들은 원할 때마다 거짓말을 일삼고 있어요."

"미국엔 명예훼손에 관한 법이 있어요."

"난 중상모략이 아니라 거짓말을 말하는 거예요. 신문들은 자신들이 속한 쪽이 어디든 그쪽에 유리하도록 거짓말을 하지요. 그런데 거짓말을 해도 불이익이 없어요."

나는 웃음을 터뜨렸다. 아마 미국인이라면 모두 그랬을 것이다. "거짓말을 했다고 불이익을 주다니요! 과연 누가 가장 먼저 돌을 던질까요?"

"정확해요. 그게 고약한 부분이에요. 미국인들은 공공연한 거짓말에 너무 익숙해진 나머지 거짓말을 해도 개의치 않아요. 거짓말에 정신이 마비된 거예요. 굳은살이 박여서 감각을 잃어버린 거지요. 어떤 악행에는 민감하고 날카롭게 반응해야 해요. 그런데 당신들은 대수롭지 않은 일에 오히려 소란스럽게 대처하는 경우가 많더군요. 알겠지만 언론은 자신의 역할을 혼동하고 있어요. 그들은 자신들이 '여론을 표현'하는 '정보매체'라며 당당하게 표현의 자유를 주장하고 보호해달라고 요청하더군요. 하지만 신문들은 편견을 조장할 뿐이에요. 말에서 즐거움을 얻기 바라는, 아주 저급하고 통속적인 취향의 시장에 영합하고 있어요. 도대체 왜 '자유의 수호신'은 정신과 영혼을 퇴보시키는 저 '만화' 같은 존재를 그냥 두는 걸까요? 신문에는 정보도, 의견도 없어요. 미끼만 있을 뿐."

"사람들은 재미를 빼면 신문을 살 이유가 없어요."

"어떤 사람들이 그런다는 거예요? 당신도 그런가요?"

"아, 나는 당연히 살 거예요. 뉴스가 궁금하니까요. 하층 계급이 그렇다는 뜻이에요."

"'하층 계급' 사람들은 수준이 낮다보니 그날 뉴스에는 아예 무감해요. 그런 사람들에게는 범법자들과 취향이 비슷한 얼간이들에게나 어울리는 기사들이 딱이지요. 그런 사람들이 민주주의의 영구적인 일원이 되어 큰 부분을 담당할 수 있을까요?"

"당신 말은 우리가 제대로 된 신문을 출판하고, 대중이 그 신문을 통해 배우고 있는지 확인해야 한다는 건가요?"

"그러지 못할 이유라도 있나요?"

내가 그럴 수 없는 이유를 찾으려고 애쓰는 동안 엘라도어가 말을 이었다.

"신문들이 제 기능을 잘 수행한다면 교육 현장에서도 쓰임새가 많을 거예요. 고등학교에 재학 중인 청소년들도 시사 문제를 알아야 해요. 모두가 실제 뉴스를 간결하고 명확하게 요약한 기사들을 읽도록 해야 해요. 시간은 별로 들지 않을 거예요. 그리고 가장 중요한 뉴스를 선택한 다음 선택한 이유를 적도록 해야 해요.

당신들이 찍어내는 이 '범죄와 사상자' 목록은 뉴스가 아니에요. 알파

벳을 나열한 것처럼 단조로워요. 필요한 건 그저 목록이고, 사회라는 병실에 걸린 게시판이지요. 전문가들만 관심을 가져요. 아이들도 날마다 세상이 어떻게 돌아가는지 보도록 가르쳐야 해요. 아이들도 관심을 가져야 하고 책임감을 느껴야 해요. 그런 식으로 배운 사람들은 미끼 물듯 천박한 소식에 이끌려 신문을 읽는 일은 없을 거예요."

나는 도무지 이 일이 문제라고 생각되지 않았다. 정부가 발표하는 기상 정보는 신뢰할 수 있는데 사회 소식은 왜 그럴 수 없단 말인가?

엘라도어가 말을 이어갔다.

"최고의 두뇌와 최고의 지원이 필요해요. 나라의 모든 시민은 신문이 보도한 내용에 관심을 갖고 기사를 읽어야 해요. 논평이나 의견은 얼마든지 자유롭게 싣되, 순수 뉴스와 분리해서 따로 실어야 해요. 원하는 누구든 의견을 게재할 수 있어요. 그런데 왜 개인 의견을 공적 사실에 끼워놓는 걸까요, 밴?"

"좋아요. 의구심이 들긴 하지만 진단을 받아들일게요. 너무 간단한 게 꺼림직하지만 제안한 치료법도 받아들이고요. 계속해봐요. 또 우리를 병들게 하는 게 뭔가요? 모든 성인이 참정권을 갖고, 신뢰할 만한 신문을 발행하고, 천연자원을 제대로 보호하고 적절히 개발해서 활용하는 것, 처음에는 이러면 충분할까요?"

"인구의 절반이 번 수입으로 건강도 제대로 유지하지 못하는 동안은 안 돼요."

나는 신음 소리를 냈다. "알겠어요. 그 부분도 고려합시다. 당신이 말하는 사회주의에 대해 생각해봅시다. 당신은 발전이나 혁명을 통해, 아니면 둘 다에 의해 사회주의가 실현되기를 바라는 건가요?"

엘라도어는 나의 거짓 동정에 속지 않았다. "밴, 당신은 사회주의에 무슨 편견이라도 가지고 있는 건가요? 왜 항상 약간 조롱하듯 말하는 거죠?"

나는 잠깐 깊은 생각에 잠겼다.

"아마도 내가 대학 시절 받은 교육과 대부분의 시간 동안 함께 살아온 사람들 때문인 것 같아요." 내가 대답했다.

"그렇다면 사회주의에 대한 당신의 진짜 생각은 무엇인가요?"

그것 역시 생각해봐야 했다.

"글쎄요, 이론은 옳다고 생각해요." 내가 말문을 열자 엘라도어는 내 말을 끊고 질문을 던졌다.

"당신이 아는 이론이라는 게 무엇인가요?"

그 질문에 내 한계가 드러나고 말았다. 내가 사회주의에 대해 말할 수 있는 내용이라고 해봐야 다른 사람들에게서 들은 내용과 부정적인 신문기사와 비평, 별 소득 없이 끝났던 복잡한 마르크스 교리에 대한 탐구, 특정 사회주의자의 논문과 소논문을 보면서 가졌던 비판적인 느낌들이 전부였기 때문이다.

엘라도어는 친절하게 말했다. "어디서든 접할 수 있는 것들이군요. 그게 사회주의에 대한 당신 생각이란 말이지요. 이제, 아주 솔직하게, 아무것도 감추지 말고 말해줘요. 사회주의에 대한 당신의 느낌은 어떤 건가요?"

나는 내 감정이 내가 아는 사실과 어떤 관련이 있는지 깨닫지 못한 채 망설이지 않고 사회주의 사회는 게으른 자들의 천국이자 약자가 타인에게 업혀 가는 사회이며 능력이 뛰어난 사람과 그렇지 않은 사람이 받는 보상이 똑같은 사회라고 일갈했다. 또 사회주의는 증오와 불의로 가득 찬 계급운동으로, 사회주의 체제에서는 그 누구도 '더러운 일을 하려'들지 않을 것이며 '그런 세상에서는 살 가치가 없다'는 취지로 일반적인 미국인들이 가지고 있는 감정을 두서없이 쏟아냈다.

엘라도어는 현재 미국에서 통용되는 막연하기 짝이 없고 오해로 가득한 이 말과 마치 '남부끄럽긴 하지만 그게 내 생각'이라고 말하듯 죄책감을 느끼면서도 도전적인 내 태도에 깔깔거리며 웃었다.

곧 냉철함을 되찾은 엘라도어는 나를 지나 저 먼 곳을 바라보았다. 마치 나를 꿰뚫어 보는 것 같았다. 그녀가 말했다. "당신이 아니에요, 여보. 그건 미국이 말하는 거예요. 미국은 스스로를 부끄러워해야 해요. 그렇게 통찰력이 부족할 수 있을까요! 정말 너무 순진하군요. 조금만 공부해도 오류가 금방 드러날 거짓말을 그리 쉽게 믿다니! 이 나라가 서 있는 기반인 원칙들을 그렇게 두려워하다니요!"

"이 나라는 개인의 자유라는 원칙 위에 서 있어요, 정부의 소유권이 아니라." 내가 항변했다.

"노동자들이 대체 무슨 개인의 자유를 누리고 있나요?" 엘라도어가 대꾸했다. "열악한 환경에서 태어나 잘 먹지도, 입지도, 배우지도 못한 아이는 어떤 직업을 선택할 수 있을까요? 당신이 '자유 경쟁'이라고 부르는 건 오래전 과거 이야기예요. 당신은 그 '자유 경쟁'이 실제로 이루어지는 걸 본 적도 없는걸요. 사실은 바뀌었지만 사람들 마음속 생각은 그대로예요. 당신들이 만든 이 산업사회는 겐트*가 말한 '봉건제' 상태에 머물러 있어요. 겐트의 말이 맞아요. 지금 미국은 강도 귀족**의 수중에 있던 유럽 같아요. 고군분투하고 있는 미국 노동조합들은 그 당시 귀족들로부터 탈출하고자 했던 농노들과 하등 다를 바 없어요. 역사나 경제학 서적을 들춰보지 않아도 다 알 수 있는 사실이지요. 그 문제에서 내가 당혹스러운 건 대중들의 이해가 느리다는 점이에요. 미국인들은 똑똑하고 어느 정도 교육도 받은 사람들이에요. 그런데도 문제를 제대로 보지 못하는 것 같아요."

"여보, 우리 미국인들이 다른 나라 사람들보다 이해력이 떨어지는 건가요? 그 사람들에게는 이 모든 게 명약관화한 사실인 건가요?"

엘라도어는 세계를 바라보는 새로우면서도 명확한 관점으로 과거와 현재에 대해 생각하며 잠시 조용히 앉아 있었다.

그녀가 말했다. "그렇지 않아요. 아마 뉴질랜드 사람들을 제외하면 어느 나라 사람들이고 어느 한 가지 뚜렷하게 나은 게 없는 것 같아요. 물론 국가별로 저마다 잘 아는 분야가 있겠지요. 그런데 미국은 장점은

* William James Ghent(1866~1942). 미국의 사회주의자이자 작가.

** 중세 시대 라인 강 주변에 살면서 자신의 영지를 지나가는 여행자들에게 통행료를 받던 귀족들을 가리킨다.

많은데 정작 문제가 뭔지 몰라요. 당신은 문제를 모르는 건 다른 국가들도 마찬가지라고 말하고 싶겠지만 미국은 할 수 있어야 해요. 미국은 자유로운 국가예요. 그리고 문제를 파악하면 행동에 옮길 수 있으니까요. 밴, 미국인들은 변명할 수 없어요. 최고의 이점을 가졌잖아요. 당신들은 용감하게 출발했어요. 멋지게 시초를 확립했지요. 그러고는 편하게 앉아서 조상들과 미국이 보유한 자원, 앞으로의 전망에 대해 자랑스럽게 떠벌렸어요. 온몸을 기어 다니고 있는 기생충들을 내버려둔 채."

엘라도어의 눈빛은 심각했고, 어조는 진지했으며, 말은 공격적이었다.

"이것 봐요, 엘라도어, 왜 그런 표현을 쓰는 거요. 굉장히 불쾌하군요."

"거머리 떼처럼 공공 재산을 빨아먹고, 벼룩처럼 법망을 이리저리 피해 다니고, 자유롭게 번식하기 위해 특별 입법이라는 거미줄을 치고, 공공사업 주변에 어슬렁거리면서 자기 개인사업을 확장하는 사람들을 달리 뭐라고 부를까요? 예를 들어 극장 입구에서 서성대는 암표상들을 해충이 아니면 뭐라고 부를 건가요? 단순히 티켓을 훔쳐서 연극을 보는 건 이런 짓과 비교하면 차라리 깔끔하고 남자다운 행동이에요. 솔직히 역겹긴 하지만 별로 대수롭지도 않아요. 사람들은 아마 조금 투덜거리다가 말 거예요.

좀 더 큰 범죄로 주제를 바꿔볼까요. 난 침대차를 강탈해 간 자들을 당신이 뭐라고 부를지 궁금해요. 어느 정도 크기까지 해충일까요? 벼룩의 길이가 1야드라면 해충은 맹수 정도 되겠지요?"

"당신은 확실히 극단적이에요, 여보. 그건 그렇고 침대차를 싫어하는 이유가 뭔가요? 난 항상 우리 서비스가 굉장히 훌륭하다고 생각했소만."

엘라도어는 자애롭고 참을성 있는 표정으로 나를 바라보면서 천천히 고개를 저었다.

"약탈자들에 대한 미국 사람들의 체념은 마치 병든 새끼 고양이의 그것과 비슷해요. 우리가 집어 들었다가 곧바로 내려놓고는 손을 털 수밖에 없었던 작고 홀쭉했던 그 불쌍한 동물 기억나요? 밴 제닝스 씨, 당신은 미국인들이 침대차 회사로부터 철저하게 털리고 있다는 사실조차 모른다는 말인가요? 이것 좀 보세요." 엘라도어는 숫자들이 쓰인 깔끔하고 작은 종이들 중 한 장을 내밀었다. 나는 그 숫자들로부터 얼마나 많은 걸 알게 됐는지 존경스러울 정도였다. 엘라도어가 제시한 숫자들은 대단히 파괴적이었다.

"특별칸이나 일반 객실—이건 내가 따로 세지 않을 거예요—옆에 있는 침대차에는 2인용 침대가 열두 개 있어요. 이미 티켓을 샀다면 승객 스물네 명은 객차를 이용할 권리가 있어요. 스물네 시간당 평균 가격은 5달러예요. 이 5달러를 내면 낮 동안 반 개의 좌석이 아닌 전체 좌석을 쓸 수 있어요. 타려는 사람이 너무 많으면 추가 좌석들을 다른 희생자들에게 팔지요. 나는 침대칸에 서 있는 사람들도 본 적이 있다니까요! 밤에는 누울 수 있는 공간이 있어요. 폭과 높이는 각각 90센티미터이고 길이는 180센티미터예요. 그리고 사생활 보호용 커튼이 달려 있어요."

"그래도 사람들은 항상 기차를 타잖아요." 내가 주장했다.

"사람들은 객차나 특등 객차를 이용해요. 5달러는 교통비가 아니에요. 교통비는 이미 지불했어요. 이 돈은 특별한 숙박시설을 위해 낸 거예요. 난 지금 침대차 시설이 어떤지, 승객들이 어떤 식으로 갇혀당하고 있는지 말하는 거예요. 밤에 사람들이 어떤 식으로 자는지 당신도 알 거예요. 가격 좀 보세요."

"2달러 50센트면 그렇게 비싼 가격도 아니에요." 내가 주장했다. 하지만 엘라도어는 가차 없이 주장을 밀고 나갔다. "이 호텔에서 그곳과 같은 크기의 공간과 비교하면 비싸다고 생각하지 않아요?"

나는 그 당시 우리가 묵었던 1급 호텔 내 편안한 객실을 둘러본 다음 침상 두 개가 놓인 침대칸에서 보낸 전날 밤을 생각했다. 이 방의 크기는 길이가 3.7미터, 폭이 4.3미터, 높이가 3미터에 창이 두 개 있었다. 방에는 옷장과 화장실이 딸려 있었고 가구는 현대적이고 편리했으며 침대는 넓고 편안했다. 크기가 똑같은 내 방은 이 방 옆에 있었으며 역시 편안했다.

엘라도어가 말했다. "이 방은 스물네 시간에 2달러예요. 침대차는 5달러였어요."

"침대차는 생산하는 데 비용이 많이 들잖아요." 나는 미약하게나마 주장했다.

"호텔보다 더 큰 비용이 드나요? 호텔은 토지를 임대해야 하고 세금을 내야 해요."

"침대차는 항상 만원이 아니잖아요." 내가 주장했다.

"호텔 역시 마찬가지 아닌가요?"

"하지만 침대차는 움직여야 해요."

"맞아요. 그래서 철도 회사가 이동 비용을 지불하지요." 그녀가 승리했다.

서비스에 대해 한마디 하고 싶었던 나는 그래봤지만 엘라도어에게 조롱을 당하고 말았다.

"침대차에는 승객들을 위한 차장이 한 명 있고 짐꾼은… 당신도 알다시피 승객들이 대부분 짐꾼에게 비용을 내요."

나도 물론 알고 있었다.

엘라도어가 말했다. "내가 계산한 방식은 이래요. 물론 침대차 사업에 대한 정확한 정보는 없어요. 그리고 그 사람들은 정보를 공개하지 않을 거예요. 어쨌든 이런 방식으로 계산해봅시다. 특별칸을 포함한 각 객차의 평균 승객 수가 스무 명이고 주간 요금이 5달러라고 가정합시다. 그러면 하루 수입이 100달러이고 각 객차의 1년 수입은 36,500달러가 되지요. 이제 회사는 짐꾼에게 한 달에 30달러 혹은 그 이하를 지불해요. 나머지는 손님들이 지불하도록 하지요. 각 객차에서 일하는 차장의 월급은 50달러가 넘지 않을 거예요. 비용이 한 달에 50달러니까 연간 봉사료는 600달러가 되는군요. 그리고 세탁과 청소 일이 있어요. 시트 40장, 베갯잇과 수건이 포함되는데 여기에는 정액요금제가 적용돼요. 여정이 끝나면 객차를 보수해야 하는데, 연간 비용이 800달러 이상 들 것 같지는 않군요. 그 외에 보험과 감가상각, 수선비가 포함되어야 해요."

"아니, 엘라도어, 대체 이 상세내역들은 어디서 들은 건가요? 평소처럼 사업가들과 얘기한 건가요?"

엘라도어가 동의했다. "물론이에요. 나는 그 숫자들이 굉장히 자랑스러운걸요. 나머지 비용을 연간 1,600달러로 책정하겠어요. 그럼 경상비(經常費)가 3천 달러예요. 침대차는 운영하는 데 따르는 비용을 받고 있어요. 그게 얼마나 되는지 모르겠지만. 수입에서 경상비를 빼면 33,500달러가 남아요. 여기서 승객이 예상보다 적을 수도 있으니 아량을 베풀어서 3,500달러를 제하도록 하겠어요. 그럼 매년 3만 달러라는 확실한 소득을 올릴 수 있어요. 이 돈은 30만 달러의 10퍼센트에 해당해요. 당신, 솔직히 침대차 한 대를 생산하는 데 30만 달러나 들 거라고 생각하지는 않겠지요, 밴?"

물론 그렇지 않았다. 나는 훨씬 잘 알았다. 누구라도 잘 알 것이다.

엘라도어는 차분하게 말을 이었다. "침대차를 생산하는 데 10만 달러가 든다면 침대당 1.75달러를 받아도 여전히 이른바 '수익을 낼' 수 있어요. 10퍼센트라면 타당한 '수익'이지요. 하지만 추가로 20퍼센트를 받는다면 난 가혹한 착취라고 말하겠어요. 당신은 그런 걸 뭐라고 부르나요?"

"별다른 말로 부르지 않았어요. 전혀 몰랐으니까요."

엘라도어가 고개를 끄덕였다. "그래요. 미국인들은 아무 말 없이 적정 비용보다도 세 배나 많은 돈을 내면서 살아가고 있었던 거예요. 사업가들은 모든 면에서 밤낮으로 당신들의 피를 빨아먹고 있어요. 자, 이제 이 흡혈귀들이 맹수라면 싸워서 그들을 정복하세요. 만약 그들이 해충이라면, 물론 당신이 이 말을 꺼린다는 걸 알지만, 당신은 그 해충을 기꺼이 감내하는 사람들을 어떻게 생각해요?"

10

·

인종과 종교

친숙한 환경에서 엘라도어와 이곳저곳을 돌아다니며 그곳에 있을 거라고 한 번도 상상해본 적 없는 것들과 마주치는 일은 언제나 흥미로웠지만 가끔은 고통스럽기도 했다. 그건 마치 눈부신 빛이 깜깜한 곳을 비추는 것 같았다. 하천선이 이동하면서 비추는 탐조등 불빛이 해안의 이모저모를 드러내듯, 엘라도어가 미국인들의 이런저런 생활상에 눈길을 돌리는 순간 주변의 어둠 속에서 이내 그 특징이 선명하게 드러나는 것이었다.

나는 똑똑한 여자들이나 학식 있는 여자들, 심지어 재능이 뛰어난 여자들도 몇 명 알고 있었다. 그런데 학식 있는 여자들은 좀 진지한 경향이 있고, 똑똑한 여자들은 스팽글 달린 옷을 입은 곡예사처럼 반짝반짝 빛나지만 이리저리 튀었으며, 재능이 뛰어난 여자들은 별들 사이에 존재하는 행성처럼 자신은 돋보이지만 다른 것들을 밝히지는 못했다.

엘라도어는 단순하고 겸손했다. 그녀는 자신이 우리 문명을 잘 모른다는 사실을 항상 염두에 두면서도 눈에 보이는 건 확실하게 인식했으며 자신의 말을 듣는 사람들도 그것을 깨닫도록 도와주었다. 나는 그녀를 보면서 우리 마음에 가득한 편견과 감정에서 자유로운 게 정말 특별한 힘임을 이해하기 시작했다. 예를 들어 엘라도어는 유색 인종 문제를 거론할 때 감정을 배제하고 냉철한 태도를 유지하며 이런저런 방식으로 논의할 수 있었다. 한번은 그녀와 남부 출신 사회학자의 대화를 들은 적이 있는데, 그는 특히 이른바 '인종 갈등'을 강하게 주장했다.

그는 우리가 참석한 어느 학술대회에서 논문을 발표하고 있었다. 논문의 내용은 매우 진지했고 강렬한 감정과 취사선택한 사실로 가득 차 있었다. 그는 흑인들이 선천적으로 게으르고 일하기 싫어하며 배울 능력이 없다고—특히 이 부분을 강하게 주장했다—말했는데, 그중에서도 '흑백 혼혈아'에 깊은 공포를 드러냈다. 그는 그 단어를 언급하면서 극도로 혐오스러운 표현을 동원했는데, 흑백 혼혈이 불가능하다는 말에도 그의 깊은 혐오는 줄어들지 않았다.

그가 단언했다. "선천적이고 극복할 수 없을 만큼 뿌리 깊고 보편적인 반감이 자리하고 있으며 이로 인해 흑인과 백인은 영구적으로 분리될 수밖에 없습니다."

그 후 엘라도어는 주변의 여러 사람들과 함께 그와 얘기할 기회를 갖게 되었다. 그는 자리를 피하기에는 지나치게 정중하거나 재치가 부족했다. 일단 엘라도어는 전쟁 전에 일할 수 있는 좋은 몸을 가진 흑인들의 시장가격이 얼마인지 물었고, 자신이 읽은 내용을 바탕으로 천 달러 정도 되지 않느냐고 덧붙였다. 그는 별생각 없이 엘라도어의 말에 동의했다. 그녀는 한 발 더 나아가 노예주(州)에 흑인 교육을 금지한 법이 있는지, 그리고 여전히 흑인과 백인의 결혼을 금지하는 법이 있는지 물었다. 그는 그런 법들이 있다고 대답했다. 그럴 수밖에 없었다. 그러자 엘라도어는 갑작스러운 노예 해방이 많은 부자들을 파산시키지 않았느냐고, 미국 남부인들이 소유한 부의 대부분이 노예와 노예 노동의 산물이 아니었냐고 물었다. 이 역시 부인할 수 없는 사실이었다.

"그런데," 엘라도어가 말했다. "아직도 이해가 가질 않는군요. 일을 할 수 없거나 일을 싫어하는 흑인 노예의 몸값이 왜 천 달러나 되었을까요? 그리고 노예 주인은 비능률적인 흑인들을 부리면서 어떻게 부를 축적했을까요? 흑인들이 아무것도 배우지 못한다면 흑인 교육을 금지하는 법을 제정할 필요가 있었을까요? 또 인종을 가를 만큼 극복할 수 없는 반감이 존재한다면 왜 인종 간 결혼을 막는 법이 존재하는 걸까요?" 물론 그는 상당히 격분했다. 주위에는 그의 발표를 들은 사람들이 꽤 많았는데 그들 중 일부는 상당히 흥미를 느끼는 것 같았다. 사회학자는 격렬한 어조로 그 반감은 깊게 자리 잡고 있으며 적어도 남부 사람들 모두가 그 사실을 알고 있다고 주장했다.

"몇 살부터 시작되나요?" 엘라도어가 사회학자에게 물었다. 엘라도어가 던진 질문의 뜻을 이해하지 못한 그가 그녀를 멀뚱하게 쳐다보았다.

"그 타고난 반감 말이에요. 저는 흑인 유모에게 아주 사랑스럽게 찰싹 달라붙어 있는 남부의 아기들을 본 적 있어요. 반감은 몇 살에 생기는 건가요?" 벌겋게 달아오른 사회학자는 이런저런 얘기를 했다. 하지만 엘라도어가 제기한 의문을 충족시킬 만한 말은 한 마디도 없었고 주로 앞서 한 말의 되풀이일 뿐이었다. 그러자 엘라도어가 침착하게 말을 이어갔다.

"그리고 수백만 명이나 되는 흑백 혼혈 말이에요. 그들은 법을 위반했을 뿐 아니라 그 극복할 수 없는 반감에도 반하는 존재 아닌가요?"

사회학자는 엘라도어의 이 말이 너무나도 여성스럽지 못하다고 생각했는지 성급한 핑계와 함께 자리를 떴다. 하지만 그의 주장은 곧바로 또 다른 남자에 의해 옹호되었다. 그의 연설은 짧고 상당히 감정적이었다. 특히 노예 주인의 아이들에 대해 언급할 때는 감정이 격해진 나머지 당연한 말이지만 그의 추론에서 명료한 구석을 찾기 힘들었다. 그래도 이 남자의 연설은 간결하고 들을 만했는데, 대부분은 남부의 상류층 여인들에 관한 내용이었다. 그는 연설에서 자신을 포함한 모든 남자들은 남부 여자들과 유색 인종과의 아주 작은 사회적 접촉마저 막기 위해, 흑인 남자들로부터 청혼을 받는 혐오스러운 일로부터 여자들을 보호하기 위해 기꺼이 목숨을 바칠 것이라고 말했다.

엘라도어는 빛나는 눈으로 그를 응시한 채 천천히 입을 열었다. "그러니까 당신 말은 만일 흑인 남자들이 자유롭게 백인 여자들에게 청혼을 할 수 있다면 백인 여자들이 그 청혼을 받아들일 거란 뜻인가요?"

이 말을 들은 그 남자는 공포에 사로잡혔다. "남부의 백인 여자들은 개하고 혼인할지언정 흑인 남자와 결혼하는 일은 없을 거요."

"그렇다면 여자들에게 그 결정을 맡기는 게 어떨까요?" 그녀가 물었다.

남자들은 엘라도어의 조심스러운 질문에 심하게 짜증을 내는 것 말고 별다른 동요가 없었지만 이 질문은 그 자리에 있는 많은 사람들에게 영향을 미쳤다. 인종 문제로 관심을 돌린 엘라도어는 시간이 흐른 후 시간이 오래 걸리긴 하겠지만 결코 어려운 문제는 아닌 것 같다고 내게 말했다.

"백인 인구는 9천만 명에 이르는데 흑인은 물라토와 쿼드룬, 옥타룬을 모두 포함해서 1천만 명 정도로군요." 엘라도어가 말했다.

"인종 간 결혼을 통해 태어난 혼혈들 말이에요, 백인 남자들이 기존 관습을 따른다면 흑인이 사라질 때까지 어느 정도 시간이 걸리는지 산술적으로 계산할 수 있어요."

"그렇지만 인종적 자부심을 간직하고 있고, 혈통에 충실한 번식을 선호하는 흑인들도 여전히 존재할 거예요. 그럼 어떻게 하지요?" 내가 말했다.

"그들이 품위 있고 질서를 지키며 발전적인 사람들이라면 분명히 아무런 문제도 없어요. 우려되는 건 그렇지 않은 흑인들이에요. 답은 어렵지 않아요. 효과적인 교육을 의무적으로 받도록 하고, 공정한 임금과 적절한 고용을 보장하고, 좋은 환경을 제공하는 거예요. 여보, 아직 모르겠어요?" 그녀가 말을 중단했다. "그게 불가능한 게 아니라는 건 이미 성취한 결과들이 증명하고 있어요. 백인들은 사악하게도 수많은 흑인들을 바다 건너로 억지로 끌고 와서 몇 세대 동안 노예로 부렸지요. 그런데 그

기간 동안 야만인이었던 이 사람들은 대단한 발전을 이루었어요."

엘라도어는 내 앞에서 흑인들이 이룬 업적들을 줄줄 읊었는데 그 내용이 실로 대단했다. 흑인들이 부와 산업, 직업, 심지어 예술 분야에서 이뤄낸 발전은 환경을 고려하더라도 믿기 힘들 정도였다.

"당신들은 문화적 환경을 개선하고 발전 속도를 앞당기기만 하면 돼요. 전혀 어려운 일이 아니지요."

나는 엘라도어에게 말했다. "놀랍군요. 당신은 저 멀리 떨어진 당신의 작은 낙원을 떠나 공포와 어리석음이 뒤얽힌 우리 세계에 뛰어들었어요. 그리고 처음 충격을 극복하자마자 우리에게 지혜가 담긴 알약들을 처방해주는군요. 한두 알만으로도 이 세상을 바로잡을 수 있을 것 같아요."

"그럴 수 있어요. 약을 복용하기만 한다면 말이죠." 엘라도어가 말했다.

"그 말, 진심이오?" 내가 물었다.

"그럼요, 왜 아니겠어요? 밴, 당신들은 평화와 행복을 이루는 데 필요한 요소를 다 갖췄어요. 성장하기 위해 천 년의 시간을 기다릴 필요가 없다구요. 이미 성장하고 있으니까요. 다르게 행동하기만 하면 돼요."

나는 웃음을 터뜨렸다. "그게 문제예요, 여보. 내가 파악한 바로는 허랜드 사람들은 생각하고 결정한 대로 행동했어요. 하지만 우리는 그러지 않아요."

"그래요." 엘라도어는 떨떠름하게 인정했다. "당신들은 그러지 않아요. 아직은. 하지만 할 수 있어요. 그럴 의지만 있다면 당장이라도 할 수 있어요." 그녀가 자신만만하게 주장했다.

나는 이 거대한 문제를 제쳐놓고, 유대인 문제도 흑인 문제처럼 간단한 해결책이 있는지 엘라도어에게 물었다.

"질문이 뭐죠?" 그녀가 되물었다.

"한두 질문으로 끝나지 않을 것 같군요. 일단 내 질문은 왜 사람들이 유대인을 싫어하냐는 거예요." 내가 천천히 대답했다.

"밴, 그 질문은 비판을 모면하기 힘들겠지만 나는 당신 질문을 엄격하게 다루지 않을 작정이에요. 모든 사람들이 유대인에게 편견을 가지고 있진 않아요. 솔직하게 이야기하면 이 문제는 대단히 광범위해요. 뿌리도 더 깊고, 더 오래된 문제이기도 해요. 좀 더 신중하게 탐구할 주제라고 할까요?"

나는 빙긋 웃었다. "흐음, 박학다식한 아가씨, 뭘 알아냈나요?"

"나는 곧 이 민족에 대한 보편적인 혐오가 유대인과 기독교인 사이에 존재하는 종교적 차이 때문이 아니라는 사실을 깨달았어요. 이 감정은 아주 오랜 고대부터 굉장히 보편적이고 강력했던 것 같더군요."

"그렇다면 유대인을 향한 감정이 '극복할 수도 없고 뿌리 뽑을 수도 없는' 반감 같은 인종적 감정이라고 생각해요?"

엘라도어가 말했다. "그렇지 않아요. 다른 셈족이나 관련 종족에 대해서는 일반적인 혐오감이 없으니까요. 그런 감정은 아닌 것 같아요. 중요성이 각기 다른 설명을 몇 가지 할 수 있는데, 그중 한 가지는 바로 이거예요. 유대인은 사회 구성원들 간 결혼이라는 극도로 원시적인 풍습을 보존하기 위해 노력한 종족 중에 유일하게 생존한 근대 민족이라는 사실이지요. 어느 민족에게나 족외(族外) 결혼이 이상적이며 보편적으로 받아들여지고 있어요. 그런데 언제나 다른 어느 민족보다 자신들이 우월하다고 여겼던 유대인들은 족외 결혼을 막기 위해 노력한 유일한 민족이에요."

"당신은 두 번이나 노력했다고 말했어요." 내가 끼어들었다. "그들이 성공을 거두지 못했다는 말이오?"

엘라도어가 활기차게 대답했다. "당연히 실패했어요. 자연법에 반해서 살아가려는 노력은 대부분 성공하지 못하는 법이지요."

"하지만 유대인들은 자신들이 유지해온 종족의 순수성을 자랑스럽게 생각해요."

"그래요, 알고 있어요. 다른 민족도 그 사실을 받아들이고 있어요. 하지만 밴, 예를 들면 당신도 스페인계 유대인과 독일계 유대인들 간 차이점을 눈치챘을 거예요. 게토가 있긴 하지만 사회계약법도 많은 영향을 미치지요. 눈과 머리카락 색깔을 바꾸기는 힘들어요."

"여보, 종교와 인종이 아니라면 도대체 이유가 뭐란 말이오?"

"제가 생각하는 다른 두 가지 견해는 사회학적 관점과 심리적 관점이에요. 유대인들은 사회 진화라는 연속적 단계 중에 부족 단계에서 더 나아가지 못한 것 같아요. 유대인들은 진짜 국가를 형성하지 못했어요. 그들은 명백히 그럴 능력이 없어요. 필연적으로 타국에 살 수밖에 없지요."

"왜 그럴 수밖에 없는 건가요?" 내가 끼어들었다.

“사람들은 죽지 않는 한 어디서든 살아야 하잖아요, 밴. 전에 아무도 살지 않은 땅이나 전에 살던 주민들의 묘지 위에 새로운 나라를 세우지 않는 한 타국에서 살아야 해요. 그렇지 않나요?”

“하지만 한때는 그들도 국가였어요.”

“어떤 의미에서는 그렇지요. 그들에겐 먹고살 만한 한 자락 땅이 있었어요. 그곳에서 국가가 아닌 부족의 형태로 생활했죠. 유대인들의 설명에 따르면 열두 부족 중 열 부족이 사라졌는데도 나머지 부족들은 개의치 않은 것 같아요. 그들은 국가라고 부르는 사회 조직의 단계를 제대로 유지할 수 없었어요. 훨씬 적은 사례인 집시들처럼 유대인도 종족끼리 모여 생활한 것에 불과했지요. 국가같이 명확하게 정의된 집단 속에서 생활하는 민족들은 인종적 반감보다도 생경한 유대인들의 생활 방식에 사회학적 혐오를 갖고 있어요. 유대인들은 그들과 함께 살지만 그들의 일부가 아니지요.”

“엘라도어, 하지만 근대의 유대인은 어느 나라에서 살든 훌륭한 시민으로 살아가고 있잖아요?”

“어디에서든 대체로 훌륭한 시민으로 살고 있지요.” 엘라도어가 동의했다. “하지만 유대인들만의 독특한 생활 방식이나 전통적인 결혼관은 마지막으로 언급할 심리적 차이가 없었다면 진즉 사라졌을 거예요.”

“『블랙우즈』에 등장하는 작가가 스페인에 대해 ‘스페인 사람들이 스페인 사람처럼 말하고 행동하는 건 그들의 마음속에 스페인스러운 게 있기 때문이다’라고 언급한 것과 같은 맥락인가요?”

그녀가 웃음을 터뜨렸다. "그래요, 사실 그 이상이지요." 엘라도어가 말을 멈추고 저 먼 지평선으로 눈길을 돌렸다. "이곳 남성들과 여성들은 놀랍기도 하고 흥미롭기도 해요." 그녀가 다시 입을 열었다. "당신도 알다시피 우리는 우리뿐이었어요. 2천 년 동안 순수 혈통을 유지했고 하나의 성만 존재했어요. 한 사람처럼 생각하고 느끼고 행동하는 게 어쩌면 당연해요. 당신들이 그렇게 혼란의 시기를 거치면서 느리게 발전한 것도 당연해요. 다양한 인종, 다양한 국가, 다양한 환경이 존재했고 남성들이 모든 걸 주도했으니. 아아, 밴, 경이로운 건 세계를 뒤흔든 최근의 전쟁 이전에는 사람들이 거의 어디든 평화롭게 여행할 수 있었다는 사실이에요. 그건 분명히 이 세상이 안전하고 평화로울 수 있다는 사실을 증명하는 거예요."

"그런데 유대인에 관한 설명은요?" 결국 내가 물었다.

"오, 맞아요. 흐음, 인류 진화의 역사에서 알 수 있듯이 사람들은 평화의 필요성과 자유무역이 이익이 된다는 사실, 사회적 교류와 종족 간 결혼이 바람직하다는 사실을 점차 깨닫고 있어요. 이렇게 광범위하고 포괄적인 상호 이해는 모든 사람이 이른바 문명화를 이룰 때까지 계속 진행될 거예요. 그런데 철저한 무지와 분리가 이 모든 과정과 대립했어요. 이어서 상충된 이해와 신념이 훼방을 놓았지요. 오늘날 가장 큰 문제는 바로 신념이에요. 딱한 유럽을 한번 봐요. 이해관계에 의해 결집한 사람들도 다른 생각 때문에 다시 갈라서고 있어요. 터무니없는 거짓으로 뒤범벅된 역사와 광적인 애국주의, 오랫동안 품어온 증오와 복수심이죠.

오, 정말 가슴 아파요."

"알겠어요, 그리고 유대인은요?"

"아, 세상에, 밴, 유대인들도 하나의 민족에 불과해요. 세상이 전체적으로 너무 흥미롭다보니 유대인 얘기를 잊고 말았군요. 유대인은 그들의 광적인 애국주의를 종교화했어요."

그 말을 알아듣지 못한 나는 이해가 안 간다고 말했다.

"내 표현력이 부족했군요." 엘라도어가 시인했다. "조국이 없는 유대인에게 광적인 애국심은 있을 수 없었어요. 하지만 종족을 향한 유대인들의 감정은 광적인 애국심만큼 강렬하지 않을 뿐 결이 같은 감정이었어요. 유대인은 자신들이 신으로부터 '선택된 민족'이라고 여겼죠."

"다른 민족들도 똑같이 생각하지 않았을까요? 다른 민족들도 여전히 그렇게 생각하잖아요?" 내가 주장했다.

"아, 어떤 의미에서는 당신 말이 맞아요. 몇몇 민족들은 실제로 그래요. 유대인이 성경을 만든 이후 특히 그래요. 밴, 조합이 참 독특해요. 이 민족은 문학에 특별한 재능이 있었어요. 다른 민족들 역시 애환이 있었지만 그 애환을 말로 표현할 길이 없었지요. 카르타고에는 예레미야*가 없었어요. 아르메니아도 마찬가지였고요."

그녀는 내가 이 부분에서 깊은 인상을 받았다는 사실을 알아챘다.

* 고대 이스라엘 최후의 예언자. 기원전 7세기 후반에서 기원전 6세기 초에 걸쳐 유대 왕국에서 활약했다. 예루살렘의 파괴와 유대 민족이 겪게 될 고난을 예언했다.

"그리스는 조각과 건축, 사실적인 문학으로 유명해요. 역사마저도 작가가 들려주는 묘사로 가득하지요. 로마는, 내가 읽은 바에 따르면, 예술과 사회 조직의 힘은 물론이고 도로로도 유명해요. 뿌리 깊은 죄악으로 멸망하지만 않았더라면, 로마는 진정한 초국가가 됐을 거예요. 로마인이야말로 진정한 세계인의 시초라고 할 수 있지요. 이집트와 인도 모두 탁월한 면이 있지만 다른 사회적 표현 양식이 없었던 유대인처럼 문학에 초점을 맞추지는 않았어요."

"엘라도어, 당신은 유대인의 종교가 별 의미가 없다고 생각해요? 위대한 종교적 개념으로 세상을 고양시켰잖아요?"

엘라도어는 나를 향해 한결같이 온화하고 따뜻한 그 미소를 지어 보였다. "외부인의 시선을 용서하세요. 내가 알기로 기독교는 유대인의 성경에 기반을 두고 있는데 초기의 가르침은 파악하기가 어렵더군요. 하지만 영어로 된 성경을 세심하게 읽었고 최근 연구와 성경에 대한 비판도 조금 살펴보았어요. 유대인들이 자신의 종교를 과대평가하는 데에는 기독교인들의 역할이 컸던 것 같아요."

"이방인 아가씨, 당신은 이쪽 세계의 다양한 종교에 대해 한 번도 언급한 적 없어요. 그 종교들에 대해 정말 어떻게 생각해요?"

내 질문에 엘라도어는 신중하게 곰곰이 생각했다.

"몇 마디로 언급하기에는 커다란 주제인 게 사실이지만 이렇게 말할 수 있겠어요. 종교들은 확실히 발전하고 있어요."

나는 웃지 않을 수 없었다. 그 말은 우리가 이룩한 가장 고귀한 제도에 대한 허울 좋은 칭찬일 뿐이었다.

“우연한 목격자여, 그 발전은 어떤 식으로 측정하는 건가요?”

“물론 사람들에게 미친 영향으로 판단하지요. 모든 신도들은 자신들이 믿는 종교가 참되다고 주장해요. 그리고 당연하지만 그건 불가능해요. 그럼에도 당신들의 종교는 진리와 선의를 충분히 담고 있어요. 교리를 그저 믿는 대신 잘 사용하기만 한다면 말이죠.”

“특히 유대교의 짧은 역사를 고려하면 유대교의 유일신 개념과 그들의 윤리적 이상은 다른 종교에 비해 대단히 앞선 개념 아니오?”

“분명히 한 걸음 앞서 있어요. 하지만 밴, 유대인들은 자신들의 신이 유일한 신이라고 생각하지 않았어요. 하느님은 그저 유대인의 신일 뿐이었죠. 사적이며 대놓고 다른 신들을 질투하는 존재, 부족의 하느님으로 묘사되었지요. 그리고 유대인들의 윤리와 행동에 관해서 말하자면, 당신이 그들의 윤리가 얼마나 잘못되었는지 보려면 유대인들의 책을 읽으면 돼요. 교리가 잘못되었다면, 그게 일부라 할지라도 그 종교는 훌륭한 종교가 될 수 없어요. 자신이 일어나리라고 예견한 일을 저지른 한 사람의 행동 때문에 온 인류를 저주하고, 자신을 섬겼다는 이유만으로 소수의 한 민족을 선택했을 뿐 아니라, 동등한 ‘자식’인 다른 모든 인류를 외면하는 옹졸한 신이라니, 그건 신의 개념을 극도로 훼손한 거예요. 이 얼마나 비윤리적이고 도덕적으로 수치스러운 종교인지 정녕 모르겠어요?”

“그 당시의 다른 신들보다는 우위에 있었어요.” 내가 주장했다.

"그럴지도 모르겠어요. 하지만 그 시기에 존재했던 다른 종교들은 다행스럽게도 소멸되었어요. 문학적 역량을 발휘하지 못한 탓이지요. 유대인들이 이룬 탁월한 예술적 성취를 통해 그 종족의 자부심과 종교적 야망, 잘못, 실패에 관한 모든 기록이 문학의 형태로 영원히 존재하게 됐다는 사실을 당신은 모르지 않겠지요? 그들의 종교가 세상에서 영속적인 지위를 얻게 된 건 이러한 연유 때문이에요. 하지만 예술에 의해 불멸의 지위를 얻은 후 오랜 세월 동안 자신의 존재를 세상에 강요했던 이 원시 종교가 세상에 미친 영향은 긍정적인 것과 거리가 멀었어요. 유대교는 막 태동한 기독교를 거의 말살할 뻔했고 가장 추악한 전쟁과 박해의 근원이 되었지요. 히브리어로 된 '하느님의 음성'을 인용하면서 무서운 행위를 저질렀고 승인했어요. 나는 여러 면에서 유대교는 가장 사악한 종교라고 생각해요."

"하지만 당신이 말한 것처럼 우리는 그 종교를 받아들였어요. 당신의 설명으로는 유대인에 대한 일반적인 혐오를 설명할 수 없어요."

그녀가 설명을 이어갔다. "마지막 설명은 정신적 차이에 관한 것이에요. 내가 깊은 인상을 받은 부분은 이 지점이에요. 유대인들의 심리적 태도는 다른 민족들에게 그들의 정신에 녹아 있는 농축된 자부심을 보여주지요. 이 농축된 자부심은 오랜 전통인 종족 간 결혼 풍습에서 보듯 다른 종족에 대한 적대감과 어마어마한 문화-종교적 구조에 기초하고 있어요. 이집트인들은 세대에 걸쳐 피라미드와 스핑크스 등에 대해 주로 가르치고 그리스인들은 아크로폴리스나 그리스 극작가들의 작품에 대한 끊임없는 사색을 통해 아이들을 양육한다고 상상할 수 있겠지요. 하지만 유대인들은, 사실은, 우리가 보듯이, 수 세기에 걸쳐 자신들의 고대 언어와 고대 서적들에 대해 가르쳐왔고 고대 선조들의 저술을 지속적으로 연구하고 논의해왔어요. 이러한 교육은 유대인들이 지닌 고유한 특징을 더욱 강화시켰지요. 일종의 정신적 동종교배라고 할까요. 시간이 흐를수록 그 정신이 지닌 고유한 특징은 농도가 진해지고, 근대 민족들이 지닌 다양성의 정신과 점점 대립하게 됐어요. 최근에 이런 정신을 모방하려다가 실패한 독일을 봐요. 독일은 한두 세대 안에 민족정신을 확립하고 국민들에게 이 강한 민족정신을 주입하려고 했어요. 물론 그런 작업을 위해서는 민족적 우월의식이 국민들 마음속에 형성되어야 하지요. 독일의 모든 국가적 영광이 신성시되는 몇 권의 책들로 결정된다고 생각해봐요. 현대 세계가 케케묵은 과거의 책들에 의해 휘둘리는 거예요. 그리고 지금도 다른 나라에 대해 그렇게 공격적인 독일 정신이 수천 년 동안 농축되는 과정을 거치면서 후대에 전해진 것이라고 생각해봐요. 사람들이 과연 그 민족을 좋아하겠어요?"

나는 잠시 잠자코 있었다. 그녀의 견해는 확실히 새로웠다. 이 '특이한 민족'을 찬성하든 말든 상관없이 그녀의 견해는 내가 들었던 주장과 어느 한구석도 비슷한 데가 없었다.

"그래서 답이 뭔가요? 절망적인가요?" 마침내 내가 물었다.

"물론 그렇지 않아요. 그들도 태어났을 때에는 사랑스럽고 맑고 자유로운 정신을 가지고 있잖아요? 때묻지 않은 정신을 낡고 어리석은 생각으로 채우는 게 얼마나 나쁜지 깨닫게 되는 순간 지구상의 어떤 민족이든 바뀔 수 있어요."

"그래도 '인종적 특징'이 바뀌는 일은 없겠지요."

"신체적 특징은 바뀌지 않을 거예요. 동족 내 결혼 때문이지요." 엘라도어가 대답했다.

"유대인에 관한 질문에 대한 당신의 답변은 유대인이기를 그만둬야 한다는 말처럼 들리는군요. 그런 건가요?"

그녀가 천천히 말했다. "어느 정도는 그런 셈이에요. 유대인은 세계 시민이고, 자신들이 가진 뛰어난 특징으로 세상을 풍요롭게 만들 수 있어요. 그들은 자발적인 선택에 의해 종족의 고귀한 자질과 특별한 재능, 장점을 유지할 수 있지요. 유대인 중에도 숭고하고 훌륭한 사람들이 있어요. 부인할 수는 없는 사실이에요. 하지만 이제는 고대로부터 이어져 내려온 실수를 바로잡을 때예요. 온 세상이 그토록 혐오하는 특징은 포기하지 않으면서 인종적 편견을 가진다며 왈가왈부하는 게 무슨 소용이 있을까요? 물론 인종적 편견은 존재해요. 문화적인 문제지요. 나머지 세계 사람들은 아이들이 그런 편견을 가지지 않도록 키워야 해요. 이건 기껏해야 몇 세대면 사라질 문제예요."

이것이야말로 내가 익숙해지기까지 꽤 오랜 시간이 걸렸던 허랜드 정신의 일부였다. 단일하고 질서 정연한 허랜드의 생활 덕분에 그들의 사회적 의식은 과거는 물론이고 미래까지 자유롭게 확장되었다. 허랜드에서 역사는 사회 구성원들 누구나 아는 상식이며 미래의 발전 방향

역시 모든 구성원이 함께 논의했다. 허랜드인들은 다가올 수백 년을 계획했고, 계획한 것을 완수해냈다. 나는 그들이 아이들을 위해 언어체계 전반을 바꾼 작업과 분야별로 축적한 방대한 문화적 문헌들, 모든 숲에 식물을 다시 심음으로써 일군 물질적 성취를 떠올렸고, 한 국가의 위대함은 영토의 선형 공간이나 산술적인 인구수, 혹은 오늘날 이룬 성과, 몇 가지 유물같이 겉으로 드러나는 특징들이 아닌 미래를 위해 국가가 세운 사회적 비전의 넓이와 깊이에 의해 결정된다는 사실을 깨닫게 되었다.

마음속에서 이런 생각이 자라나자 불현듯 다른 나라들에 대한 수치심이 들었으며 그런 다른 국가들에 비할 수 없을 정도로 큰 이점을 가진 내 조국에 대한 부끄러움은 더 커졌다. 하지만 이내 온전히 쓸모없는 감정인 부끄러움을 떨쳐낸 다음, 과거와 전혀 다른 방식으로, 우리가 원하는 것이라면 무엇이든 경작할 수 있는 탁 트인 거대한 들판으로 우리의 인생을 바라보기 시작했다. 우리는 삶을 아무 희망 없는 개인의 인생, 마치 갈 곳 잃은 짧은 실 가닥이나 건초 더미 속에 섞인 풀줄기 정도로 생각했다. 하지만 큰 국가적 관점에서 보면, 우리가 시간을 충분히 들여서 하지 못할 일은 하나도 없었다. 이러한 나의 새로운 통찰을 들려주자 엘라도어가 내 손을 잡았다. 묵묵히 기뻐하는 그녀의 눈동자가 빛났다.

내가 말했다. "그게 바로 비참함과 실패를 견디는 방법이잖아요? 상황이 아무리 끔찍해도 좌절하지 않는 방법이요. 당신이 이 각각의 '질문'들을 그렇게 가볍게 받아들였던 이유도 각각은 별 의미가 없었기 때문이었어요. 중요한 건 사람들이 함께 생각하고 행동하는 것이니까요."

"밴, 이 세상에서 사람들을 막을 수 있는 건 그 사람들의 머릿속에 든 생각뿐이에요. 사람들은 어린 세대에게 잘못된 생각을 주입하는 걸 멈출 수 있고, 자신들의 마음속 생각을 끄집어내서 버릴 수 있어요. 적어도 충분히 시작할 만해요. 사람들은 이미 발걸음을 뗐어요."

엘라도어는 매우 만족스럽다는 듯 격려하는 어조로 우리가 다양한 산업과 기능을 사회화하기 위해 소집단 내에서 혹은 개인적으로 기울인 노력을 이야기하더니 훨씬 열정적인 태도로 거대한 '운동'에 대해 언급했다.

"여성운동과 노동운동은 가장 중요하면서도 아주 밀접하게 연관되어 있어요. 두 운동 모두 빠르게 힘을 얻고 있어요. 물론 가장 포괄적이면서 진보적인 시스템은 사회주의예요. 사회주의야말로 직접적인 가능성을 실현시켜줄 훌륭한 비전이지요. 이 사실을 대번에 깨닫지 못하다니 이해할 수 없어요. 물론 이유는 단순해요. 당신들의 머릿속이 과거의 실수들로 가득 차 있으니까요. 인종적 믿음이나 종교적 믿음이 아닌 경제적 부조리에 대한 믿음 말이에요. 정말 우스워요!"

엘라도어가 우리를 비웃을 때면 항상 조금이나마 짜증이 났다. 나는 이 세계를 접한 후 그녀가 받을 충격과 공포는 물론이고 그녀의 이러한 비판 역시 예상하고 있었다. 하지만 우리가 안고 있는 모든 문제를 간단하게 없앨 수 있는데 시도조차 하지 않는다며 우리를 멍청한 바보 집단으로 치부하는 건 내 신경에 거슬렸다.

엘라도어가 쾌활하게 말을 이어갔다. "여보, 침대 발치에 따뜻한 이불을 두고도 덜덜 떨면서 자는 사람들 보면 우습지 않아요? 손을 뻗기만 하면 원하는 걸 얻을 수 있는 탄탈로스처럼."

"당신 말처럼 그렇게…" 내가 입을 열었다.

"왜 안 된다는 거죠, 여보?"

"문제는 당신의 마음에 있는 것 같아요. 허랜드인 특유의 자유로운 정신의 소유자인 당신은 우리의 정신 상태가 얼마나 무기력한지 모르는 듯해요. 오랜 세월 동안 강요되어온 믿음이 우리를 짓누르고 있어요. 한순간에 모든 걸 바꿀 수는 없어요."

"어쩔 수 없다는 생각이 당신들의 그 딱한 머릿속을 꽉 채우고 있는 게 최악이에요. 당장 말해봐요. 대체 당신들을 가로막고 있는 게 뭔가요?"

"그 답은 당신이 연구해서 우리에게 설명하는 편이 낫겠어요. 그럼 우리가 뭐든 할 수 있을 거예요. 우리는 건강해요. 교양 수준이 상당히 높고 당신 말대로 경제적으로도 여유가 있지요. 하지만 지금까지는 더 나은 삶을 향해 함께 발맞춰 나가기 위해 결집하지 못했어요."

"밴, 처음 여기 온 다음 내가 쭉 연구해온 주제가 바로 그거예요. 상황이 어떤지 파악한 후 유일하게 해야 하는 일이었어요."

"그래서요?" 내가 다시 말했다. "그래서요?"

엘라도어는 앉아서 생각에 잠긴 채 옆에 있는 탁자에 놓인 책과 종이를 뒤척였다. 엘라도어의 모습은 이 땅에 있는 여자들 사이에서도 특히 사랑스러우면서도 독특했는데, 외모가 고귀한 조각상의 몸을 닮아 부드럽고 둥그스름하며 자유로워 보였다. 엘라도어는 새로운 친구들이 무슨 옷을 권하든 몸의 자연스러운 선이나 움직임에 방해되지 않는 단순한 옷을 고집했다. 우리가 여행과 연구를 함께한 2년 동안 엘라도어의 얼굴은 조금 변했다. 그녀의 얼굴은 내가 허랜드에 머무는 동안 한 번도 본 적 없는 슬픔을 머금고 있었다. 엘라도어는 항상 조용하고 정중했으며 상냥하면서도 참을성이 강했고 학문에 대한 흥미와 사랑스러운 친절함을 갖췄지만 마치 양계장에 있는 알바트로스마냥 어딘가 외로워 보였다.

내 눈에 비친 엘라도어는 우리가 처음 사랑에 빠졌을 때보다 훨씬 더 부드럽고 섬세하며 호의적이었다. 나를 애처롭게 여기면서도 세심하게도 그 감정을 드러내지 않으려고 애썼다. 함께 나눈 경험과 같이한 연구, 함께 본 많은 것들 덕분에 우리는 더욱 친밀해졌다. 그리고 나 자신은 주변 환경으로부터 점점 분리되더니 나도 모르게 엘라도어에게 의지하면서 세상의 모든 속박으로부터 벗어나는 신기한 경험을 했다. 나는 여자로서, 내 여자로서 엘라도어를 향한 애정보다도 인간으로서 엘라도어를 향한 애정으로 충만했으므로 더 큰 관계를 통해 만족감을 얻는 지금, 성적 쾌락은 그다지 그립지 않았다.

나는 상황이 반대인 경우에 대해, 연인의 인간적인 본성에 대한 관심보다도 자신의 성적인 욕망에 취해 여자를 사랑하는 수많은 남자들에 대해 생각했다.

나는 엘라도어와 함께여서 더할 나위 없이 행복했다.

11

·

페미니즘과 여성운동

내 아내가 페미니즘에 큰 관심을 갖는 건 당연한 수순이었다. 상당한 속독가였던 엘라도어는 페미니즘과 관련된 주요 책들은 물론이고 오해의 소지가 있는 책들까지 십수 권 이상 읽었다. 또 도서관에서 수많은 논문들을 훑어보면서 시간을 보냈고, 페미니즘에 대한 의견을 지닌 다양한 사람들과 이야기를 나눴다. 더 나아가 스스로 그 문제에 대해 생각했다.

골똘히 생각에 잠긴 엘라도어를 바라보거나, 적어도 사고의 결과를 지켜보는 데 익숙해진 나는 사람들이 살면서 생각을 별로 하지 않는다는 사실을 깨닫고 큰 충격을 받았다. 내가 이 사실을 언급하자 그녀가 다정한 미소를 지었다.

"이런! 맞아요, 여보. 그건 중요한 문제예요. 당신들은 아이들이 생각하도록 훈련시키지 않아요. 오히려 생각하지 말라고 가르치죠. 남자들은 생각이 굉장히 좁아요. 가장 관심이 큰 분야, 이를테면 어떻게 하면

돈을 더 벌지에 대해서만 머리를 굴리지요. 그리고 이곳의 여자들은…”

“오, 제발, 모두 다 말해줘요!” 내가 자포자기한 심정으로 외쳤다. “다른 말을 할 때나 아무 말 하지 않을 때조차 당신 마음속에는 여자들이 자리 잡고 있잖아요. 내겐 당신이 생각하는 소리가 다 들려요. 그리고 솔직하게 말한다면, 여보, 당신이 여자들이나 남자들을 향해 어떤 쓴소리를 한다 한들 난 아무렇지도 않을 거예요. 당신과 함께 사는 동안 난 확실한 교양 교육을 받은 것 같아요. 게다가 허랜드에 머물면서 차이점을 깨닫게 되었다오. 고백하건대, 나는 우리의 삶을 보면서 남자들보다도 여자들에게 여러 면에서 충격을 받았어요. 난 당신처럼 책도 읽었고 어느 정도 생각도 해보았다오. 당신이 이 문제에 대해 그렇게 침묵을 지키는 이유는 남자들을 비판하지 않고는 여자들을 비판할 수 없기 때문인 것 같아요. 아마 내가 먼저 시작한다면 당신이 부담을 덜 수 있겠지요.”

엘라도어는 온화하게 웃으며 내게 넓은 도량을 지닌 것 같다고 말했다. 나는 얘기를 시작했는데, 말문을 열고 나니 언뜻 생각한 것보다 상황이 훨씬 심각했다.

“물론 레스터 워드*의 이론을 피해 갈 수 없어요. 생물학과 사회학을 충분히 공부한 사람이라면 생리학적인 면에서 출산을 책임지는 여자가

* Lester Ward(1841~1913). 독일 태생의 미국 사회학자로, 인간 사회를 '최고의 발전 단계의 결과'로 보았다.

온 세상을, 적어도 세상 대부분을 지배했다는 사실을 알 거예요. 여자는 야만의 시기 초기까지, 남자가 권력을 장악할 때까지 세상의 지배자였어요. 남자가 세상을 지배하게 된 과정은 의문투성이에요. 당신도 설명하기 힘들 거예요."

엘라도어가 동의했다. "그래요, 나 역시 모르겠어요. 난 그 상황을 '거대한 갈림길'이라고 불러요. 지금까지 자료를 수집한 바로는 이 자연세계에서 그렇게 비극적인 변화는 없었어요."

2년 동안 엘라도어가 '수집'한 자료는 어쩌면 대단한 전문가들이 알게 된 상세한 지식과 차이가 있을지도 모르겠다. 그럼에도 그녀는 정말 중요한 사실을 취사선택하여 정리하는 데 탁월한 재능이 있었다. 그녀의 비결은 지식을 단순히 저장하지 않고 자신이 알고 있는 것과 연결시킨다는 점이었다.

나는 이야기를 재개했다. "남자가 주도권을 잡았어요. 그리고 역사적 시기가 시작되었지요. 한 시간 동안 설명하기에는 이 시기가 너무 광범위해요. 내가 이해한 바로는, 이 시기 내내 남자는 여자를 동등하게 대우한 적이 한 번도 없었어요. 내가 남자라는 사실이 부끄러울 정도로 대부분의 남자들은 여자들을 잔혹하고 부당하게 취급했어요."

"왜 그렇게 생각하게 됐어요, 밴? 첫 번째 이유가 무엇인가요?"

"물론 첫 번째 이유는 허랜드예요." 내가 재빨리 대답했다. "사람들로서 여성들을 봤기 때문이에요. 그들은 여성임에도 불구하고 사람이었던 게 아니라 여성이기 때문에 사람이었어요. 우리가 말하는 '여성스러움'은 여성의 본질이 아니라 그저 부수적인 부분일 뿐이었지요. 고향에 돌아와서 우리나라의 여자들과 허랜드의 여자들을 비교했을 때… 충격적이었어요. 게다가 내게 증거가 없었더라도 나와 함께 사는 당신이 내게 보여줬을 거예요. 당신은 내게 경이로움이에요, 여보."

빛나는 눈으로 나를 바라보는 엘라도어의 표정은 아내나 어머니의 그것이 아닌 무한한 사랑을 품은 인간의 표정이었다.

"사랑하는 여보, 내가 당신에게… 그러니까 부부관계라는 신체적 친밀성이 배제된 우리의 우정에서 배운 게 있어요. 바로 서로 사랑하는 두 '사람'이 느끼는 행복의 범위가 두 명의 '연인'이 느끼는 범위보다 더 넓다는 사실이에요. 내 말은 물론 우정을 나누지 않는 연인을 뜻해요. 사실 그런 관계는 유지하기가 어려워요. 때때로 너무 힘들다는 사실을 부인하지 않겠어요. 나도 이런 식으로 사는 게 처음에는 별로 유쾌하지 않았…"

"아니에요!" 엘라도어가 끼어들었다.

"하지만 왜 그런지 몰라도 당신을 사랑하면 할수록 괴로움이 점점 사라지더군요. 이제 난 우리가 사랑으로, 당신의 마음을 채우고 있는 위대한 모성과 내 마음에 싹트기 시작한 부성으로 하나가 되더라도 그 결합은 우리의 사랑과 행복에 있어서 사소한 일일 뿐, 별로 중요한 일이 아니라는 생각이 들어요."

엘라도어는 여전히 귀를 기울인 채 흡족한 듯 길고 부드러운 한숨을 내쉬었다.

내가 말을 이어갔다. "이 모든 걸 통해 나는 우리나라 여성들의 한계를 깨닫게 됐어요. 그리고 여자들이 이런 한계를 갖게 된 이유는 오직 한 가지, 바로 여자들을 향한 남자들의 행동이었지요. 학대라고요? 여보, 그건 여자들의 연약한 몸에 대한 신체적 학대가 아니었어요. 여자들이 견뎌야 했던 건 수치스러움이나 슬픔, 거부가 아니었지요. 그런 건 전쟁의 폭력 같은 거예요. 나쁜 건 전쟁 그 자체지요. 여자들은 총애를 받고, 만족스러워하면서 '행복'을 느껴요. 어쩌면 최악의 결과예요."

"그 사실을 분명하게 깨닫다니 놀랍군요." 엘라도어가 말했다.

내가 말을 이었다. "그 사실들을 자각하는 건 쉬웠어요. 인간의 모든 권력을 손에 쥔 남자들은 여자들의 성장을 왜곡하는 데 그 힘을 사용했어요. 우리는 오랜 세월에 걸쳐 선택과 선별을 통해서, 법과 종교를 이용해서, 무지를 강요하고 양육 과정에서 여성성을 강조함으로써 세상 여자들이 남자가 원하는 여성스러움을 갖도록 만들었지요. 오늘날 여자는 그 여성스러움을 갖춘 사람을 의미해요. 그리고 우리는 오랜 세월 동안 여자들을 경멸하며 학대했어요. 이 세상 남자들 대다수는 여전히 여자들을 업신여겨요. 남자들은, 그걸로 충분치 않았는지 정말… 여보, 농담이 아니라 나 자신이 그런 짓을 한 것마냥 수치심이 느껴져요. 우리는 자유와 교육을 독점하고 입법과 행정의 전 과정을 통제하는 등 상상할 수 있는 모든 이점을 손아귀에 움켜쥐고는 여자가 이 세상 모든 죄악의 원흉이라고 비난했어요!"

엘라도어가 못 견디겠다는 듯 이 지점에서 말을 잘랐다. "남자들 모두가 그런 건 아니에요, 벤! 어떤 사람들에게는 그게 전설일 뿐이기도 하니까요. 그 가증스러운 거짓말을 신성한 진리로 서술한 건 당신이 그렇게도 중요하게 여기는 유대교뿐이에요. 유대인들은 언어도단이 아닐 수 없는 불의를 확고히 하기 위해 신의 존재까지 끌어들였어요."

"그래요, 사실이에요. 하지만 누구 한 명 반대하지 않았어요. 우리 모두 기꺼이 그 종교를 받아들였고, 그 말씀에 따라서 여자들을 취급했어요. 자매여, 이 정도면 충분히 우리 죄를 시인한 건가요? 당신이 남자들에 대해 무슨 말을 하든 나는 상처받지 않을 거예요. 물론 자세한 부분까지 얘기하지는 않겠어요. 한도 끝도 없을 테니까요. 그래도 전반적으로 무엇이 여자들을 아프게 하는지, 그게 누구 탓인지 깨달았어요."

엘라도어가 상냥하게 말했다. "남자들에 대해 너무 가혹하게 굴지 말아요. 당신 말도 사실이지만 다른 사실 역시 존재하니까요. 내가 이해할 수 없는 건 이 모든 설명에 대한 전후 사정이 아니라 지금 이 순간 여자들을 괴롭히는 것들이에요. 미국에서도 아직까지 그런 일이 일어나고 있으니까요. 이곳 여자들은 몇 세대에 걸쳐 꽤 교육을 받았어요. 대부분은 생각이라는 것을 할 만한 시간이 있는 사람들이고 개중에는 부유한 여자들도 있죠. 난 그 여자들을 도저히 납득할 수가 없어요, 벤!"

나는 엘라도어의 반응이 평상시와 달리 격렬해서 깜짝 놀랐다. 그녀의 가장 큰 감정의 응어리는 남자들을 향한 것이라고 생각하던 터였다. 놀란 내 모습을 본 엘라도어가 설명했다.

"벤, 잠깐 입장을 바꿔봐요. 허랜드에서 여자들이 많은 남자 종을 거느리고 있다고 상상해봐요. 우리에게 온갖 비난이 쏟아지겠지요. 그래도 그들을 한번 살펴볼까요. 남자들은 대체로 몸이 작고 허약한, 가련한 생물들이죠. 겁이 많으면서 그런 자신이 부끄러운 줄도 몰라요. 남자들은 여자들의 성적 도구이거나 몸종이에요. 보통은 둘 다라고 보면 돼요. 당신에게 이러한 상상이 힘들다는 건 알아요. 그래도 허랜드 여자들을 한번 떠올려봐요. 여자들 집에는 요리를 해주고 자신들이 귀가할 때까지 기다려주는 부드러운 남자들이 한 명씩 있어요. 여자들은 마음이 내키면 이 남자들에게 '사랑'을 베풀죠. 남자들은 무지해요. 대부분 주인에게 경제적으로 예속되어 있으니 돈의 용처도 보고해야 해요. 굉장히 품위 없고 저속한 남자들도 있어요. 그들은 이곳 여자들처럼 별다른 일 없이 집에 머물러 있어요. 반면에 즐겁고 행복하게 지내는 남자들도 있어요. 여자들의 총애를 받는 사람들이지요. 이들은 여자들이 붙여준 애칭이 있고, 선물 세례를 받기도 해요. 이런 남자들은 대체로 삶에 만족하면서 살아요. 성실하게도 부엌일은 자기가 한다고 강조하고, 여자들이 만든 종교와 법에 자신을 맞추지요. 여자들에게 버림받는 남자들도 있어요. 버림받거나 한 번도 여자들에게 선택받지 못한 남자들은 조롱거리가 되지요. 반면 여자들과 같이 사는 남자들은 시기의 대상이 되구요! 상황이 이런데도 서로 사랑하면서 행복하게 살아가는 확률이 놀랄 정도로 높다는 사실을 생각해봐요. 하지만 깊은 불행을 견디면서 불가피한 상황에 순응하며 대체로 수준 낮은 삶을 살고 있다는 사실도 감안해야 해요. 이 품위 없고 무식한 남자들은 매번 기꺼이 우스꽝스러운 옷을 입음으로써 자신을 구경거리로 전락시키고 있어요. 야윈 그 몸에 작은 리본들이 나풀거리는 투명한 레이스 속옷을 걸친 남자들을 머릿속에 그려봐요. 이들은 비슷한 드레스를 결코 두 번 입는 법이 없어요. 몸에 걸친 옷들은 거의 매번 바보 같아요. 그리고… 남자들은 모자를 쓴답니다." 나를 응시하는 그녀의 반짝이는 눈 속에 담긴 웃음기가 점점 커졌다. "남자들이 이곳 여자들처럼 모자를 쓴다고 생각해봐요!"

이 지점에서 나는 손을 들고 말았다. "못하겠어요. 그만해요. 레이스와 리본 얘기까지는 어찌어찌 참으면서 귀를 기울였지만 더 이상은 못 참아요. 남자가 그런 모자를 쓴다구요. 남자가! 상상조차 할 수 없는 일이에요!"

"그런 남자들을 상상할 수 없다?"

"물론이오. 정말로. 비루하고 겁 많고 몸 숨기기에 급급한 스패니얼 같은 남자라니! 그런 대접을 받아도 싸요."

"남자들을 그런 식으로 취급하는 허랜드 여자들은 비난의 대상이 아닌가요, 밴?"

내가 말했다. "아! 맞아요. 사랑스러운 허랜드 여인이여, 당신이 여자들에게 왜 울화통을 터뜨리는지 이제야 깨달았어요."

엘라도어가 공감했다. "잘됐군요. 남자들에 대한 당신의 고백은 모두 사실이에요. 그처럼 암울한 이야기도 없을 거예요. 하지만 밴, 여자들은요! 죽지 않았어요. 지금 여기 있어요. 게다가 미국 여자들에게는 충분히 성장할 기회가 주어졌어요. 그런데 도대체 자신들의 지위를 어떻게 참고 있는 걸까요, 밴? 어떻게 하루하루를 견디는 걸까요? 자신들이 여자라는 사실을 깨닫지 못한 걸까요?"

"아니오." 내가 천천히 말했다. "그들은 자신들이… 다만 여자일 뿐이라고 생각해요."

우린 둘 다 약간 슬프게 웃었다.

이내 엘라도어가 말했다. "일단 사실을 찾아내면 모두 받아들여야 해요. 감정은 털끝만큼도 도움이 되질 않아요. 눈앞에 있는 소라게를 보고 겁을 집어먹어봐야 아무 소용없어요. 지금 여자들은 남자들이 만들어 낸 존재예요. 어떻게 하면 여자들이 이 상태를 극복할 수 있을까요?"

"이미 이겨낸 여자들이 있는데 당신이 잊은 거 아닌가요? 그들이 성취한 놀랄 만한 일들까지 다?"

"유감스럽게도 잠시 동안 잊고 있었어요." 그녀가 시인했다. "그뿐만 아니라 이 세상 여자들의 노력은 대부분 본질에 접근하지 못했어요. 아예 잘못된 방향으로 향하기도 했구요."

"여자들이 어떻게 했으면 좋겠어요?"

"당신이라면 상상조차 하기 힘든 그 허랜드의 남자들에게 뭘 주문하겠어요? 그들을 각성시키려면 뭐라고 말해야 할까요?" 엘라도어가 응수했다.

"자신들이 남자라는 사실을 깨닫도록 할 거예요. 그게 우선이에요." 내가 말했다.

"바로 그거예요. 그런데 부드럽고 통통한 몸매에 우습기 짝이 없는 옷을 차려입은 생명체가 '자신이 사랑하는 여자의 경제적인 지원을 기꺼이 받아들이는 게 진짜 남자'라고 대답한다면 당신은 뭐라고 말할 건가요?"

"세상이 어떤 모습이어야 하는지 일깨워줄 거예요." 나는 천천히 대답했다. "그리고 세상에서 남자의 자리가 어디인지 자각하도록 만들 거예요."

"만약 남자가 백만 배나 강경한 어조로 '남자가 있을 곳은 집 안이란 말이에요!'라고 한다면 그때는 뭐라고 말할 건가요?"

"그런 식이면 더 이상 설득하기가 힘들 것 같군요."

"맞아요. 마찬가지로 여자들이 그런 식이라면 어떤 말도 하기 힘들 거예요. 우리가 하는 말을 알아듣지도 못할 거예요."

"하지만 전반적으로 여성운동이 벌어지고 있잖아요. 여자들은 분명히 변화하고, 발전하고 있어요."

엘라도어는 자신에게 찾아온 비통한 감정을 곧바로 떨쳐냈다. "잘 모르니까 참 힘들군요. 당신처럼 변화를 분명히 인지하기엔 난 미국의 과거와 근대 역사를 잘 몰라요. 과거의 그들이 지금보다 얼마나 더 뒤떨어졌는지 전혀 모르는 상태로 갑자기 현재의 모습을 보게 된 셈이죠. 예를 들어 난 이곳 여성들이 예전에는 지금보다 더 우스꽝스러운 옷을 입었을 것 같은데, 사실인가요?"

일찍이 유행했던 기이한 패션이 마음속에 떠오른 내가 그런 것 같다고 말하려는 순간 우연히 창밖의 풍경이 눈에 들어왔다. 더운 날이었다.

맹렬하게 이글거리는 태양 때문에 숨이 턱 막힐 정도로 더운 날씨였다. 한 여자가 바로 길 건너편에 서서 한 남자와 이야기를 나누고 있었다. 나는 오페라 안경을 꺼내서 잠시 그녀의 모습을 살폈다. '개미허리가 다시 유행할 것'이라는 기사를 읽은 적이 있었는데 그 여자의 허리가 바로 그랬다. 그녀는 굽이 극도로 높은 샌들을 신은 채 어정쩡하게 서 있었다. 높은 굽 덕분에 발바닥은 뒤꿈치에서 발볼 쪽으로 가파르게 기울었고, 전체 몸무게를 지탱하는 양쪽 발가락은 불쌍하게도 화살촉처럼 생긴 샌들의 앞코 속에 구겨진 채 들어가 있었으며, 꽉 조이는 발등 끈 때문에 얇은 실크 스타킹을 신은 발등이 바늘쿠션마냥 부풀어 있었다.

그녀가 입고 있는 스커트는 아이들 치마처럼 짧고 풍성했다. 치마는 여러 겹이었는데 엉덩이가 주름 장식으로 봉긋하게 부풀어 있었으며 치마 밑단은 요란한 물결 모양을 이루고 있었다. 다채로운 색깔로 구성된 보디스*는 경박하리만큼 노출이 심해서 거리보다는 무도회장에 어울릴 법했다.

하지만 내게 가장 충격적인 건 그녀가 목에 두르고 있는 죽은 여우인지 아니면 여우 가죽 같은 것이었다.

그 여자는 정신이 이상한 사람도 아니었고 옆에 있는 남자를 보호자로 대동한 것도 아니었다. 형벌이나 특정 단체의 입회 벌칙, 혹은 선거 내기 때문에 그런 옷을 입은 것도 아니었다.

* 코르셋 위에 입는 여성 옷의 일종. 가슴과 허리 둘레가 꼭 맞게 되어 있다.

그녀는 자발적으로, 상당한 비용을 들여서 이 더운 여름 날씨에 저렇게 두꺼운 모피를 두르고 있었던 것이다.

나는 안경을 내려놓은 후 엘라도어를 향해 몸을 돌리고는 침울하게 말했다. "아니오, 여보, 예전 여자들이 지금보다 더 바보스럽게 옷을 입었을 것 같지는 않구려."

우리는 잠시 말없이 발을 배배 꼰 채 서서 모피 밑으로 땀을 삐질삐질 흘리면서도 자신의 모습이 백 퍼센트 만족스러운 듯 자족적인 미소를 짓고 있는 그 딱한 사람을 바라보았다.

엘라도어가 천천히 입을 열었다. "어떤 면에서 난 여성운동에 대해 좌절감을 느낄 때가 있어요. 물론 진심으로 그렇다는 건 아니지만. 백 년 전에 비하면 여성들의 형편은 훨씬 나아졌어요. 삶의 법칙이 여성들 편이에요. 견고하고 저항할 수 없는 법칙이지요. 그들은 결국 여성이에요. 그들은 사람이란 뜻이에요. 사람에게는 한계점이 있게 마련이에요. 나는 좀 더 관대해져야 해요. 어떤 부분은 진전이 있지만 다른 부분은 진전이 없을 수도 있다는 사실을 인정해야 해요. 비틀거리며 서 있는 저 사람도 본인이 생계를 꾸리거나 뭔가 유용한 일을 하겠지요. 최악은 '발전'을 위해 전력을 다하기는 하는데 정작 목표가 뭔지 모르는 경우예요. 이런 사람들은 창문에 갇힌 파리 같아요. 쿵쿵 찧고 윙윙거리면서 앞에 있는 게 무엇이든 개의치 않고 머리를 들이밀기만 할 뿐 탈출 전략을 짜지 않아요. 아니군요. 이보다 더 끔찍한 상황이 하나 있어요. 훨씬 나쁜 상황이에요. 이런 일이 일어날 수 있다고 믿지 않았건만. 지금도 거의 믿지 않지만요."

내가 물었다. "그 무시무시한 게 뭔가요? 매춘이에요? 백인 노예제를 말하는 건가요?"

엘라도어가 말했다. "오, 아니에요. 매춘이나 백인 노예도 끔찍하죠. 그런데 이렇게 말해도 될지 모르겠지만 그건 일종의 자연발생적인 끔찍함이에요. 과학적인 관찰자라면 나쁜 상황이 최악의 상황으로 변할 수 있다는 점도 염두에 둬야 하지요. 하지만 이건 비정상적이에요! 내가 말하는 건 바로 반페미니스트들이에요."

"여성 참정권을 반대하는 사람들 말인가요?"

"그래요, 다시 그 남자들을 생각해봐요. 앞서 우리가 상상했던 불쌍하고 천박한 남자들 말이에요. 그들 중에 자유를 쟁취하기 위해 고군분투하는 사람들이 있다고 생각해봅시다. 그들은 멋진 이상을 알리려고, 여기서 이상은 자신들의 이익뿐 아니라 전 세계인이 자유와 발전을 향유하는 걸 의미해요, 대화와 논쟁, 간청, 청원 같은 방법을 동원하고, 다 같이 긁어모은 푼돈을 써가며 지난하고 힘든 투쟁을 이어가요. 그 싸움은 누구에게도 피해를 주지 않지만 안타깝게도 별 진전이 없어요. 그리고 여자들의 총애를 받는 다른 남자들을 생각해봐요. 모든 상황을 오해하고, 너무나 아둔하고 비뚤어져서 이 같은 단순한 진실조차 깨닫지 못할뿐더러 실제로 한데 뭉쳐서 저들의 투쟁을 반대하고 있는 자들 말이에요! 밴, 만약 여자들의 저급함에 관한 만족스러우면서 설득력 있는 증거를 원한다면 참정권 반대론자들을 보면 돼요!"

"남자들은 그녀들을 지지해요. 기억하겠지만." 내가 말했다.

"물론이에요. 당신은 남자들이 여자들의 자유를 반대할 거라고 예상하죠. 그들이 그러는 건 당연해요. 하지만 여자들은… 밴! 여자들 스스로 그러는 건… 이건 자연스럽지 않아요."

엘라도어는 일순간 지긋지긋하다는 듯이 몸서리치면서 양손에 얼굴을 묻었다. 하지만 다시 용기를 낸 후 몸을 곧게 세우고 그 문제를 일축하듯 참을성 있게 작은 한숨을 내쉬었다. 나는 조용히 엘라도어를 바라보았다. 앉아 있는 그녀의 자태는 무척 강하고 우아하면서 아름다웠으며, 몸의 윤곽과 움직임은 원시인에게서만 찾아볼 수 있는 균형미를 지니고 있었다. 그녀가 입은 가운은 형태가 단순하고 색깔은 사랑스러우며 편안하고 엘라도어에게 잘 어울렸다. 나는 언제나 즐거운 마음으로 그녀를 바라보았다. 그녀의 모든 면이 아름답고 강인했으므로 아쉬움에 변명거리를 찾을 일도, 어떤 의구심이 들 일도 없었다.

나는 엘라도어의 자매들, 아름다운 나라에 사는 성숙한 여성들, 뚜렷한 개성에도 불구하고 한결같이 아름답고 강한 여인들을 생각했다. 그들은 모두가 달랐다. 순종마들을 보면 모두 색깔과 크기가 다르고 형태와 무늬가 제각각이며 표정들도 다양하지만 여전히 좋은 말이다. 종(種)에 다양성을 부여하기 위해 순종마를 절름발이 말이나 삼류 말과 교배할 필요는 없는 것이다. 나는 다시 창밖을 바라보았다. 먼지에 덮여 희미한 도시 거리는 소음이 만연했고, 불만으로 가득한 사람들이 굶주린 쥐들처럼 정신없이 서로 밀쳐가며 배를 채우기 위해 거리를 헤매고 있었다. 남자들은 추악한 열정으로 무장했고 여자들은 얄팍하고 어리석었다. 문득 허랜드를 향한 그리움이 큰 파도가 되어 내게 밀려왔다.

엘라도어는 결코 비판하는 데에서 만족하지 않았다. 그녀는 탈출 계획, 즉 발전을 위한 계획을 원했다. 낙담한 마음을 털고 새롭게 결의를 다지고는 여성 문제를 향해 돌진했다. 그리고 오래지 않아 사랑스럽고 의기양양한 표정으로 내게 다가왔다.

"여자들에 대해 그렇게 가혹하게 생각하다니 내가 틀렸던 거였어요. 내가 허랜드에서 왔기 때문이에요. 난 일부러 이 여자들의 입장이 되어 빙하처럼 느린 발전 속도를 측정했어요. 그 속도는 놀라웠어요. 실로 대단하더군요. 과거에도 여자들의 수준이 완전히 바닥은 아니었어요. 딸을 출산할 때까지 간신히 목숨을 부지하기 급급할 만큼 야만적인 환경에서 생활했던 원시인들도 넘지 말아야 할 선을 지켰으니까요. 시간이 흐르면서 이 땅의 여자들은 이런 방향으로, 저 땅의 여자들은 저런 방향으로 발전했어요. 방향은 다르지만 계속 앞으로 나아갔지요. 그리고 현대에 이르면서 거대한 각성이 전 세계 여자들 사이로 퍼져나가고 있어요. 여자들에 대해 가졌던 기존 지식을 마음에서 지우고 오늘날 진짜 진보적인 여자들과 이들의 할머니 세대를 비교했더니 내가 그토록 경멸했던 여성운동이 구름 사이로 비치는 한 줄기 빛 같더군요. 과거와 비교하면 눈부시게 발전한 거예요. 물론 사방으로 '부딪치면서 윙윙거리고' 있긴 하지만 그건 시행착오일 뿐이에요. 여자들은 모든 면에서 억눌려 살아왔잖아요? 진정한 자유에 익숙해질수록 점점 극복해나갈 거예요.

그렇게 오랜 세월 동안 타락한 상태로 살아온 여자들이 어떤 한계를 보이지 않는다는 건 불가능한 일이에요. 나는 여자들을 비난하기보다는 어느 문이든 열려 있기만 하면, 작은 틈이라도 찾아내기만 하면, 그 사이를 뚫고 진격한 여자들의 그 놀라운 속도에 희열을 느껴야 했어요. 나는 지금까지 의식 있는 여자들이 주도하는 운동과는 별개로 이루어지고 있는 무의식적인 발전을 보고 있었던 거예요. 그리고 그 사실은 내게 위로가 됐지요."

"그게 무슨 말이에요?"

"내 말은 특히 미국에 있는 여성 클럽들 말이에요. 가장 큰 건 경제적 변화지요. 일하는 여자들의 숫자가 어마어마하답니다."

"여자들은 항상 일해왔잖소? 가난한 여자들이겠지요?"

"아, 물론 여자들은 가정에서 일했지요. 하지만 내 말은 사람 일을 뜻해요."

"급여를 받는 일을 말하는 건가요?"

"그게 중요한 건 아니지만 말하자면 그래요. 하지만 사람 일은 설령 임금이 없더라도 본질적으로 달라요."

"몇몇 사람들이 그렇게 말하더군요. 그런데 예를 들어 부기(簿記)같이 단편적이고 지루한 작은 일이 집안 대소사를 관장하는 일보다 대체 어떤 면이 낫단 말이오?"

이 말을 하는 내 태도가 얼마나 진지했는지 엘라도어가 적어도 잠시 동안 나를 심각한 상태라고 생각하는 것 같았다.

"부기 담당자와 주부 사이에 특별히 생각해봐야 할 만한 차이가 있는 건 아니에요. 다만 부기가 필요한 조직화된 사업 세계와 먹고 자고 살아가는 것 말고는 고난이도의 업무가 없는 가족이라는 조직화되지 않은 세계의 차이를 고려해야겠지요."

말을 마친 엘라도어가 나를 보고 웃으며 쾌활하게 용서를 구했다. "나는 당신이 이보다는 현명할 거라고 생각했었나봐요, 밴. 그런데… 오! 나와 대화하던 사람들 말이에요! 그 사람들이 한 말과 질문들이 생각나요. 다행히도 온 세상의 확신을 기다리느라 앞으로 나아가지 못하는 일은 생기지 않을 것 같군요."

"만약 미국과 다른 국가 여자들을 당신 뜻대로 할 수 있다면 그들에게 뭘 하라고 할 건가요?" 내가 물었다.

턱을 손에 괴고 잠시 곰곰이 생각하던 엘라도어가 이내 대답했다. "일단 지금 하고 있는 일을 좀 더 열심히 하라고 하겠어요. 하지만, 오! 할 일이 너무 많아요! 당연히 지금과는 차원이 다른 교육을 받아야 해요. 새로운 표준, 새로운 희망, 새로운 이상, 새로운 목표가 필요해요. 밴, 이건 생각을 바꾸는 작업이에요. 처음에 나를 가장 혼란스럽게 했던 게 그것이었어요. 이곳 여자들과 허랜드 여자들의 외모 차이는 두 여자들이 가진 생각의 차이와 비교하면 종이 한 장 차이에 불과해요.

미국인들은 나무랄 데 없는 환경을 보유하고 있어요. 실질적인 것들 말이에요. 미국인들이 보유한 물질적 조건과 능력이 훌륭했기 때문에 난 처음에는 당신들이 처한 어려움을 과소평가했어요. 그런데 미국인들은, 남자든 여자든 생각이 외모를 따라가지 못하더군요. 정말 낡은 사고를 하고 있어요. 난 당신들의 생각에 전혀 적응할 수가 없었어요. 당신도 알다시피 허랜드인들은 아주 오래전에 우리가 처한 환경을 극복했어요. 이제는 항상 더 나은 미래를 계획하지요. 우리의 정신은 우리의 조건보다 앞서 있어요. 그러면서도 아무런 문제 없이 생활하고 있지요."

"우리나라 여자들이 어떻게 쫓아갈 수 있을까요?"

"커다란 도약이 필요해요. 가부장제의 틀에서 벗어나 민주주의에 걸맞은 지위를 획득하고, 좁고 개인적인 관계를 폭넓은 사회적 관계로 넓혀야 해요. 직접 노동이나 신체를 이용하는 그저 개인적인 일을 하는 게 아니라 전체 공동체에서 요구되는 조직화되고 사회적인 일을 할 필요가 있어요. 여자들이 모르는 사이에, 스스로 이해하거나 받아들이지 않았는데도 지금 사실상 이런 일들이 진행되고 있죠. 변화가 필요한 건 정신이에요."

"2천만 가구의 운영 메커니즘을 바꾸는 건 당신에게는 누워서 떡 먹기가 아닐까요? 그게 전부는 아니겠지요?"

그녀가 되물었다. "여자들 2천만 명이 머리를 매만지는 데 걸리는 시간이 얼마나 될까요? 한 명이 매만지는 시간과 매한가지죠. 모두가 동시에 한다면 말이죠. 이렇듯 숫자는 전혀 복잡한 문제가 아니에요. 작은 마을 한 곳에서 할 수 있는 일이라면 나라 전체에서 동시에 할 수 있으니까요. 허랜드에서 해결한 문제들이 모두 규모가 작아서 그런지 이곳에서 내가 현실적인 어려움을 간과한 것 같긴 해요. 그래도 미국인들이 아직까지 제대로 먹지 못한다는 생각에는 적응이 되지 않아요."

엘라도어의 말을 들으니 한결같이 훌륭했던 허랜드의 먹을거리들이 떠올랐다. 거기서 먹은 음식은 모두 맛있었을 뿐 아니라 가게든 시장이든 시들거나 오래됐거나 품질 낮은 식품을 파는 곳은 한 군데도 없었다.

나는 엘라도어에게 물었다. "허랜드에서는 식품을 어떻게 관리했나요? 상한 식품을 모조리 압수한 건가요? 그런 식품을 팔면 처벌받게 되나요?"

"이곳의 주부들은 상한 음식을 보면 압수하나요? 그런 걸 가족에게 먹이면 처벌받아요?"

"알겠어요. 당신들은 신선함을 유지할 수 있을 만큼만 공급했겠군요."

"정확해요. 숫자는 중요하지 않다고 했잖아요. 백만 명이 각각 먹는 양이나 한 명이 한 번 먹는 양은 결코 다르지 않아요. 당신들이 가족들에게 세끼 밥을 먹이듯 우리 역시 우리 국민들이 만족할 수 있도록 세심하게 먹을거리를 공급해요. 미국인들은 재료들의 품질이 떨어지다보니 그럴 수가 없을 뿐이지요."

이 말은 다소 모욕적으로 들렸지만 사실이었다.

엘라도어가 지친 듯 말했다. "정말 간단해요! 아이들도 다 아는 문제예요. 식품은 먹는 것이잖아요. 그러니 먹을 수 없는 건 식품이 아니에요. 여기서는 사람들이 식품의 진짜 용도는 완전히 무시하고 가지고 놀거나, 사고팔고, 쌓아두거나 내버리는 물건 다루듯 하는 게 마치…"

"돼지에게 진주 목걸이를 던져준 격이군요." 내가 말했다. "하지만 당신도 알다시피 경제법칙이 적용되어야…"

엘라도어가 웃음을 터뜨렸다.

"여보, 딱할 정도로 모든 게 엉망진창인 이곳 생활에서 당신이 그렇게 신봉하는 '경제학'만큼 비합리적인 것도 없어요. 먹을거리에 있어서 좋은 경제란 당연히 이래야 해요. 최소 노동 비용으로 최고 품질의 식품을 충분히 생산해야 하고, 필요한 사람들에게 신선한 상태로 가장 빨리 전달해야 하지요.

이 나라의 식품 관리는 당신들이 하는 어떤 일과 비교해도 손색없을 만큼 바보스러워요. 난 여러 도시에 머물면서 이 거리 저 거리를 다녀봤어요. 여러 지역의 호텔과 식당을 방문했고 가정집에도 수없이 가봤지요. 그리고 고백하건대, 밴, 조금 부끄럽지만 난 그 무엇보다도 고향 음식이 그립더군요."

"좌절감이 드는군요, 엘라도어. 당신이 고향을 그리워하지 않아야 할 텐데. 허랜드 같은 합리적인 국가와 비교하면 이곳은 엉망진창이 맞아요. 정말 절망적이에요. 허랜드를 쫓아가려면 천 년은 걸릴 것 같아요."

엘라도어가 조용히 대답했다. "세 세대 안에 할 수 있어요. 세 세대면 백 년이 안 되는 시간이에요. 난 알아요. 물질적인 면을 따라잡는 건 20년이면 충분하지만 사람들이 모두 바뀌려면 세 세대는 걸릴 거예요. 사람들 중 5퍼센트는 한 세대 안에, 15퍼센트는 두 세대, 나머지 80퍼센트도 세 세대면 바뀔 거예요. 더 빠를 수도 있어요."

"여보, 당신 지나치게 낙관적인 것 아니오?"

"그렇지 않아요." 엘라도어가 진지하게 대답했다. "지금 사람들은 바보가 아니에요. 머릿속에 가득 찬 허위와 어리석음에 짓눌려 있을 뿐이지요. 미국인에게는 언제나 원하기만 하면 빠른 속도로 달려 나갈 수 있는 거대한 삶의 에너지가 존재해요. 주변의 모든 환경도 우호적이에요. 게다가 당신들은 이제 그런 환경을 조성하는 법도 알아요. 교육도 힘이 되지요. 지금까지는 제대로 시도도 해본 적이 없잖아요. 이런 모든 환경에서 2세를 제대로 키워낸다면 곧 이 세상은 눈부시게 아름다운 사람들로 가득 찰 거예요. 아, 당신들이 그렇게 하면 좋겠어요! 정말 그럴 수 있으면 좋겠어요!"

엘라도어에게 가혹한 세상이었다. 내 예상보다도 훨씬 가혹했다. 전쟁의 공포나 후진국에서 경험한 참담함, 미국의 고통스러운 과거뿐만이 아니었다. 미국에서는 엘라도어가 행복하게 지낼 수 있을 거라는 내 순진했던 믿음과 달리 우리가 힘들게나마 익숙해진 미국 내 흔한 생활 방식들조차 엘라도어에게는 끊임없는 괴로움과 골칫거리였던 것이다.

엘라도어의 눈을 통해 미국을 새롭게 보게 된 나는 이 신흥 국가를 보며 느끼곤 했던 기분 좋은 자긍심 대신 이제 그녀가 '멍청한 아이'라고 한 말의 의미를 끊임없이 되새기기 시작했다.

식품에 관한 엘라도어의 말은 과연 사실이었다. 식품은 섭취하는 것이다. 운송과 보존, 보관, 판매 과정에서 식품의 품질이 훼손된다면 이 모든 과정이 바보 같은 것이다. 나는 달걀의 품질 등급이 '불량'으로 떨어질 때까지 보관하면서 판매하는 자들이 멍청할 뿐 아니라 실제로 악의적이라는 생각이 들기 시작했다. 정원으로 둘러싸인 허랜드의 도시들이 선명하고 뚜렷하게 떠올랐다. 허랜드에서 각 도시의 주민들이 소비하는 과일과 채소는 인근에서 재배되었으므로 수확한 당일에 바로 소비되며, 운송비가 절감되므로 비용도 적게 들었다. 사람들은 철마다 충분한 식품을 보관하고, 일부는 비상용으로 사용되었다. 남녀노소 누구도 이곳의 도시민들처럼 터무니없는 값을 치르고 식품을 사먹을 필요가 없었다.

내가 이제야 인류의 삶에서 기본적인 문제라고 인식하기 시작한 것들을 한낱 여성이며 어머니에 불과한 허랜드 여자들은 매끄럽고 완벽하게 해결했다.

최고의 인재들을 길러내고, 인재들이 최고의 능력을 발휘하도록 하며 더 나은 성장을 이뤄내는 방법을 찾는 것이야말로 말할 것도 없이 우리가 여기에 있는 이유이다.

12

그 후

서둘러 적거나 대화를 전반적으로 재구성한 내 메모 뭉치와 엘라도어의 두툼한 문서를 살펴본 나는 비참하게도 이 책에 많은 부분이 누락됐다는 사실을 깨달았다. 책을 보완할 시간은 부족하지만 그래도 이 책을 출판하고 싶다. 내 아내가 허랜드를 떠나온 후 긴 시간 동안 이 세계를 여행하면서 경험한 모든 것을 담은 보고서가 아예 없는 것보다는 나을 테니까.

시간이 흐르고, 내가 살아서 다시 우리가 살던 세계로 돌아간다면 이것보다 훨씬 만족할 만한 연구를 해보고 싶다. 하지만 왜 내가 굳이 그런 고생을 사서 한단 말인가. 확신컨대 엘라도어라면 자신의 친구들과 허랜드 자매들의 도움을 받아 나보다 훨씬 뛰어난 연구를 할 수 있을 것이다.

나는 엘라도어가 열정적으로 이 세상을 돌아다니며 허랜드의 경이로움과 아름다움을 알리기를 바랐다. 하지만 허랜드 여성들이 허랜드의 지리적 비밀을 미지의 상태로 남기기로 결정하면서 내 바람은 허사가 되고 말았다. 그래도 우리가 허랜드를 방문했을 당시 작성한 여행 기록을 출판하는 것은 허용되었다. 이 기록 역시 호기심 많은 탐험가들을 자극할 것이다. 엘라도어는 이곳에 있는 동안 특정 질문에는 대답하기를 원치 않았는데, 그렇다고 질문을 거절하기를 바라지도 않았다.

허랜드인들의 결정이 옳았다. 우리 세계를 알면 알수록 당분간만이라도 그 아름다운 나라를 보전하려는 그들의 노력이 옳다는 사실에 확신을 갖게 되었다.

엘라도어는 자신의 첫인상이 얼마나 보잘것없었으며 단편적이고 불균형적이었는지 내 책에 꼭 부연 설명을 해야 한다고 말했다.

엘라도어가 말했다. "머무른 시간이 길어질수록, 과거에 대해 배울수록, 현재 상황을 이해하면 할수록 이 나라에 대한 내 희망도 커져가고 있어요. 그 부분을 강조해줘요." 엘라도어는 강한 어조로 이렇게 주장했다.

시간이 흐르면서 전쟁도 그녀를 좌절시키지 못했다. 엘라도어는 씁쓸하게 웃으며 이렇게 물었다. "전쟁이 이렇게 많은데 하나 더 있다고 달라질 게 있나요? 전쟁의 끔찍함이야말로 역설적이게도 전쟁을 끝낼 수 있는 가장 큰 희망이에요. 그리고 또 한 가지, 사람들이 점차 현명해지고 있어요. 범죄와 같은 폭력, 이런 폭력을 종식시키기 위한 물리력만 남고 이제 모든 폭력은 사라질 거예요. 사납게 요동치던 역류가 시간이 흐르면서 차츰 잦아들다가 결국 사라지듯 이러한 물리력 역시 점차 약해질 거예요. 밴, 다른 내용은 다 제외하더라도 여성과 아이들에 대한 건 꼭 강조해야 해요."

"당신이 직접 하는 게 나을 것 같아요, 여보. 와서 한 장(章)을 쓰도록 해요." 내가 말했다. 하지만 엘라도어는 그러려고 하지 않았다.

"너무 가혹하게 쓸까봐 걱정이 돼요. 그리고 당신도 알다시피 그 주제는 이미 충분히 얘기했어요."

엘라도어는 지금까지 자료를 상당히 철저하게 점검했다. 자료의 요지를 이야기하는 건 어렵지 않다. 우리 둘 다 사실들을 꿰고 있으니. 허랜드 출신인 그녀는 자연스럽게 모성의 관점에서 바라보았다.

"사람들의 본분은 물론 건강과 행복, 지혜, 미, 생산성과 진보를 추구하는 것이지요."

"'선(善)'도 포함시키는 게 어때요?"

"어리석은 말 말아요, 밴. 건강하고 행복하고 현명하고 아름답고 생산적이며 진보적인 사람들이라면 당연히 좋은 사람들이에요. 그게 선(善)이니까요. 이러한 가치들과 동떨어져서 '선'이 존재할 수 있다고 생각해요? '좋은' 사람들에게는 '좋은' 세상이 필요해요. 그들이 그런 세상을 만들어야 해요. 자신들이 성장하며 살아갈 깨끗하고 안전하며 편안한 세상 말이에요. 아이들이 자라서 성인이 되니 더 나은 사람과 나은 세상을 만들려면 아이들을 잘 가르쳐야 한다는 점은 자명한 이치예요."

"지금까지는 다른 사람들도 당신의 견해에 대체로 동의할 거예요." 내가 인정했다.

"이 세계에서 아이들을 가르치는 사람들은 어머니들이에요. 그런데 이 나라 어머니들은 이 단순한 진리를 아직까지 깨닫지 못했더군요."

"이 나라 어머니들도 다른 데에는 하등의 관심이 없어요. 태고적 윤리부터 엘렌 케이*에 이르기까지 한결같이 모성의 마법 같은 힘과 아름다움을 이야기하는걸요." 내가 말했다.

"그래요, 밴. 나도 알고 있어요. 하지만 이곳의 어머니들이 생각하는 모성과 진짜 모성은 자작나무로 만든 카누와 대양을 누비는 기선만큼이나 달라요. 이곳의 어머니들은 전체로서의 모성을 이해하지 못해요. 그게 문제예요. 모성을 제대로 이해하지 못하는 까닭은 정신이 미성숙했기 때문이지요. 세계를 건설할 수 있는 진짜 사람이 아니에요. 그리고 그들의 정신이 미성숙한 건 고대로부터 물려받은 그 놀라운 유물, 즉 여자들이 가정에서 차지하는 위치 탓이에요."

"사람들이 부르짖듯이 당신도 '가정을 파괴'하는 데 동참할 건가요, 엘라도어?"

"하지만 난 이 땅에서 가정만큼 아름다운 것도 없다고 생각하는걸요." 엘라도어는 뜻밖에도 이렇게 대답했다.

나는 완전히 어리둥절해서 물었다. "그렇다면 당신 말은 대체 무슨 뜻이에요? 여자들이 없는 집은 없잖아요? 아이들도 그렇고."

엘라도어가 진지하게 덧붙였다. "남자들도 마찬가지예요. 세상에,

* 엘렌 카롤리네 소피아 케이(Ellen Karolina Sofia Key, 1849~1926). 스웨덴의 사상가이자 교육자.

밴! 집에 남자들이 없나요? 남자들이 집을 사랑하지 않나요? 남자들은 가정을 사랑하지만 하루 종일 집에만 있지 않아요. 여자들은 왜 그래야 하죠?"

엘라도어는 가정이 주는 의미는 남녀 모두에게 똑같아야 한다고 짧지만 분명하게 말했다. 더 나아가 우리가 그렇게 소중하게 여기는 가정의 아름다움과 편안함과 평화, 사생활과 기분 좋은 휴식, 가족 간의 우애의 의미 역시 남녀 모두에게 똑같아야 하며, 가정이 남자에게 끝없는 부양의 짐으로 다가와서도 안 되지만 자부심의 원천이 되어서도 안 되며, 여자에게 가정이 그저 공방이거나 개성을 드러내는 유일한 수단이 되어서도 안 된다고 주장했다.

엘라도어가 말했다. "이 도시와 세계를 휘젓고 다닐 만큼 능력 있는 수많은 여자들이 고작 집이나 더 비좁은 아파트에서 자기 개성을 드러내는 데에 만족하는 모습을 보는 건 애처롭기도 하지만 형언할 수 없을 만큼 부당하기도 해요. 남자들이 이런 식으로 산다면 기분이 어떨지 당신은 알 거예요. 그런데 여자들은 그렇게 살고 있다니 정말 터무니없어요. 게다가 도시와 세계를 건설하는 남자들이 죄다 집 안에서만 왔다 갔다 하는 여자들에게 매여 있잖아요. 정말 우스워요, 밴. 마치 말과 에오히푸스*가 함께 마구를 찬 것같이 어이없을 정도로 우스워요."

"이 에오히푸스가 말을 따라잡을 때까지 기다릴 필요는 없을 것 같은

* 신생대 제3기 에오세에 번성했던 말의 조상.

데요?"

엘라도어가 내게 장담했다. "오래 기다리지 않아도 돼요. 이곳의 남자아이들과 여자아이들은 평등하게 태어나고 있어요. 평등해야 해요. 하지만 태어난 후 판이한 문화적 환경 속에서 성장하다보니 차이가 나기 시작하지요. 남아와 여아는 유아기와 청소년기에 접하는 환경은 물론이고 입는 옷도 받는 교육도 달라요. 남녀가 종사하는 산업들 사이에 존재하는 간극도 상당해요. 이런 식의 분열이 고착되자 한쪽 성은 자유롭게 성장하면서 다양한 사회적 능력과 자질을 계발한 반면, 억압받고 통제된 다른 성은 수천 년 전의 노동 수준에 머무르게 된 거예요. 이제 상황이 바뀌기 시작했어요. 내게도 그 변화가 보여요. 하지만 여자들이 어머니의 소임을 잘 수행하려면 이러한 변화의 수준이 철저하고 보편적이어야 해요."

"하지만 내 생각에는… 적어도 내가 만날 듣기로는 여자들을 집 안에 붙잡아둔 건 여자들의 일이었어요."

엘라도어는 살짝 성급하게 내 말을 일축했다. "아이들을 좀 봐요. 다른 데는 볼 필요도 없어요. 어머니가 되려면 건강한 아버지가 필요하다는 사실조차 모르는 이 소녀들을 보라니까요. 세상에, 이 나라 여자들보다도 양들이 짝짓기에 대해 더 잘 알걸요.

수백 년 동안 여자들은 질병에 시달리다가 목숨을 잃곤 했는데 그 질병에 대해 이제야 인식하기 시작했어요. 여자들은 굉장히 가난해요. 대부분이 빈털터리예요. 계획적이지도 않고 조직화되어 있지도 않아요.

조직화의 필요성을 자각하지 못하는 것 같아요."

내가 노동조합의 성장에 대해 언급했지만 엘라도어는 그건 그저 아주 낮은 단계라고, 유용하긴 하지만 작은 움직임일 뿐이라고 말했다. 그녀가 의미하는 건 어머니들로 구성된 조합이었다.

엘라도어가 진지하게 말했다. "내 생각에는 섹스가 문제예요. 우리에게 모성은 굉장히 단순해요. 처음에 난 남녀 관계에 의한 출산이 아이들에게 더 좋을 거라고 생각했어요. 말하자면 어머니가 둘인 셈이니까요. 그런데 남자들은 부성의 극히 작은 부분에서 큰 쾌락을 느꼈고 그 결과 부성을 별개의 것으로 상상하기 시작하더니 '섹스'를 부성과 완전히 동떨어진 것처럼 말하기 시작했어요. 내가 며칠 전에 발견한 걸 좀 봐요." 엘라도어는 성병 전문가인 내과의가 출판한 작고 노란 의학 전문지 한 권을 꺼내더니 이 의사가 '불임 수술'에 대해 쓴 내용을 읽어주었다. 거기에는 불임 수술은 섹스에 부정적인 영향을 미치지 않는다고 쓰여 있었다.

엘라도어가 말했다. "한번 읽어봐요! 그 남자는 의사예요. 생식 능력을 제거하더라도 '섹스'에 아무런 영향도 미치지 않는다고 생각하지요. 남자들에게, 일부 여자들도 마찬가지지만, 섹스란 그저 원초적 쾌락을 의미할 뿐이에요. 이곳의 여자들이 마음속 깊이 각성해서 여자들에게 주어진 사명을 깨닫게 된다면, 남자들이 건강하고 똑똑한 아이들을 출산할 수 있도록 도와주는 가장 고귀한 조력자이자 자연에 존재하는 가장 훌륭한 최신식 도구라는 걸 알게 될 거예요. 그리고 '섹스'보다는 아이들에 대해 더 많은 이야기를 하게 될 거예요."

나는 섹스에 탐닉함으로써 또 다른 가치와 효과를 얻을 수 있다고 가능한 한 진심을 담아서 강조했다. 내 주장은 고도의 훈련을 받은 선수들이라면 누구라도 부정할 '불가피성'이라는 평범한 이론이 아니라 섹스는 사랑의 고귀한 승화이며 모든 예술적 능력을 북돋우는 커다란 자극, 다시 말해 우리가 하는 일의 창조적 원동력이라는 훨씬 심오한 주장이었다.

참을성 있게 귀를 기울이던 엘라도어는 내 말이 끝나자 고개를 저었다.

그녀가 말했다. "그 주장이 모두 사실이더라도 여자들이 겪는 수모나 걸려서는 안 될 질병 때문에 망가지는 심신, 불행하게도 미숙아로 태어난 아이들에 이르기까지, 이 모든 불행의 무게가 1톤이라면 섹스에 탐닉함으로써 얻는 가치의 무게는 1그램도 안 될 거예요. 세상에, 밴, 영양실조로 인한 발육부진에 거죽만 남은 아이들, 수백만이나 되는 불쌍한 기형아들, 원치 않은 임신으로 태어난 아이들, 사람들이 찬양해 마지않는 '섹스'의 부산물인 이 아이들과 섹스의 가치라는 온갖 '커다란 자극'이나 '창조적인 원동력'을 어떻게 동일선상에 놓고 비교할 수 있나요? 적어도 세상의 모든 아이들이 건강해질 때까지는, 정상적으로 자랄 때까지는 무용한 주장이에요. 평균적인 남녀가 성병에 대한 두려움에서 해방되고, 사랑을 통해 행복할 수 있을 때, 그 행복이 영원히 지속될 때에야 비로소 섹스나 섹스 탐닉에 대한 대중의 호의적인 견해들이 의미를 가질 수 있어요.

변화는 단기간에 이루어지지 않아요. 오랜 세월에 걸쳐 대물림된 문제이니 그게 당연해요. 이 문제를 극복하는 데 세 세대가 걸릴 거라고 말한 건 그런 연유예요. 하지만 여자들이 자유롭지 않다면, 그리고 어머니로서 자신의 소임을 깨닫지 못한다면 아무것도 도움이 되지 않을 거예요."

"'정말 자유로운' 여성 중에는 자유로운 섹스를 주장하는 사람들도 있어요. 그들은 남자들이 하는 그대로 여자들이 하는 걸 보고 싶어하는 것 같아요." 나는 엘라도어의 기억을 상기시켰다.

"맞아요, 나도 알아요. 그들은 똑같다고는 못 해도 거의 반페미니스트만큼 나빠요. 잘못된 교육과 그릇된 습관의 결과일 뿐이에요. 원하는 걸 입 밖에 내지 않았을 뿐 그런 여자들은 예전에도 존재했어요. 당신, 설마 남자들은 모두 상스럽고 여자들은 죄다 정숙할 거라고 상상한 건 아니겠지요?"

나는 부끄러움을 무릅쓰고 그녀의 추측이 모두 사실이며 행실이 좋지 않은 여자들은 남자들에게 잔인하게 처벌받았다고 고백했다.

엘라도어가 말했다. "정말 놀라워요. 당신은 야생동물에 대해 잘 알잖아요. 많은 동물들을 키우면서 훈련도 시켰어요. 자연에 존재하는 종들 중에 두 성이 완전히 반대되는 특성을 가진 종이 하나라도 있던가요?"

물론 특별한 차이를 지닌 종을 제외하고 내가 아는 종들 중에 그런 특성을 가진 동물은 하나도 없었다.

엘라도어는 지엽적인 문제나 사소한 의견은 물론 충분히 토론할 만한 질문까지 모조리 옆으로 제쳐놓고 다시금 여자들의 의무 이야기로 되돌아갔다.

"여자들이 각성하게 되면 남자들은 곧바로 여자들의 의견을 따라야 할 거예요. 여자들이 자유로워지고 독립적이고 각성하게 되는 순간 자연법에 따라 여자들이 힘을 갖게 될 거예요."

"여자들을 각성시키는 힘이 무엇인가요?"

엘라도어가 골똘히 생각에 잠긴 채 말했다. "많아요. 내 관점에서는 어머니로서의 의무감이 가장 강력한 동기인 것 같지만 그 외에도 많은 힘이 작용하죠. 경제적 변화는 정치적 변화보다 훨씬 중요해요. 아무튼 둘 다 빠른 속도로 진행되고 있어요. 전쟁 역시 여자들에게 긍정적인 영향을 미쳤어요. 수백만 명의 남자들이 전쟁 덕분에 한꺼번에 눈을 뜨게 됐으니까요. 여기에는 논쟁의 여지가 있을 수 없어요."

"여자들이 평화를 위해 일하는 모습을 보게 되면 기쁘겠지요?" 내가 물었다.

"물론 대단히 기쁠 거예요. 유럽 각지에서 이미 그렇게 하고 있지요. 내가 말한 게 그런 거예요."

"난 평화운동을 말한 거라오."

"오, 평화운동이요? 평화를 위해 말하고 글을 쓰고 전보를 보내는 걸 뜻하는 거로군요. 그래요. 역시 유용해요. 여성을 사회적 관계망 속으로 이끌거나 여성으로 하여금 사회적 책임감을 갖게 하는 것이라면 무엇이든 좋아요. 하지만 말이나 글로 주장하는 건 행동만큼 큰 의미를 갖지는 못해요.

이 나라 여자들은 남자들보다 확실히 경제에 대한 이해도가 높아요. 내가 보기엔 사업하는 여자들은 남자들처럼 불량식품을 공급하거나 수준 이하의 주택을 지을 가능성이 별로 없어요. 사람들에게 불량식품을 먹이거나 사람들을 어둡고 비좁은 방에서 살게 하는 건 대단히 부당한 짓이에요."

"당신은 이곳 여자들의 패션 센스가 꽝이라고 생각하잖아요?" 내가 장난스럽게 물었다.

"그래요. 하지만 그게 지금 현재 여자들인걸요. 남자들이 오랜 세월 동안 만들어낸 여자들이 바로 이 여자들이에요. 나는 진정한 의미의 여자들, 수면 아래에 존재하지만 기회를 얻는 순간 곧바로 모습을 드러낼 여자들을 의미하는 거예요. 그들이 세상을 바로잡고 영광스러운 시기를 맞을 거예요. 이곳에 머물면서 조금이나마 도움이 되고 싶은 마음이 들기도 해요."

그녀의 말이 미국에도 머물지 않겠다는 의미라는 생각이 든 건 얼마 후였다. 나는 확인하고 싶었다.

"머물고 싶은 마음이 든다? 당신 말뜻은 영원히 다시 돌아가고 싶다는 건가요?"

엘라도어가 대답했다. "아직 아무것도 분명하지 않아요. 하지만 한 가지는 확실해요. 이곳에 살게 된다면 아이는 갖지 않을 생각이에요."

나는 순간 그 말을 그녀가 느끼는 괴로움이 임신에 악영향을 미치기 때문에 임신을 피하겠다는 뜻으로 받아들였다. 그런데 팔짱 낀 팔과 꾹 다문 입매, 두 눈에 서린 단호한 결심을 본 후 나는 그 말이 진정으로 '아이를 갖지 않겠다'는 뜻이라는 사실을 깨달았다.

엘라도어가 덧붙였다. "아이를 갖는 건 옳지 않아요. 당신이 사는 세상을 모두 보고, 관련 자료를 읽었지만 아이를 기르고 싶다는 생각이 드는 곳은 한 군데도 없었어요."

"우리끼리 아름다운 곳으로 가면 돼요. 깨끗하고 아름다운 섬 같은 곳으로…" 내가 주장했다.

"'우리끼리' 있는 곳이라면 아이에게 마땅한 곳이 아니에요."

"허랜드 사람들처럼 당신이 아이를 가르치면 되잖아요." 내가 다시 주장했다.

"내가 아이를 가르친다구요? 내가요? 아이를 가르치다니, 내가 뭔데요?"

"그 아이의 어머니잖아요." 내가 대답했다.

"당신 말대로라면 우리 아이는 사회에서 버림받은 외로운 아이가 될 텐데, 그런 아이를 가르치는 어머니는 대체 어떤 어머니인가요? 아이들은 제대로 성장하려면 많은 여자들의 가르침이 필요해요. 또 많은 아이들의 사회 속에서 배워야 해요. 아이들에게는 사회적 환경이 필요해요. 섬이 아니라!"

엘라도어가 잠시 후 다시 말을 이었다. "여보, 허랜드에서는 모든 게 스승이에요. 아이들은 어디에서든 사랑과 질서, 평화, 위안, 지혜를 볼 수 있어요. 홀로 자라는 아이라면 그렇게 충분히 받으면서 자랄 수 없어요. 그리고 내가 본 이 나라들과 혐오로 가득 찬 이 도시들은… 난 당신이 사는 이 세상에서 아이를 갖느니 차라리 아이 없이 살다가 죽겠어요."

허랜드에서 '아이 없이 죽겠다'는 말은 우리가 '영원한 지옥살이로 고통받겠다'고 말하는 것이나 진배없었다. 그 말인즉 허랜드인들이 생각할 수 있는 최악의 자기박탈이었다.

"나를 떠날 생각이군요!" 내가 외쳤다. 돌연 비통함이 느껴졌다. 결국 그녀는 '내 여자'가 아닌 허랜드의 여자였다. 엘라도어에게는 나와 함께 하는 이 땅에서의 삶보다 천국과 같은 그녀의 조국과 여전히 확실한 희망인 모성이 훨씬 소중했던 것이다. 그 고지대의 낙원과 견주려면 나는 대체 엘라도어에게 무엇을 주어야 한단 말인가?

엘라도어가 강하면서도 부드럽고 사랑스러운 두 팔로 나를 안고는 내게 좀처럼 해주지 않던 키스를 했다.

"여보, 당신이 원한다면 내 목숨이 다하는 그 순간까지 당신 곁에 머무를 거예요. 당신이 허랜드로 돌아가는 걸 가로막는 게 있나요?"

사실 내가 허랜드로 돌아가는 걸 막는 건 아무것도 없었다. 내가 여기에 두고 갈 것들 중에 조국에서 추방된 엘라도어가 경험한 고통처럼 커다란 고통을 내게 안겨줄 만한 건 아무것도 없었다. 무엇보다도 아내 잃은 고통은 그 무엇으로도 보상할 수 없을 것이다.

우리는 열심히, 진지하게 허랜드로의 귀환을 의논하기 시작했다. 엘라도어가 내게 장담했다. "이 불쌍한 세상을 저버리겠다는 뜻이 아니에요. 훗날, 먼 훗날에 다시 돌아올 수 있을 거예요. 내 마음은 이곳에서 할 수 있는 수많은 일들로 가득 차 있어요. 그리고 허랜드의 모든 지혜를 동원해서 이 세계를 도울 거예요. 하지만 우리가 젊은 동안에는, 이 어둡고 어리석은 혼란 때문에 내가 더 상처받기 전에 이곳을 떠나 있기로 해요. 지금까지 받은 고통은 큰 상처로 남지 않을 거예요. 아마 우리 아이는 세상의 모든 고통을 아파하는 심장을 가지고 태어나겠지요. 그리고 이 세계를 돕기 위해 우리보다도 훨씬 더 많은 일을 할 거예요. 특히 우리 아이가 아들이라면…"

"아들이었으면 좋겠어요, 여보?"

"오, 그건 아니에요. 하지만 생각해봐요. 2천 년 동안 허랜드에서 아들이 태어난 적은 한 번도 없어요. 만약 우리로부터 새로운 종류의 남자들이 시작될 수 있다면!"

내가 장난스럽게 물었다. "그 남자들에게 뭘 바라는 건가요? 그곳 여자들은 자신들의 힘만으로 이 세상에서 필요한 모든 걸 이뤘잖아요?"

"그렇지도 않아요, 밴. 우리는 시작한 것도 아니에요. 우리나라는 하나의 견본에 불과해요. 지역사회에서 열린 전시회라고나 할까요. 우리가 해온 일이 옳다면 그걸 모든 세상으로 전파시키는 게 우리의 가장 확실한 사명이 될 거예요. 당신이 우리에게 열어준 건 새로운 삶의 지평이에요. 밴, 당신 정말 대단한 사람이에요!"

"대단한 사람이라! 대단하다니! 난 당신이 이 세상의 모든 고통을 유발한 장본인이라며 우리 남자들을 비난하고 있다고 생각했는걸요? 우리가 세상에 어떤 짓을 했는지 좀 봐요!"

"당신들이 어떤 좋은 일을 했는지도 보도록 해요! 세상에! 여보, 인류가 초래한 피해는 성을 오해하고 남용한 결과일 뿐인걸요. 반면에 인류가 이뤄낸 좋은 일들은 인간성의 결과지요. 크고 숭고한 인간성은 성장을 방해하는 악마의 훼방에도 끊임없이 발전하면서 이 세계를 건설하고 향상시키고 가르쳐왔어요. 애당초 성을 오해하고 남용한 결과 스스로 초래한 어려움에 시달리면서도 당신들이 보여준 용기와 인내, 지속적인 성장을 보다보면 남자들은 인간 그 이상의 능력을 가지고 있는 것 같아요."

엘라도어의 이 말은 정말 충격적이었다. 허랜드를 목격한 후 어리석음과 황폐함, 고통이 뒤엉킨 이곳으로 돌아온 남자라면 인류가 만들어낸 이 세계가 결코 자랑스럽지 않을 것이며, 성의 본래 목적에 대한 생물학적 사실과 자신들이 끔찍하리만큼 성을 남용했다는 사실을 정확히 이해했다면 완전히 잘못된 자신들의 비정상적인 위치와 본인들이 지속적으로 생산해온 악폐에 대해 더 큰 수치심을 느끼지 않을 수 없을 것이기 때문이었다.

내겐 이 모든 게 아주 자명했다. 그런데 지금 엘라도어가 이런 말을 하게 되다니!

엘라도어가 부드러운 어조로 설명했다. "여보, 남자들이 일부러 저지른 짓은 하나도 없다는 사실을 명심해요. 그 누구도 제대로 알지 못했던 그때 문제는 시작됐어요. 그리고 종교나 법이 확립되기 전에 견고한 '관습'으로 굳어졌지요. 여자들이 죽지 않았다는 사실도 기억하세요. 남자들과 똑같은 수의 여자들이 여전히 이곳에 존재하고 있어요. 또한 불공평한 제약 덕분이긴 하지만 여자들은 남자들이 경험한 큰 곤경을 면할 수 있었어요. 여자들이 물려받은 유산을 박탈할 수 있는 건 아무것도 없어요. 남자들이 발전을 위해 쏟은 모든 노력이 여자들을 고양시키기도 했어요. 아울러 절대 잊지 말아야 할 것은 사랑이에요. 인류는 모든 욕망과 노예 제도와 부끄러움을 겪으면서도 결국 살아남았고 승리했으니까요."

나는 위로받았고 안도했다.

엘라도어가 말을 이어갔다. "그뿐만 아니라 과도한 성욕과 남자들 스스로 만들어낸 무능한 여자들 때문에 발전 속도가 더딜 수밖에 없었지만, 그래도 남자들은 본인들이 만들어낸 이 진짜 세상을 자랑스러워할 필요가 있어요. 무엇보다도 이 세계를 만들고, 발견하고, 건설하고, 멋지게 꾸민 건 바로 남자들이니까요. 당신들 것은 우리 것만큼 좋아요. 심지어 더 나은 것도 있어요. 우리가 전혀 모르는 과학기술도 있더군요. 이 모든 걸 남자들의 힘만으로 해냈어요. 놀라워요."

엘라도어가 보여준 친절함과 솔직한 인정에도 불구하고 나는 그녀의 말투 때문에 속으로 발끈하지 않을 수 없었다. 당연히 우리 세 남자는 허랜드에서 그녀들이, 오직 여자들의 힘으로 이룬 모든 성취에 끊임없이 감동을 받곤 했다. 그런데 남자들이 이 모든 일을 해낸 것에 대해 엘라도어가 똑같이 대단하다고 여기는 건 내게 전혀 만족스럽지 않았다.

엘라도어는 차분하게 말을 이어갔다.

"우리에게는 이점이 있었어요. 여자였던 우리는 스스로를 응원하는 힘, 모성의 특징인 건설적이고 조직화하는 기질을 지니고 있었지요. 그리고 남자들이 없었기에 슬프게도 이 세계의 역사를 가득 채운 탐욕과 싸움을 피할 수 있었어요. 또 고립되어 있었던 덕분에 아무도 찾지 않는 숲속 공터의 세쿼이아 나무처럼 성장할 수 있었지요.

하지만 모든 게 뒤섞인 이 커다란 세상에서 사람들을 혼란에 빠뜨리고 발전을 저해하는 저 끔찍한 종교와 정신적인 혼동, 무지했던 오랜 세월, 진정한 행복의 부재에도 불구하고 당신들은 세계를 건설한 거예요! 밴, 남자들은 자신들이 가진 인간의 본성이 성욕보다 훨씬 강하다는 사실을 증명했어요. 난 이 모든 걸 배워야 했지요. 왜냐하면 우리 고향에서는 여성이 곧 사람이고 사람이 곧 여성이니까요. 두 단어는 같은 뜻인 셈이지요. 처음에 난 남성을 그저 남자라고 생각했어요. 허랜드 사람이라면 다 그럴 거예요. 이제는 여성과 마찬가지로 남성 역시 사람이라는 사실을 깨달았어요. 그리고 내가 당신에게 느끼는 이 커다란 사랑은 한 사람이 다른 사람에게 느끼는 감정이에요. 나는 당신과 함께 사는 게 정말 좋아요. 당신은 정말 훌륭한 동료예요. 당신과 있으면 전혀 지루하지 않죠. 당신과 함께라면 노는 것도, 일하는 것도 모두 좋아요. 난 당신이 일하는 방식을 존경할 뿐 아니라 좋아하기도 해요. 그리고 당신과 함께 가만히 앉아 있을 때 난 정말 행복해요, 밴!"

엘라도어는 사려 깊게도 허랜드를 떠날 때 불룩한 작은 가방 한 개를 가져왔는데 이제는 홀쭉해진 그 가방 안에는 아직 큼지막한 루비 몇 개가 남아 있었다. 우리는 세심하게 계획을 짰는데 그 계획에는 내가 비행과 역학의 전 과정을 배우는 것도 포함되어 있었다. 이번 여정에 사고는 없어야 했다. 우리는 출발하기에 앞서 해체한 비행기를 싣고 긴 강을 거슬러 올라갈 모터보트를 기선에 실어 보냈다.

들고 갈 짐은 거의 없었다. 그 적은 짐 가운데 엘라도어의 것은 대부분 직접 작성한 메모 뭉치였는데, 거의 모두 질 좋고 가벼운 종이에 꼼꼼하게 요약한 것들이었다. 또한 그녀는 가벼운 최신 백과사전을 가져가야 한다고 주장했다. "필요하다면 보트에 보관했다가 따로 가져와도 돼요." 엘라도어가 제안했다. 그녀는 자신이 찍은 사진과 영화 제작 장비, 공들여 고른 필름까지 챙겼다. "분명히 영화를 만들 수 있을 거예요. 하지만 이건 설명용이에요." 실제로 그랬다.

엘라도어의 짐의 무게는 혹시 몰라 동행하려 했던 짐꾼의 체중에도 미치지 않았다.

강을 여행하는 즐거움은 갈수록 커졌다. 연일 나무가 늘어져 어두컴컴한 숲과 갈대가 우거진 넓은 저지대를 지나서 마침내 은색으로 빛나는 신비한 호수로 빠져나왔을 때, 머리 위로 우뚝 솟은 허랜드를 본 나의 고요한 여신 엘라도어는 비명을 지르며 전율했고, 어머니의 품을 마주한 아이처럼 허랜드를 향해 두 팔을 뻗었다.

우리는 신속하게 비행을 위한 작업에 착수했다. 비행기를 꼼꼼하게 조립하고 수하물을 고정한 다음, 단단히 싼 보트는 멋진 누에고치처럼 완전히 밀봉했다.

이윽고 프로펠러가 부르릉 소리를 내며 길게 미끄러지듯 물 위를 달리더니 커다란 나선을 그리며 위로 날아오른 비행기가 바위로 된 절벽을 지난 후 숲, 그러니까 그녀의 숲 위를 날아올라 평화롭고 광활하며 아름다운 땅 위를 가로지를 때까지 엘라도어는 숨을 죽인 채 지지대를 꽉 잡고 있었다. 엘라도어가 말했다. "오, 봐요! 이 모든 땅을 봐요! 여기가 다 내가 사랑하는 허랜드예요!" 우리는 땅 위로, 마치 허랜드를 휩쓸 듯 큰 원을 그리며 지나갔다. 아래에는 낙원에서 그대로 옮겨온 듯한 초록색 초원과 꽃이 만발한 정원, 녹음이 우거진 숲들이 펼쳐져 있었다. 그리고 도시와 마을들. 사랑스럽게 흩어져 있는 그 모습과 풍부한 색감, 아름다운 디자인, 어느 곳이든 녹음을 드리운 깨끗한 나무들과 생기를 불어넣는 반짝이는 물과 환하게 만발한 꽃으로 가득한 풍경은 내 기억 속 모습 그대로였다.

엘라도어는 자랑스럽고 흡족한 듯 부드럽게 잠든 아이를 감싸는 젊은 엄마처럼 앞쪽으로 몸을 기댔다.

그녀가 중얼거렸다. "이곳에는 매연 같은 건 없어요! 귀를 찢는 소음도, 악행도, 질병도 없어요. 사고도, 병도 거의 없지요. 거의 없고말고요." (이 말을 할 때 엘라도어는 마치 아이의 몸에 있는 보일 듯 말 듯한 자국에 대해 사과라도 하듯이 속삭였다.)

그녀가 나직이 말했다. "아름다워요! 모든 곳이 아름다워요! 오, 이곳이 얼마나 아름다운지 난 잊고 있었어요."

나 역시 그랬다. 처음 허랜드를 보았을 때에는 나의 눈이 우리 세계에 만연한 추함에 길들여져 있었던 탓인지 이곳의 아름다움을 제대로 음미하지 못했다.

우리가 제일 오래 머물렀던 마을로 기수를 돌려 데이지 꽃이 만발한 초원에 매끄럽게 착륙하자 많은 이들이 우리를 반갑게 맞이했다. 그중에는 내 기억 속에 또렷이 남아 있는 소멜이 있었고, 누구보다도 아기와 함께 온 제프-셀리스 부부가 반가웠다.

상냥하고 온화한 엘라도어조차 아기를 와락 끌어안고 작은 양손과 장밋빛 두 발에 경건하게 입을 맞추었다. 또 두 팔로 셀리스를 잡고 꼭 안았다. 심지어 제프에게도 키스했는데 제프는 좋아하는 듯했고 아무도 개의치 않았다. 그리고… 만약 3백만 명이 사는 나라의 시민으로서, 모든 시민을 사랑하면서 살아가던 당신이 아주 특별한 사절단으로 선택되어 먼 미지의 세계로 향했다가 예기치 않게 돌아왔다면 당연히 당신의 손은 한동안 자유롭기 힘들 것이다.

우리는 매끄럽게 흘러가는 허랜드의 삶 속에 아무런 파문도 일으키지 않고 녹아들었다. 허랜드에는 주택 문제가 아예 없었다. 이곳 사람들은 항상 빈 주택의 비율을 일정하게 유지함으로써 주민들에게 이주의 자유를 보장했다. 의복도 좋았다. 의복은 어디에서나 입을 수 있도록 완벽하게 제작되었으므로 항상 아름다웠고 언제나 적절했다. 먹을거리도 마찬가지였다. 어디를 가든 식품 공급이 매끄럽고 원활했다.

자선 활동을 요구하지도 않았다. 그럴 필요가 없었다. 모든 게 위로와 활력을 줄 뿐 짜증이나 좌절을 유발하는 건 아무것도 없었다. 무엇보다도 사람들이 좋은 것은 더 좋게, 더 좋은 것은 최고로 만들기 위해 뚜렷한 목표를 세우고 계획하고 실천하는, 거대하고 꾸준하며 지속적인 추세를 감지할 수 있었다.

이곳보다 뒤떨어진 세상은 수만 가지 경향이 섞여서 모든 방향으로 밀고 당기며 서로 논쟁하고 반대하는 '분위기'였다.

반면에 이곳에는 힘과 평화 그리고 성취가 존재했다.

엘라도어는 곧장 허랜드 사람들에게 돌아갔다. 그녀는 열의에 차서 순회 강연을 다니고 직접 기록한 세계의 환경 관련 보고서를 출판하는 등 모든 노력을 쏟아부었다. 또 위대한 정신을 지닌 이 땅의 어머니들이 몰두해서 그 보고서를 연구하며 함께 토론하는 모습을 지켜보았다. 그리고 진중한 눈매의 젊은 여성들이 무한한 희망과 고귀한 목표 아래 열의에 찬 전도사처럼 이미 입증된 성과를 온 세상에 전파하게 위해 자신들이 할 일을 계획하는 모습을 지켜보았다. 다시 인쇄된 백과사전은 방방곡곡으로 뿌려졌고 놀랄 만큼 빠른 시일 내에 수많은 사람들에게 읽혔다. 그리고 허랜드 안에서 새로운 책임감과 더 큰 소임을 추구하는 새로운 정신이 꿈틀대기 시작했다.

허랜드 사람들이 말했다. "우리가 행복한 것으로 충분하지 않아요. 이 둥근 세상에는 수억 명의 사람들은 물론 그 사람들의 자녀들이 살고 있어요. 전 세계가 행복해질 때까지, 그게 천 년이 걸리더라도 우리는 결코 쉬지 않을 거예요!"

그들은 이 목표를 향해 서두르지 않고 천천히, 지혜롭고 침착하게 계획을 짜기 시작했다. 다른 이들을 돕기 위해서 자신들의 완전무결성과 평화를 보존하는 건 무엇보다도 당연했다.

최선을 다해 자신이 수집한 모든 것을 사람들에게 전한 후 위대한 업적이 점차 커지는 것을 지켜본 엘라도어가 행복이 담긴 긴 한숨을 내쉬며 나를 돌아보았다.

"숲으로 가요." 그녀가 말했다. 우리는 숲으로 향했다.

우리는 내가 처음 착륙한 바위로 갔다. 엘라도어는 그곳에서 세 소녀가 깔깔거리며 몸을 숨긴 곳을 보여주었다. 우리는 세 소녀들이 다람쥐처럼 미끄러지듯 달아났던 나무로 갔다. 우리는 그녀가 아는 더 멀고 조용한 곳으로 향했다. 그곳에는 가지가 휠 정도로 신선한 열매들이 매달린 거대한 나무들, 이끼로 뒤덮인 매끄러운 강둑, 조용한 연못, 맑은 물소리를 내는 분수가 있었다. 그리고 뜻밖에도 삼림관리인이 사용하는 작은 사택이 있었다. 건물은 조용하고 깨끗했으며 창문을 통해 키가 큰 꽃들이 보였다.

엘라도어가 말했다. "난 이곳을 가장 좋아했어요. 봐요. 양쪽 다 볼 수 있으니까."

그곳은 높은 둔덕 위에 자리한 덕분에 커다란 나뭇가지들 사이로 밝은 햇살이 비치는 아래 들판의 풍경이 한눈에 들어왔다.

반대쪽 풍경은 놀라움 그 자체였다. 돌연 가파르게 경사진 땅이 바위 절벽으로 이어지더니 그걸로 끝이었다. 벼랑 너머에는 저 멀리 어둡고 신비로운 곳, 짙은 밀림이 수평선까지 이어졌으며 수평선 너머에는 다른 세상이 있었다.

엘라도어가 말했다. "난 언제나 보고 싶었고, 알고 싶었고, 돕고 싶었지요. 당신은 내게 정말 많은 걸 주었어요! 사랑뿐 아니라 모든 인류를 위해, 생명의 새롭고 위대한 전진을 위해 일할 수 있는 기회까지도. 그리고 또 다른 새 희망도 가져다주겠지요. 어쩌면… 아들일지도 몰라요!"

그리고 머지않아 우리에게 아들이 태어났다.

옮긴이의 말

1900년대 초반 미국 사회를 대표하는 페미니즘 이론가인 샬럿 퍼킨스 길먼은 평생에 걸쳐 여성 문제에 천착하면서 억압받는 여성에 관한 사회구조적 분석을 수행하고 육아와 가사노동의 사회화, 여성의 경제적 자립 등을 주장했다. 이러한 길먼의 주장은 1911년부터 1916년까지 자신이 창간한 잡지 《선구자》에 연재한 페미니스트 유토피아 3부작에 잘 드러난다. 그녀는 3부작의 첫째 권인 『내가 깨어났을 때(Moving the Mountain)』에서 '성장 가능성을 지닌 어린 유토피아'를, 둘째 권인 『허랜드』에서 여성들의 힘으로 이룬 궁극의 유토피아를 창조했으며 3부작의 완결편인 『내가 살고 싶은 나라(With Her in Ourland)』에서는 현실 세계로 눈을 돌려 탐욕과 적의로 무장한 사람들과 그 결과 탄생한 제국주의, 미국 사회에 만연한 계층 간 갈등과 빈곤 문제, 다양한 차별 등 당시 시대의 난맥상을 진단하고 해결책을 제시한다.

20세기 초 미국 사회가 안고 있는 문제는 2021년 한국 사회의 문제점과 다른 듯 같다. 무엇보다도 2년 연속 출산율 세계 꼴찌를 기록한 우리나라의 상황은 당시 미국 사회를 아이를 낳아서 키우고 싶지 않은 곳이라고 규정한 엘라도어의 일갈을 떠올리게 한다. 길먼은 엘라도어의 입을 빌려 당시 미국 사회가 처한 문제를 해결하기 위해서는 '생각의 대전환'이 필요하다고 역설하며 생각과 행동의 일치, 공동체의 가치 추구와 민주주의 소양의 함양 등 다양한 처방을 제시한다. 이성 중심 사고를 강조하는 길먼의 말은 포스트모더니즘을 넘어 포스트-포스트모더니즘의 시대를 살고 있는 우리에게 철 지난 유행가처럼 들린다. 그럼에도 우리가 그녀의 처방에 귀 기울여야 하는 이유는 우리가 처한 문제는 결국 사람들 간 문제이며 사람들 간 문제는 생각의 전환과 생각의 실천을 통해 문제 해결의 실마리를 찾을 수 있기 때문이 아닐까.

이야기의 극적 전개 없이 줄곧 주인공의 입을 통해 미국 사회가 안고 있는 문제에 대한 진단과 처방이 이어지면서 다소 지루했던 작업 중에 만난 다음 대목은 길먼의 대담한 상상력이 번득이는 부분이어서 소개하고 싶다.

"밴, 잠깐 입장을 바꿔봐요. 허랜드에서 여자들이 많은 남자 종을 거느리고 있다고 상상해봐요. … 남자들은 대체로 몸이 작고 허약한, 가련한 생물들이죠. 겁이 많으면서 그런 자신이 부끄러운 줄도 몰라요. 남자들은 여자들의 성적 도구이거나 몸종이에요. 보통은 둘 다라고 보면 돼요. … 여자들 집에는 요리를 해주고 자신들이 귀가할 때까지 기다려주는 부드러운 남자들이 한 명씩 있어요. 여자들은 마음이 내키면 이 남자들에게 '사랑'을 베풀죠. 남자들은 무지해요. 대부분 주인에게 경제적으로 예속되어 있으니 돈의 용처도 보고해야 해요. … 남자들은 성실하게도 부엌일은 자기가 한다고 강조하고, 여자들이 만든 종교와 법에 자신을 맞추지요. … 이 품위 없고 무식한 남자들은 매번 기꺼이 우스꽝스러운 옷을 입음으로써 자신을 구경거리로 전락시키고 있어요." (본문 222~223쪽)

이 부분은 몇 년 전 흥미롭게 본 영화 한 편을 연상시킨다. 제목은 〈거꾸로 가는 남자〉. 거칠게 요약하면 남성 우월주의가 몸에 밴 남자 주인공은 표지판에 제대로 머리를 부딪치는 사고를 당한 후 거꾸로 뒤집힌 세상, 즉 여성 우월주의가 만연한 여성 중심 사회를 경험하게 된다. 예를 들면 길 가던 여성에게 섹시하다는 추파를 받고, 회사에 출근하니 데스크에서 근무하는 여성으로부터 속옷이 다 비친다는 핀잔을 들으며, 부모님에게서 '얼른 기댈 수 있는 여성을 만나서 결혼하라'는 잔소리를 듣고, 좋은 시간 보내려는 기대에 부푼 그 순간 가슴털이 원숭이마냥 역겹다며 여상사가 자신을 거부하고 나가버리는 경험. 코믹하면서도 속 시원한 설정이었지만 불편함 역시 안겨준 이 영화는 주인공이 머리를 다시 부딪친 후 되돌아온 현실 세계 속 여성 연대 시위 장면으로 마무리되는데 시위 장면에 등장하는 구호가 인상적이다. "남녀가 함께 변화를 만든다!"

생각의 대전환이란 무엇일까. 큰 물음이다. 하지만, 어느덧 바깥세상을 향한 날갯짓을 준비하는 두 아이를 둔 엄마이자 소시민인 나는 역지

사지의 자세라고 답하련다. 대기권을 뚫은 수도권 아파트 값, 줄지 않는 소득양극화, 전쟁도 불사할 듯한 젠더 갈등과 꼰대 논쟁을 부르는 세대 갈등, OECD 국가 중 꼴찌인 청소년 행복지수 등 한국 사회가 처한 문제를 헤아리자니 번역할 때보다 더 큰 두통이 몰려온다. 물론 우리로부터 권리를 위임받은 이들이 할 일이 많다. 하지만 소시민이라고 손 놓고 있으랴. 서로를 배려하기 위해 우리가 지니는 역지사지의 마음은 모두가 함께 살아가야 하는 이 사회를 지탱하는 든든한 초석이 되리라 믿는다.

샬럿 퍼킨스 길먼이 걸어온 길

1860년 7월 3일	미국 코네티컷 주 하트퍼드에서 메리 퍼킨스와 프레데릭 비처 퍼킨스 사이에서 태어났다. 어린 시절, 아버지의 가출 후 어머니와 함께 여러 친척집을 옮겨 다니며 살았다. 『톰 아저씨의 오두막』을 쓴 해리엇 비처 스토 등 스토 가문 친척들의 영향을 받으며 성장했다.
1867년(7세)	심각한 가난 때문에 학교를 일곱 군데나 옮겨 다니는 등 제도권 교육을 제대로 받지 못했으며 열다섯 살에 그마저 중단되었다. 고립되고 외로웠던 어린 시절, 도서관을 자주 찾아가 책을 읽으며 고대 문명을 공부했다.
1878년(18세)	로드아일랜드디자인스쿨에 입학해 공부한 후 카드 디자이너, 가정교사로 일했으며, 화가로도 활동했다.
1884년 3월 23일(24세)	화가 찰스 월터 스텟슨과 결혼하나 이 결혼이 자신의 인생을 위한 올바른 결정이 아님을 직감한다.
1885년(25세)	딸 캐서린 비처 스텟슨 출산 후 산후우울증을 심하게 앓기 시작했다.
1888년(28세)	이혼이 아주 드문 시기였음에도 남편과 별거를 시작했다. 별거 후 딸과 함께 캘리포니아 주 패서디나로 이사했으며, 태평양여성언론인협회 및 부모협회 등의 여러 페미니스트 및 개혁가 단체에서 활동했다.
1892년(32세)	단편 「누런 벽지(The Yellow Wall-paper)」를 발표했다.
1893년(33세)	어머니가 세상을 떠난 후 사촌인 조지 휴턴 길먼과 교제를 시작했다. 첫 번째 시집 『이 세상에서(In This Our World)』를 펴내 대중의 관심을 받았다.
1894년(34세)	서류상 이혼 절차를 마무리한 후 딸 캐서린을 아버지에게 보냈다. 1895년까지 태평양여성언론인협회가 발행하는 문학잡지 《임프레스》의 편집장을 지냈다.

1896년(36세)	사회개혁가로서 활발히 활동했다. 특히 미국 워싱턴에서 열린 미국여성참정권협회대회와 영국 런던에서 열린 국제사회주의 노동총회에서 미국 캘리포니아 대표로 활약했다.
1897년(37세)	4개월간에 걸친 강의 투어를 마치고 남녀의 성 차별과 경제를 주제로 한 연구를 더 깊이 진행했다.
1898년(38세)	『여성과 경제학(Women and Economics)』을 출간했다. 이 책에서 억압받는 여성에 관해 사회구조적으로 분석하고, 해결책으로써 육아와 가사노동의 사회화와 여성의 경제적 자립과 같은 주제를 이론화했다.
1900년(40세)	사촌인 조지 휴턴 길먼과 재혼했다.
1903~1904년(43~44세)	베를린에서 열린 국제여성대회에서 연설을 했으며, 다음 해에는 영국, 네덜란드, 독일 등을 순회했다. 이 해에 집필한 『가정: 그 역할과 영향(The Home: It's Work and Influence)』은 가장 논쟁이 된 책으로, 여성이 가정에서 억압받고 있으며, 그들이 살아가는 환경이 건강 상태에 맞게 개선되어야 한다고 주장했다.
1909년(49세)	잡지 《선구자(Forerunner)》를 창간하여 1916년까지 여성운동을 주제로 한 시와 소설, 논픽션을 발표했다.
1909~10년(49~50세)	『다이앤서가 한 일(What Diantha Did)』을 《선구자》에 연재했다.
1911년(51세)	《선구자》에 『십자가(The Crux)』와 페미니스트 유토피아 3부작 중 첫 권인 『내가 깨어났을 때(Moving the Mountain)』를 연재하기 시작했다.
1912년(52세)	『맥-머조리(Mag-Marjorie)』를 《선구자》에 연재했다.
1913년(53세)	『원 오버(Won Over)』를 《선구자》에 연재했다.
1914년(54세)	『베니그나 마키아벨리(Benigna Machiavelli)』를 《선구자》에 연재했다.
1915년(55세)	페미니스트 유토피아 3부작 중 두 번째 책인 『허랜드(Herland)』를 《선구자》에 연재했다.
1916년(56세)	페미니스트 유토피아 3부작 중 세 번째 책인 『내가 살고 싶은 나라(With Her in Ourland)』를 《선구자》에 연재했다.
1934년(74세)	남편 휴턴이 뇌출혈로 급사한 후 캘리포니아 주 패서디나로 다시 이주했다.
1935년 8월 17일(75세)	유방암에 걸린 것을 비관하며 자살로 생을 마감했다.